U0935124

生命沉思录 ❸

人生的四季风景

曲黎敏 著

上海文艺出版社
Shanghai Literature & Art Publishing House

图书在版编目（CIP）数据

生命沉思录．3，人生的四季风景 / 曲黎敏著．-- 上海 ：上海文艺出版社，2022
ISBN 978-7-5321-8246-6
Ⅰ．①生… Ⅱ．①曲… Ⅲ．①随笔一作品集一中国一当代 Ⅳ．① I267.1
中国版本图书馆 CIP 数据核字（2021）第 247610 号

出 版 人：毕　胜
责任编辑：陈　蕾
特约编辑：张雪雅
封面设计：刘冬冬
出版统筹：孙小野

书　　名：生命沉思录 3：人生的四季风景
作　　者：曲黎敏
出　　版：上海世纪出版集团　上海文艺出版社
地　　址：上海市闵行区号景路 159 弄 A 座 2 楼　201101
发　　行：北京凤凰联动图书发行有限公司
　　　　　北京市朝阳区惠新东街甲 2 号住总地产大厦 15 层　100020　www.fonghong.cn
印　　刷：三河市金元印装有限公司
开　　本：700×1000　1/16
印　　张：18.5
字　　数：228,000
印　　次：2022 年 4 月第 1 版　2022 年 4 月第 1 次印刷
I S B N：978-7-5321-8246-6/I・6514
定　　价：52.80 元

目录

再版序　内心独白　001

前　言　超越语言　003

第一章 春生

一 青春　003

二 情欲与爱情　023

三 孤独　051

四 有情·无情　065

第二章 夏长

一 人性　089

二 男女·婚姻　105

三 命运像星空　135

四 有常·无常　155

第三章 秋收

一 情趣 165

二 生活 172

三 幸福 195

四 家庭 205

第四章 冬藏

一 修炼 223

二 精神 250

三 灵魂 257

四 有限 · 无限 271

后记 283

读后感 285

再版序◇内心独白

2020 年，凤凰联动说要再版我的三部《生命沉思录》，我欣然同意。因为我非常爱这三本书，它们是我的最爱，是我最深刻的内心独白和灵魂呓语。

我一直觉得，人和人不必非得相遇、相见。因为相遇、相见，会让我们有堕入世俗和庸常的危险；因为人不可能一见面就有深刻的交流，反而有可能因为交流不畅而陷入失望当中。而文字，会守住那份空灵，会让人与人的交流，走向深刻。

2020 年因为疫情造成的隔离，人与人不得相见，文字和语音开始在空中穿梭，这是人际交往的新模式，并可能会长久地延续下去。习惯了这种交往后，喜欢孤寂的人，也许会更加自在。无论如何，我们都要靠自己的信念和力量，继续前行。

《生命沉思录 3》，以四季来写人生。春之绚烂活泼、夏之雍容倦怠、秋之惊醒纯粹、冬之沉郁深刻，就是我们的人生。过好每一季，就无怨无悔。

再版，意味着一次重读。重读中，再一次感受灵魂之痛。在无数个深夜，我用心血写就的文字，再一次染红了我的眼。都说人间不值得，可若没有这人间，我们到哪里去实现自我？！

2020 年 7 月 30 日

前言 ◇ 超越语言

地球上的生命有一特性：它们都要在成长中表现自己，哪怕是铁树，也有绽放的那一刻。所以，只要我们的心灵始终谋求与生命的这一愿望相一致，我们的五脏六腑就会尽其所能地来保护我们、成就我们，让我们呈现出美好的精神状态和强健的体魄。

文字，是一种附着于生命的另类绽放。它，起先只是人们用来记事的符号，发展到后来，就因着某种秩序——同样的字，由于排序的不同，由于语气停顿的不同，由于标点符号的不同——而有了自己的生命，由“它”，而为“她”，开始有了温度、颜色和质感，甚至有了意境……

甚至，我们的生命也拓展了，也灵动了。

于是，写作成了美好的人生体验，在这最美好的时刻既有绝顶的孤独，又有绝顶的生命狂欢。于是，孤独、无常、绝望、疯狂、绚丽、激情……这些词，连缀成云梯，可以让我们直接触摸上帝。

通过自由重新掌握命运，通过写作实现对自我的救赎。通过你，爱这生活；再通过你，放弃这生活。通过她，合掌而逝；通过她，涅槃重生。

中国文化喜欢强调空灵淡雅的境界，对许多事物都没有严格定义，因此，人们在交流自己的经验时，便会感到语言文字的局限，常常运用隐喻、象征，或诗的语言来避开逻辑与常识的约束。如老子的“道可道，非常道”就是在描述我们交流中的这种困境及其“道”的不可描述性；孔子的“逝者如斯夫，不舍昼夜”，则在借用河水奔流向前的壮阔景象阐发时光飞逝、世事无常的哲理；禅宗的公案拒绝直接用语言文字来传授教义；还有日本的禅诗“树叶落了啊，一片盖着一片，雨点打着雨点”，以及古老的神话等，都是在以不同的方法来解决这种困境。

幸亏中国汉字的形象、意象都如此丰富，所以，我们可以像小孩子画画儿那样稚拙地、认真地玩上一玩——把那些方块字像活字泥板那样平铺，然后像宝贝那样轻轻拈出，一个个地排列组合，看它们如何放大或颠覆我们关于词语的想象，享受一下辞藻的绚丽和缤纷……

这几年，我开始一字一句地写书，而不是像过去那样在电视上讲课。先是 2012 年出版了《生命沉思录》，不仅大家喜欢，我自己都喜欢，出差都放在包包里，随时可以读一会儿。2014 年又出版了《生命沉思录 2》，因为写得非常用功和自在，所以也好看。其实，马上出版的这一本是和《生命沉思录 2》一起写的。当时一会儿写写肉身，一会儿写写人性，于是同时写就了两本书。

我说过，人生能做自己喜欢的事儿，就是养生。我最喜欢的就是读书、教书、写字儿了。我还说过，中国有两件瑰宝，就是汉字和中医，要是这两样东西没了，中国文化也就彻底衰败了。老天厚爱我，恰恰让我终日沉溺其中，终日玩味这两件宝贝，心中总是无限恬愉，整日皆诗情画意，不知春之将逝，不知老之将至。

每个夜晚，都慢慢为自己找回翅膀和沉默，然后慢慢滑翔出这城市，飞向浩瀚的夜空。每天早晨，都慢慢为自己找回人身和语言，以求和这个世界达成某种默契和谅解。

人生如此，不亦快哉！

2014 年 9 月

写于北京元泰堂

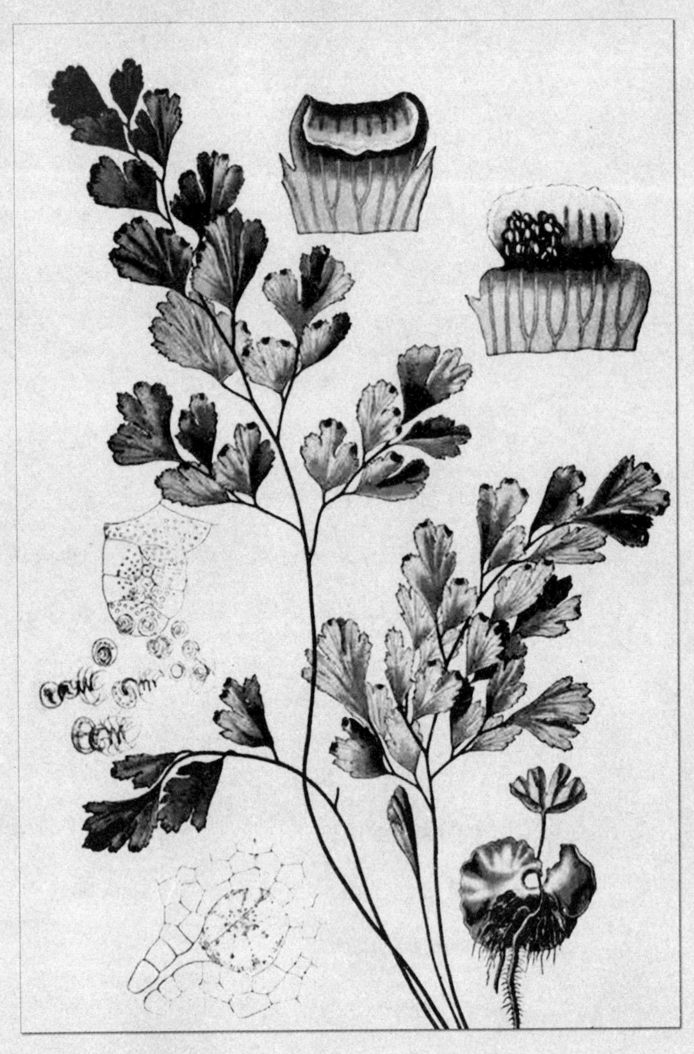

人生能做自己喜欢的事儿，就是养生。我最喜欢的就是读书、教书、写字儿了。中国有两件瑰宝，就是汉字和中医，要是这两样东西没了，中国文化也就彻底衰败了。

第一章

◇

春生

青春、成熟、爱情、孤独、有情·无情

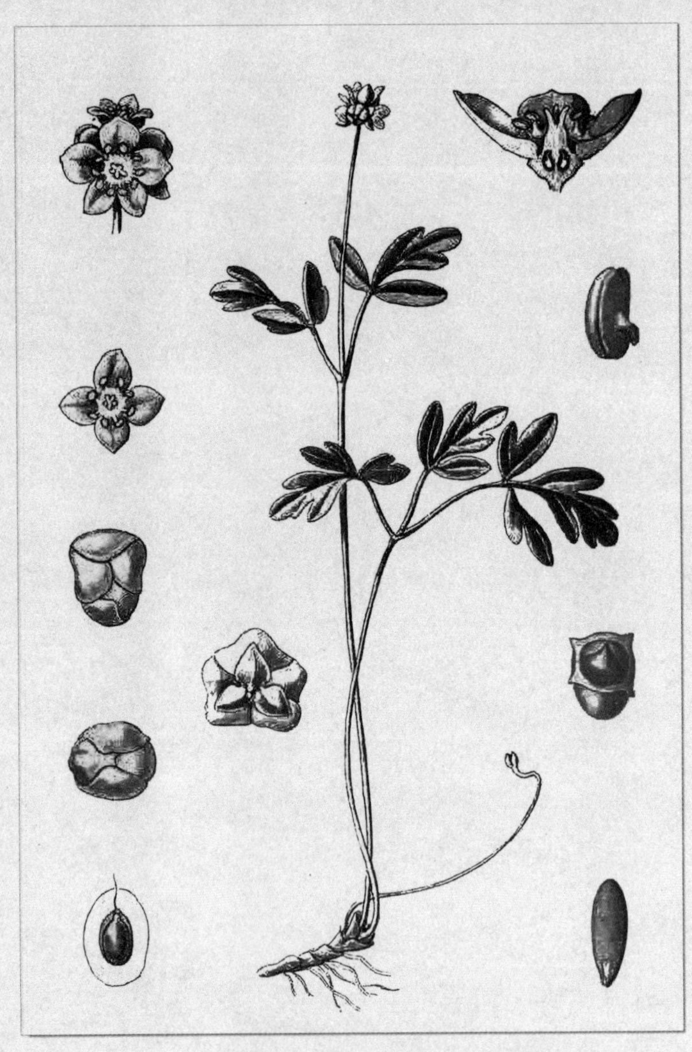

不要把你的生命献给无知、平庸和低俗，不要设法挽救注定的失败，不要去倾听枯燥乏味的言谈和教化。离开虚假的理想，认清时代的病态，把你的内在生命活出来，什么都别错过。

——王尔德

青春

很多人见证了我们长大，但我们秘密的心灵历程，几乎无人知晓。而且，越是面对生活中亲密的人，我们越是三缄其口，因为，我们怕自己内在的惊世骇俗惊扰了他们，也惊扰了我们自己稳定的表面生活。于是，人生有条秘密的路，我们必须自己走。

所以，一切只是看上去挺美，实际上很苦。但青春时的美与苦，都是辣辣的、青涩的、火热的，充满了营养的汁液。

青春，是自我觉知的开始。它意味着生长痛的侵扰，意味着孤独感的来临，但是这种生长痛和孤独感令人骄傲，而不是沮丧。因为世界，从此开始成为“他者”，而不再是与自己浑然一体的东西。这一次的睁眼和苏醒，与出生时的那次已截然不同。那时，我们有亲人的护佑和安抚；而这一次，我们必须自己看，重新看，看自己想看的东西，而不是别人让我们看的东西。我们，就这么直直地跌入滚滚红尘，要么正在被抛弃，要么正在被接纳……

青春寄语：不要过早地规划人生。未来你做什么，只有“天”知道；你现在要做的，就是好好地实现自我成长——实现你的思考能力、你的心灵力量、你对美好事物的感知能力、你乐观的人生态度和体魄的成长。无论如何，未来的一切——婚姻、事业等，都是力气活儿。

| **曲解词语·青春** |　青，上“生”下“丹”，原本指颜色的变化。春，蠢也，像春天惊蛰过后百虫之蠢蠢欲动，生命里最小的像小虫子的那部分都苏醒了。犹如“精”，经过一冬的温养、沉默、干渴等，开始绽放自己。生命，一旦从蛰伏的状态跃出，就不可阻拦。让我们尽情地欢呼她的美丽、性感和怒放的力量吧。由此，青春不过是生命当中因荷尔蒙而闹腾、因闹腾而变化、因生命力旺盛而横冲直撞、因朦胧而最美的阶段：青烟轻扬，朦胧迷茫；十字街头，不知所向；百虫在内，头昏身旺；弹指春灭，烈焰虫亡。

要弄懂青春，我们要看春天的花儿。都说“生如夏花之绚烂”，但这句并不真实，夏花真的赶不上春天的花儿浓郁绚丽。夏花因熟得太快而带着行色匆匆的衰老气息，甚至连蜜蜂都不来授粉，风儿也懒得吹，雨儿还可劲儿地摧残。而春天的花儿，攒了一冬的孤寂，孕育了一冬的梦想，从死亡中重发的枝儿，从苦寒中吐出的蕊，再借春风的柔、春雨的润，其馥郁深沉的怒放自然惊心动魄，令蝶狂、令蜂醉、令人痴。

因为也曾从年少时光走过，所以我一直赞美青少年那活泼旺健的生长能力，以及他们对成人世界的畏惧与抗拒。因此，我感觉自己没有力量批评他们，我只是把我年轻时的苦恼及撞南墙时受到的伤害和觉悟与他们分享，告诉他们，我们的成长就是这么在对抗和谅解中完成的，烦恼即菩提，每次的修剪和自我剖判，都只为成熟。

无论如何，新一代已经成长起来，他们大气、体贴、幽默，有极高的智慧和勇气，如一股清新的空气正吹散旧世界的阴霾……

尽管山河依旧，面对未来，已诞生了新的主人。

● 青春主题

青春期主题一：叛逆

母爱是本分，而孩子的任性也是本分。

人生总有些问题是不能问的。人生总有些问题在阴影里，比在阳光下晒要好。我们在反叛的青春期里必然冲撞过父母，我们曾是“坏孩子”，父母越爱我们，我们就越会感到愧疚，相反，他们打我们一顿，我们倒觉得扯平了，我们可以任性地疯长了……

| **曲解词语·叛逆** |　叛，从“半”从“反”，即以撕裂自己、背叛常规的方式来造反。逆，从“辵”从“屰”，屰为忤逆，辵是奔跑。所以，叛逆是一种心灵力量的体现，是质疑的结果，是一种在压制之下不管不顾般的末路狂奔。叛逆始于对别人替自己做规划的反抗。在成长的路上，尤其在青春期，叛逆是一次自我发现，是一次自我旗帜的高扬。

我不要常识，我要真理。我不要面包，我要石头。我不要他，我只要你。我不要春天，我要花儿。我不要九，我只要一。我要成为你心中一个迅速萌发的尖锐的果核，并在那里长成树。我要我的枝丫是你的血脉，我要我每朵花的香气中都掺和着你的苦。当荒原的钟声骤响，我要

和你一起，随暮色之风欢喜地战栗、飞舞。

所谓青春，就如同黑夜里美丽的树，无人关注，无人喝彩，任凭风吹雨打，却活在自我的激情里，渴望与闪电的连接与烧灼。较之后来那些低水平生活的重复和无聊，这一刻的煎熬与成长，多么幸福!

某电视台街采：青春是什么？某小哥嗫嚅道：只有长得好看的人才有青春……此句真打腰。细想了下，长得好看的人一般有两种情形：要么被集体宠爱，总是被追、被安排，反而像惊惶的猎物，自有一种说不出的苦；要么长得太好又没人敢追，犹如黑暗中孤独的精灵。而不好看的人更渴望被这个世界接受和被爱，恰恰可以在追逐中憧憬、受伤、隐忍、成熟、成长，并收获那些好看的人。所以，他们的青春是更精彩的手抄本，是一部曲折的、愤怒的或极其温柔的心理史。

少年时的自卑有两大益处:（1）会让人暗自努力;（2）会特别培养出两种情感——温柔和孤傲，前者让你学会爱和服从，后者让你学会拒绝和自重。

年轻时有体力，但心境杂驳，故，事难成；年老时，无体力，但心境纯一，故，事无望。如又有体力，又心境纯一，则能超凡入圣。

年轻的时候，不筹划，也有未来；到了一定年龄，即便筹划，也没有未来。因为，未来，是精力和体力的博弈。

在大学教书，每到假期我都会问学生们，谁会来一场说走就走的旅行请举手，举手者总是寥寥，我心中不免失望，他们到底怕什么呢？记得自己从小就想去看海，于是大学第一个暑假就买个站票去了大连。在有轨电车上嗅到海风时差点儿落泪，一见到海，头就晕了，并且失语，那种震撼至今难忘。海，化境之大，生、死，都容得下。后来，只要有机会就去看海，南方的海像恋爱一样柔美，北方的海像失恋一样沧桑。还有夜里的海、白天的海、刮风的海、结冰的海……总之，只要大海永存，心灵便永恒了。

其实，海浪拍岸的节奏，就是心跳的节奏吧。所以白昼海边痴坐，加上跳动的阳光，会让人昏昏欲睡；而夜晚，会让人沉入更深的睡眠，无论有梦无梦，都是海底深处的沉重与轻盈，都是空对空的抚摸……

某夜海滩赏月，一排排少男靠近海水坐着，一律低头摆弄手机。一排排女孩坐得远些，也在摆弄手机。间或在昏暗处有一两对情侣在默默拥抱。而大孤独者则四仰八叉地躺在沙滩上，一不小心会被他们绊倒……默默感慨，古风不再，无骚人煮酒，无佳人舞袖。月色撩不得人心，句不成章，这，就是现在的生活。

有个高中女生说自己因孤寂而贪玩，心绪不宁，私信求我一句劝诫。想了下，我说：为了以后可以更高级、更高贵地玩儿，现在必须严肃地生活。其实，所谓戒律，不是要你一味克制地生活，而是训练某种高贵的品性，使其成为习惯，成为自然的流露，而非做作。

青春期主题二：朋友

他们内在的孤独使他们寻找心灵支持，并愿意为这青春热血燃烧下的纯粹的友情付出最宝贵的、还没被他们深刻认知的肉身。

| 曲解词语·友谊 |　友，二人手拉手为友。都说十指连心，执子

之手，原来比身贴身、脸贴脸来得更温润、深厚。谊，从“言”从“宜”，当指言语的分寸适度。原来，友谊是一种不能夸张也不能激烈的情感，可以心知肚明，想起来便有、想不起来也存在的一种淡淡的东西，像经过七八泡的茶，是茶与水之间一种可以抚慰岁月的优雅……

但青春期的友谊要比这深刻得多，那是一种可以生死与共的歃血而盟。唯有青春时的友谊是痛彻心扉的真友谊，没有利益、金钱，甚至女人的纠葛。当我们为了某个女人，开始质疑、开始痛苦、开始考虑放弃友谊时，我们便进入了生命的另一阶段：我们不再热血，我们长大了。

| **曲解词语·伙伴** |　　伙，在一起开火做饭；伴，愿意与人分享，即为伙伴。

青少年，常常会在欢快和冷漠之间犹疑，也常常在善与恶之间挣扎，这种正反交错源于他们身体快速生长造成的不平衡。他们在冲动中会集体犯错，可一个人时他们又会出乎人们意料地有些善举，但又羞于让别人知道。在他们身上，羞赧和胆大妄为并存，温柔与野蛮同在，远古荒蛮的淳朴与现代文明的虚假混杂在一起。这种杂糅，让他们身上既有迷人的气质，又有令人讨厌的东西。

其实，这一切，都是气血充盈偾张的缘故、天癸在海底轮启动的缘故。海底轮是生与死、恐惧、不安全感、疼痛、混乱和忠诚的交集。当此处不再蛰伏，而是随着青春期启动时，人们便会生出对生命根基的恐惧，和对上天恩宠的渴望。于是，在生命的再生时刻，善与恶，齐头并进，开始了对年轻生命最激烈的争夺。信仰与堕落并存，社会认可与自我质疑相互交集。所以，在最残暴的少年罪犯身上，我们常惊异地发现他对某一事物的无限温柔。所以，如何护佑他们的善、如何抑制他们恶，是社会教化的重责。

曾问一个爱狗的年轻人，为什么那么爱狗而不爱小孩？他说，狗不会交坏朋友。其实青春期的友谊是非常有趣的，他们搭帮结伙，很少是为了做所谓的“好事”，他们似乎只有在恶作剧中才能发现乐趣和铁哥们。其实，青少年搭帮结伙，并在一起做些“坏”事，一方面是为了摆脱孤独时的无聊和厌烦，一方面以为这样便获得了进入社会的勇气。吸烟、喝酒这些事，如果让他们自己做，而不是一起做，他们从中得不到任何乐趣。任何危险领域的独自探索都是无意义的，他们要的是被同伴认可和接受。黑帮小子的生活既让他们胆战心惊，又让他们为自己的胆大妄为感到骄傲。其中少数人会成为领袖，大部分则成了附庸和追随者，而集体信奉的原则是“有福同享，有难同当”，这样便淡化了自我的担当和责任心，以至于在集体冲动中犯下大罪。

一般而言，青年团体里的领袖一旦改邪归正，一般会在社会领域内成功，因为他是个天生的帅才，有极大的人格魅力。而青年里多思且始终孤独不合群的，尽管他常常被所有人嘲笑，但如果坚持自己的某项追求，他一般也会在个人领域内取得成功。

无论如何，青春期是人一生当中最神圣的一段时光，因为一切价值观、人生观都要在这一阶段建立雏形。这时候，他必须在孤独中完善品格，在社会实践中完善才能。这时他的轻蔑、任性及广泛的热情与特立独行都是极其珍贵的，但有些父母却害怕并压制这种品性。

曾经遇到过一个被父母和医生认定为躁狂兼抑郁症的少年。父母认为他肮脏狂热残暴，而他则认为父母虚伪肮脏，他当着我的面指责父亲出轨，母亲虚荣而做作，然后望着他们落荒而逃的背影大笑。显然，这孩子是孤独而愤怒的，他在用自己的真实和纯洁反抗黑暗，他能力有限，又被孤独的母亲过分溺爱，最后只能扭曲成病。在他被送进精神病院期间，他关爱精神病院里所有的小伙伴，他们打他，他乐意，但父母胆敢动他一手指头，他就暴跳如雷。他说父母的手太脏了，而小伙伴的手是干净的，甚至小伙伴们的残忍都是干净的……

无论如何，青春是有点血腥、有点甜蜜、有点苦涩的秘密花园。它介于苏醒和苦闷之中，是怒放着的带血的成长。

子曰：“益者三友，损者三友。友直、友谅、友多闻，益矣。友便辟、友善柔、友便佞，损矣。”如何分辨是直言还是巧语，如何分辨是慎重还是怯懦，如何分辨是聪颖还是狡诈，如何分辨是果敢还是莽撞，如何分辨是博学还是强辩，如何分辨是忠厚还是窝囊，如何分辨是真爱还是虚言……唯有时间，唯有遭遇灾难、变故，一切才能昭然如揭。世事纷扰，人已经习惯作伪，有时连自己都辨不清自己真假，唯有尘埃落定，才能认“真”，才能大喜，抑或大悲。

因为太冷，你们在一起了；因为太热，你们分离了——这叫本性。而情感恰恰相反，因为太冷，你们形同陌路；因为太热，你们还想更热——这叫抽风，或情感性痉挛。人身体最强壮时，荷尔蒙就像半仙半魔的捣蛋鬼，来颠倒你的人生。等你老了，等你没劲儿了，人才能体会“恰如其分”和“不冷不热”的好。

青春期主题三：勇敢

在战争年代，英雄往往出自少年，因为血气方刚，因为对生命无知，因为无牵无挂，因为判断力不足，他们成为最勇敢的一群人，既可以为正义而战，也可以为邪恶而战，只要有一个"信念"，他们便可以冲锋陷阵。

天下最不怕死的是青少年，因为他们一无所有，只有一条热血沸腾的命。最怕死的是老年，不是他们曾经有过一切，而是气血的衰疲使他们无法面对死亡将至的恐惧。人，最后需要面对黑暗的，不仅仅是人性，还有气血。

｜ **曲解词语·勇敢** ｜　勇，从"力"从"甬"。不过是人用力在黑暗中杀出一条血路来，如胎儿之出生，那种无畏或源于对这个世界的无知，或源于对这个世界的好奇。敢，古人杀敌计数以割取敌人左耳为依据，割耳为"取"，敢为"进取"。对一般战士而言，割耳尚可，提众耳夜行则难矣。所以勇敢真是一种对普通生活的超越。

"勇需力强，敢需心猛。勇于敢则杀，勇于不敢则活。"——《老子》第七十三章

儒释道皆可以"勇敢"言之——孔子之勇敢在于"明知不可为而为之"，着实让人为他老人家心痛；老子之勇敢在于"无为而无不为"，视人类为刍狗，着实让人类心洞眼明；释家之勇敢在于"精进"，其度众生之热肠，着实让众生汗颜。

儒家勇敢的前提是"明哲保身"。道家勇敢的前提是"柔弱胜刚强"。释家勇敢的前提是"五蕴皆空"。

青春期主题四：学习

学习，在中国已经被定义为“上学”——小学、中学、大学，所谓成功的标志是那些学历证明，而不是人性的成长。古代只有小学、大学之分，“小学”学规矩地做事——应对、洒扫等，后来专指文字训诂学；十五岁入大学，“大学”学义理，学做人的道理。

后来，大（泰）学之道分穷理、正心、修己、治人四境。这比做人复杂多了，因为不仅要做自己，还要管理别人。

| **曲解词语 · 学习** | 学（學），觉悟也，两手持箸而明数理。习（習），鸟数飞也，小鸟的白色羽毛在阳光下多次闪烁、演练飞翔之意。学而不习（演练、实践），则落空；习而不学，则不能长远或妄为。所以学习不过是要讲次第，循序渐进，建立理论架构，并不断演练。

《学记》曰：“学，然后知不足，知不足，然后能自反。知不足，所谓觉悟也。”

| **曲解词语 · 次第** | 次，是驻扎、宿营，古代三天以上的军旅行动就要扎帐篷，次在古代就是帐篷之形。第，是用竹签排序。所以“次第”是指军中大帐要有序排列，不可无序。人间万事万物都要讲究次第，不能给小学一年级学生讲高中课本，要拾级而上。有人修炼老想一步登天，不明火候，下场可能比不修炼者还惨。

学习，为了提升自己；工作，为了证明自己；睡眠，为了积攒能量；休息，为了修复亏损；娱乐，为了疏通情志。人生如此五等分，便是一个好的完整体系。

有两类人应该在孩子的青春期时出现，那就是师傅和师父。

| **曲解·师傅和师父** | 傅，辅佐、帮忙而已。所以，师傅，是教你手艺、让你能更好地谋生的人。而父，是给你生命的人。所以，师父是教你明道、给你生命以新的意义的人。从此，你不再是生命链条上一个脆弱黯淡的存在，而是精致的、完整的、美丽的一环。

所谓“吾十有五而志于学”，不过是说，孩子长到十五岁左右时，其精神成长进入新的飞速发展的阶段，有的人早熟，有的人晚熟。但从中医角度说，男子二八一十六岁天癸至，女子二七一十四岁天癸至，即大约在这个时期，其肉身的发育会带来精神需求的新内容，所以这时为孩子寻一精神导师迫在眉睫。

西方亦有“教父”“教母”之说，即寻一外人来教导孩子。因为这时父母与孩子的沟通因生活过于贴近而近视，或因亲情过密而短视，唯有建立一种新关系才能打破原有的平衡。为孩子寻一个精神的教父或教母，有利于孩子青春期的发育。当然，也有更多的孩子是通过读书、做事而自己完成精神蜕变的，但由于缺少必要的沟通，这些孩子易于形成孤僻和孤傲，待真正入世时会走一些弯路来自我修正。若在这最关键的自我形成期和自我爆发期缺乏自我剖析和正误判断，也许未来的人生会更加艰苦。

其实，一个人毕其一生的努力就是在整合他自童年起就已形成的性格，以及他在青春期建立起的一切价值观，所以，想不通的时候，不一定非得努劲儿往前走，也许回下头，就能恍然大悟。

学习态度至少分三种：

（1）听法听经，第一，要 open，不可以扣钵听法，不可以我执生拒绝的心；第二，要秘守全面，不可以漏钵听法；第三，要专精，不可以杂钵听法。

（2）听人说话，第一，要知拒绝，要不受污染、熏染，要擦镜拭镜；第二，要善忘，如镜子，来了便来了，走了便走了；第三，要读其心而不是听其言，要打破镜子，直窥其内心的无常灰暗。

（3）学校是小教室，社会是大教室。知识固然重要，但经历更有利于成长。无论经、法，无论人言，都只有通过自省，才有意义。

开悟比盲从重要。听课、学习的核心是开悟，而不是盲从。

培根说“知识就是力量”，这句话放到现在似乎不太成立了，互联网时代，只要输入关键词，整合了大量知识的搜索引擎随时帮你答疑，所以，只要你需要，知识随时可以为你所用，不再像过去资源缺乏时你要皓首穷经。因此，现在是“觉悟就是力量”，“知行合一”才是力量。所以，人们会先佩服西人，然后才知我国古人的高明。如果你缺乏学习能力、缺乏把各种知识关联的能力，只“掉书袋”地炫耀知识，是令人厌烦和鄙夷的。事实上，现在人们更看重的是思维的宽度和深度，在浮躁的社会里，沉静而深刻的人、系统读书的人，才能享受到更丰富的人类精神。

子曰：“生而知之者，上也；学而知之者，次也；困而学之，又其次也；困而不学，民斯为下矣。”困而学之者，尚能自解，或自救；困而不学者，人为刀俎，我为鱼肉，任其自生自灭罢了。

子曰：“知之者不如好之者，好之者不如乐之者。”什么都有境界之分，学医有谋生、自救、悟道、传道等分别，故，就有求术、求道之不同境界。求术者自有猥琐和困顿，求道者自有恢宏和灵通。

努力，是人道对人的要求，天道并不鼓励努力。强努必伤身，强努必属于过分干预。让自然保持它的自然，让生命保持它的本来面目，才是本真。如果你考试得了58分，可以努一下；如果你得的是38分，索性就留级，因为强努会要命。生命也是如此，量力而行才是根本。如果已然89分而非要努力得100，就属于跟自己过不去。

诗曰："诲尔谆谆，听我藐藐。"说的是，教诲你啊，谆谆不已；你那眼神，飘忽茫然。如今朋友圈东一榔头西一棒槌，皆诲尔谆谆，皆听我藐藐，让人眼杂、耳乱、心茫。不若持一薄卷，从头至尾，细嚼慢咽，盹一会儿读一会儿，如此便是"秋收"。再兼秋凉，白日，风轻蝉鸣；夜静，蟋蟀啾啾，便当下成了神仙。

人之学习分阶段，年轻时学习有教材，基本按部就班，倒也明晰。人到中年，根据问题开始补课，专业课还好补，人生感悟这课该怎么补，却很少有人能弄清楚。现实越不堪，人就越想在乱麻中理出头绪来，理不出来，便到传统里找、到宗教里找。于是，上国学班的人多了，找师父的人多了，人家都想省事，都想消灭过程，直接拿到结果或真理，所以直接苦读经典的人并不多，今天听一段、明天听一句，没个系统，而且只拣自己爱听的段落，听得嘈杂，内心也嘈杂。如此，多思多虑，又多又杂又乱，不仅耗精，而且纠结，再轻浮的，还想显摆自己。有的人甚至以为师父摩摩顶、开开光就可以了……诸如此类，不胜枚举。五色令人目盲，在未来的世界里，我们的视力会下降，因为我们看得过多；五音令人耳聋，我们的听力会下降，因为我们听得过多，而内心又抗拒过多；五味令人口爽，我们的味觉会下降，因为我们吃得过杂。总之，我们的眼耳鼻舌身意都会出现问题，最后，便是集体失忆，我们不仅忘记了自己来此地的意义，也遗失了我们在此地存在的能力……

所以，关于学习，我始终坚持：系统而完整地学习，才能享受到更丰富的人类精神。

青春期主题五：玩乐

玩，因其专注、心无旁骛，因其喜乐，成为学习的最高境界。

古人说，小孩“憨嘻跳跃是其本性，拘坐则伤脊骨，尤损天柱，如若蒙师，五体皆病”。对婴幼儿的教育，我主张“放养”而不是“圈养”。小孩三四岁时，玩要嬉闹是本性，孩子就应该在无拘无束的环境下成长。这恰好与传统文化中“守时守位”的理念相吻合。该玩时玩痛快了，该学时学究竟了，即“玩”和“学”的最高境界。

游戏玩耍是人生重要的一课，我们必须鼓励孩子尽情地游戏玩耍。在玩耍中人们可以学会戛然而止，学会坚持，学会体面地认输，学会被驱除出局时的坚强，学会被接纳时的感动……一个在幼年时缺少玩耍的孩子也许会成为“贱民”，因为他缺少联想，缺少性情，不会调情，最后被灵动的女人驱逐出局，被动物驱逐出局，被社会驱逐出局。

玩耍的益处：刺激脑部树突链接；益于肌肉组织的成熟；有助于融入集体生活，快速适应环境；通过模仿成人生活而帮助孩子以后更好地进入成人世界；有助于掌握给予与奉献的艺术。

对大人而言，对已然疲倦和苍老的心灵来说，玩耍，何尝不是一种救赎？——假装攻击，假装逃跑，假装给予，假装生气与和解，假装死去……

其实，孩子正处在发育期，如果没有不良习惯，很少会生病。即使患上些病，在他的成长期，如果不过分干预，生命是可以自我修复的。但是现在的孩子学习压力大，又多食用寒凉食物及饮料，户外活动少，自我修复能力下降。要是能玩能吃能睡，孩子自然好。说实在的，我们焦虑孩子就是焦虑自己，我们放过了孩子就是放过了自己。

关于孩子的养护：

（1）解压。来此一世，不是人人都来建功立业的，也不必人人成功，学会安享生活、敦厚质朴也是功德。母严父慈最好，母严，是让孩子知道底线；父慈，是让孩子知道生命的宽度。（有人问：为什么不是父严母慈？答曰：年轻的父亲一般不喜操心家事，因操心少，则畏妻，在孩子问题上多看女人脸色。严，则易过严，又因嘴笨，说不清楚就径直用暴力。中国的家庭多是女人当政，教育孩子也多是母职，劳苦的女人易生威仪，无论男孩女孩，因为有更多时间跟母亲在一起，对其情绪心态十分在意，对其情感也略呈复杂。）

（2）少冷饮。我们小时也常捧着水管子喝自来水，但饮料里的添加剂真的比自来水伤人。

（3）少医药。我们小的时候，除了发烧去医院，流大鼻涕、尿床、长大包这些事家长都没空管，也都好好地成人了。

（4）多睡。能睡的孩子身体好。现在孩子从小就跟父母熬夜看电视，再加上白天户外运动少，不累就睡不实，弄得家长也烦躁。

（5）多户外运动。现在的孩子赶都赶不出去，也缺少玩伴，没个玩痛快的，真愁人。我们小时候天天跟小朋友在一起，天黑时，妈妈喊回家吃饭的声音此起彼伏，哪怕挨打，也拦不住我们一起打架一起玩。现在的孩子可好，轰都轰不出去。

睡懒觉、睡回笼觉似乎是年轻人的特权。中年人会不好意思，会觉得睡到太阳晒到屁股是种罪恶。同时，中年人在床上真躺不住，因为有那么多事儿要去做，有那么多债要去还。老人呢，则像个守夜的，早早醒了，熬着白天和夜晚。

好吧，我承认，我周末通常会赖床、睡回笼觉，而且喜欢它的轻浅，因为可以做梦，可以在夜与日交替的灰色地带做些白日梦。

● 论成熟

有人因伤害而成长，有人因美好而成长。前者会因此产生恨，后者会因此产生感恩。恨，是紧缩；爱，是舒展。所以，任何成熟，都有环境的影响，有的是瓜熟蒂落，饱满圆润；有的是强扭的瓜，永远苦涩、永远不甜。

人有两怕：有理想，没现实；有现实，没理想。前者是生不逢时；后者是浑浑噩噩，随波逐流。

| **曲解童话故事** |　一个王子在承担大业前所要接受的教育首先是人性教育。于是，一个来自黑暗王国的公主，和一个天使般的、但被施了魔法流落荒原的公主，开始了对王子心灵的争夺。其实，这是对所有人的考验，不经历黑暗，人无法成熟；不经历在黑暗中对纯洁的坚守，人的成熟便没有高度。一般说来，最后都是对“善”的发心取得了胜利（这是人的美好愿望，但不见得是事实），王子从拯救落难女孩的过程中也重整了自我，从此过上了幸福的生活。至于怎样幸福，所有童话都没有说，也不必说，因为，幸福过于平淡，不值得说。但柴可夫斯基的《天鹅湖》据说有个悲剧结尾，好女孩为了救王子，而跟王子双双死于湖中。这是否在暗示我们，纯洁，有时比邪恶更致命？

| **曲解词语·懦弱** |　懦，一般认为“需”为声部，其实“需”字很有意思，上雨下而，“而”在古文里为“胡须”，所以懦字为胡须得雨水而更柔顺，进而为心之柔。弱，“弓”为躯体，“彡”比喻下体亦有毛羽轻飘之形。上有胡须尚软，下有欲飞难翔，故懦弱源自身体心智尚不强大，遇事则不自信，柔弱以自保。妙乎哉，汉字。

| **曲解词语·坚强** |　坚（堅），上“臤”，金文像以手拉“臣”（屈服的奴隶）。下面一般认为是“土”，如《广雅》释为“坚土也”，但跟奴隶什么的联系在一起不知所云。其实，下面不是“土”，而是“士”（勃起的阴茎）。这就好解了，乃指身残志坚不屈服的人，有坚硬之意。强，像直起身张大嘴的毒蛇。所以坚强，指不动摇、坚定而残忍。

春秋战国有“士”，现在称“知识分子”，其实两种称谓内涵相差甚远。士，是雄起，是怒放的血性，故士之前可加武与侠，称“武士”“侠士”，他们的行动力和坚毅果敢的性格是非凡的；而大多“知识分子”，只是有知识的分子，缺少独立野蛮之刚性，既自视甚高又首鼠两端，既碎碎念又贪生怕死，好比《大话西游》里让人抓狂的唐僧。

| **曲解词语·野蛮** |　野，郊外、质朴；蛮，虫子幼小时憨憨肉肉的样子。所以，野蛮原指事物未成熟时的质朴可爱、冥顽无知。唯愿既野且蛮、无知无识，则通透浑圆、快乐无边。

| **曲解词语·成熟** |　经历了四季以后的收割为“成”，再经历了煎熬以后的历练为“熟”。对于男人女人也同样，尽管男孩子从小就迷恋汽车模型、玩具手枪等，女孩子迷恋娃娃，但经历过青春怨怼、锥心之痛后，

一旦荷尔蒙阴阳平衡，天性就消融在理性的宽容中，成熟的标志就是——无论男人女人，最终要的都是温和的柔情蜜意。到了这个时候，行动就比语言意义丰富了，就好比男人的柔情是在阳光下为女人洗车，而女人在旁边温柔地笑着，并煮茶给他喝……

成熟，就是了然心灵比意识形态重要、秩序比混乱重要、拒绝比允诺重要、减法比加法重要、简单比繁华重要……成熟，就是有些过去只是词语的东西，现在变成了现实，比如从容、平静、欢喜。

认知自我是件痛苦的事，其实，我们不属于任何人，我们只是时间的俘虏和人质。就好比，每到六一儿童节，我们便以为自己可以悄悄返回童年，假装一切可以重新开始。而“儿童节”又常连着端午节，喝了雄黄酒以后，我们才明白，显了形的不是童年，而是那个真正的你，而且那个你，不仅让别人，更让自己，羞惭满面。试试扪心自问：哪个小心脏没痛过，哪个小心脏上没有蝴蝶般欲飞难翔的文身……

我们常说“情窦初开”，何为窦？其实就是“窍”。《黄帝内经》说的是“天癸至”，天癸就是天水，天，指先天，指任脉之血与督脉之气，由冲脉的启动而形成一种新势力，这种新势力彰显的是生命原始本能的创造力，它使得男孩女孩变成了男人女人。但情窦初开是一种更唯美的表达，它描述的是人生改变初起、一阳来复的那种小心翼翼的喜悦之情。

女孩的成熟，分生理成熟和心理成熟，心理成熟又意味着人格的成熟。其实，这是个很煎熬的过程。因为生理成熟必然引发心灵的不稳定，女孩自己要成为什么样的人，和父母对她的期许是有很大差异的，她不得不在冲突中找寻一种平衡。好多女孩子这时都在表面的欢乐下，隐藏着内心的忧郁和不平，对女性身份的认知也会造成她心灵的扭曲。

《黄帝内经》把二七一十四岁至四七二十八岁当作女性的从情窦初

开到巅峰的一段重要经历，一般在这期间女孩要经历学业、工作、恋爱、婚姻等人生重大事件。短短的十五年间要完成这么多事项是很考验人性的，所以，古代说女子“二十而嫁”，要女孩在十四岁到二十岁期间学习女红和孝敬长辈的礼数。但现代的女子要承担和面对的不仅是一个家庭，她要学习和面对的事情比古代女子要复杂得多，所以她要解决问题的时间也会相对拉长。有些人，可能到四十岁都没能成熟，有好些课程要在后面的磨难中补。

男孩的成熟，相较于女孩，过程不那么隐秘，但成熟期却比女孩要长、要晚，从二八一十六岁到四八三十二岁。所以古代要求男子三十而娶，因为他要承担的东西比女孩要多和重大。但现在的青年男子越来越畏惧责任了，尤其是独生子。他们从小缺乏群体游戏，已经很少通过打架、抢夺或担当来完成心智和体能的成熟了。再加上中国在情感教育方面的内敛，以及学业的沉重，再加之廉价的、AV 式的性教育，他们的精气神一方面被早早地释放，一方面又被严重地压抑。所以，李某某的放任、药家鑫的冷漠，以及励志教育下产生的疯狂等都体现了现代教育的病态。

在《格林童话》里关于人的寿限有个妙解：说上帝曾给驴 30 年，但驴说那样太痛苦了，要吃太多苦和鞭笞，于是上帝给驴减去了 18 年；上帝也给了狗 30 年，狗说活那么久太痛苦了，衰老会让它呼吸艰难、苟延残喘，于是上帝给狗减去了痛苦的 12 年；猴子的寿限原本也是 30 年，但猴子也拒绝了，说看人脸色任人耍的日子太屈辱，于是上帝悲悯地给它减去了 10 年。这时人来了，上天给他的寿限也是 30 年，人说：“哎呀！上帝，我 30 岁时风华正茂，正是健康快乐之时，你却要终止我的快乐！”

于是上帝便把驴不要的18年，狗不要的12年和猴子不要的10年都给了人，于是人的寿限成了70年。70年中，人有健康快乐的30年，然后是当牛做马的18年，呼吸艰难、病痛缠身的12年，和浑浑噩噩、老眼昏花、任人欺哄的10年。就这样，人，因为贪、因为短见、因为糊涂，把自己置于长久的痛苦中。

情欲与爱情

论情欲

其实，好多事，不必上升到灵魂的高度。深深地迷恋肉身，也是娑婆界重要的 课。

只有一个地界供养肉身，就是人间。而天堂、地狱，只为灵魂而设。所以圣君黄帝，无论事业做了多大，都要以谦卑的态度来补上生命之道这一课，不如此，就无法领悟来此界的终极意义。但，又有多少人能明白此中真境？唯有补上这一课，人才能“了生死”，才能真正地“明心见性”，才有真正的悠然和自在。

人人都是：悟则易悟，了则难了。纵吃酒喝茶，也难解胸中块垒。

到不丹，人们都会去切米拉康村，因为那里供奉着“癫狂圣贤”——竹巴衮列。他来自西藏，据说是在吉祥天母指示下根据射出的一箭到不丹来的，他喜欢酒色，并以巨大的生殖器为骄傲、为图腾。于是，这个村子家家的墙壁上都画有巨大的生殖器，它们个个都在喷射白色的岩浆。令人惊异的是，在那龟头的两边、柱上，有的甚至在睾丸处都画上了漂亮的眼睛。乍一看到，你会惊讶不解，静静地看上那么一会儿，才觉出这种表达意味深长。不丹人的安静可能与这随处可见的根处的眼睛有关，这双漂亮的眼睛告诉你，通往心灵的路不止一条，而唯独这一条，恰恰是海底到梵顶的捷径。由此，做爱不再仅仅是肉欲的，而是心灵的窥探和抚慰，它从最深、最隐秘处凝视着你，让你迷醉害羞，继而忘掉自己，在极致的迷醉中重生。

这真是一种可爱的表达，暂且不论其宗教含义，在生活处处都能看到美丽的眼睛，或被看，被喜悦地、安静地看，被凝视，时时刻刻感受灵魂的抚摸，多么美好。

对癫狂圣贤而言，生殖器即法器，是引以为豪的正能源。也许为了说明情欲和生殖是娑婆界的原动力吧，在他的传说里，还有一个要点，就是他不入轮回，永恒驻世，至今还在护佑着、关爱着这一方水土的女人们。

在这里，我深悟了一句话：为了沉甸甸的爱和单纯原始的快乐，一个神，也可以永远地活着，不入轮回。

论情欲：情，是蝴蝶飘忽在外的美丽翅膀；而“欲”，是深藏在厚茧之下丑陋的蛹动和攫取。情欲，是生命的原动力，道医称之为“淫根”，受胎之始就源于“淫根”。“淫根”一动，茎、莲、藕次第浮越，幻出新生命之根芽。它也是生命欢乐的根底，哪怕是精神的欢愉，其量能也不过是这原始情欲在生命无形层面的模拟和升华。所以，它还有两个名号——创造和毁灭。

人的一生，不过是情欲的一场大冒险。成功的叫创造（其中最可爱的创造是生育一个婴孩、一个新灵魂，《黄帝内经》称之为“造化形容”），失败的叫毁灭。把情欲幻化成爱，或艺术的巅峰的叫升华；把情欲驯服、气化而使之逆流而上的叫“还精补脑”。能够“抑情忍欲”的，叫圣人；随着情欲任意泛滥的，叫沉沦。

有人问：良知从何而来？是先天就有还是后天培养？

曲答：随先天而来的，才是良知。

《孟子·尽心》说：“所不虑而知者，其良知也。”不虑而知，即先天。随后天而动的，是道德。

受胎之始，一般都是“有情来下种”，此“欲”一动，携自私之基因；此“情”一动，携良知之基因。情欲，是生命的底部，自私和良知，即这底部的阴阳，交缠而上，搅动着我们意识及思想的天空。哪怕胎生动物也有此良知，故动物之行径，于人类而言并不陌生，我们甚至能读懂它们的眼神。唯草木飘零，无私无感，故撒满人间，自在活泼。王阳明说：“你未看此花时，此花与汝心同归于寂；你来看此花时，此花颜色一时明白起来。”即，草木虽无良知，但能唤醒人之良知。

而道德是后天的，是人类为了避免过度自私而建立的维系互利的某种契约。

对于强者，道德是保护弱者，良知是同情弱者。

从五行上论：

元精为水，主智。其性痴，痴为执着，凝滞不动，感而生哀、生恐、生怖。

元性为木，主仁。其性为游魂，感而生喜，主疏布疏通。

元气为土，主信。阴阳合一的表现就是“信”。其性化，感而生欲，主获取、收纳。

元神为火，主义。为识神，其性贪，永不停歇，感而生乐。

元欲为金，主礼。其性杀，感而生怒。

| **曲解词语·性、情、欲** | 心静为性，心动为情，心动不止为欲。人之天性无你无我，故静。有你有我，分别心一动，情自无常。情初动那一瞬，如细微山泉之涌，便是觉知，便是美意；久之积蓄成大水泛滥，便是苦。由苦而悟，而能止，而离苦，则是大觉。

人的一切局限性，缘于有肉身。肉身为牢，不能奋飞。人的一切痛苦，缘于有情。情为桎梏，贪嗔一动则下流。所以，唯有“超越”，超越肉身、超越情感，人才有新生。

| **曲解词语·情欲** | 情，是五脏神明的外显，在心为喜，在肝为怒，在肺为忧，在肾为恐；欲，是欲壑难填的心魔，是喜怒忧思恐的绵绵不绝。人类种种情欲，已经太古、太老，比我们的生命还要久长，比我们的生命还要有力，它们犹如广袤的土地，我们要做的不是逃离，而是在那上面，尽可能地，开出一些高贵的花儿和情思。

在一切欲望中，情欲不同于名利金钱这些后天欲望，我们的生命因它而来，也会因它而亡，它是我们生命根底的悲伤。沉溺于“床上运动”的人，其实都是些自闭的、对世界恐惧的孤独者，正因为不知道如何跟这个混乱的世界沟通，他只好细腻而专注地跟自己有限的身体沟通。他不要名利，不要金钱，甚至不要爱情，他没有所谓的道德感，他活在令人恐惧而又心酸的情欲里，用身体的痛和疲惫来平息心灵的莫名之痛和人生之苦。

而那些炫耀情史和满口垃圾段子的人真的很无聊，而且无能。他们不理解情欲的真正内涵，他们把生命原创力与名利金钱混为一谈。他们似乎什么都懂，对外界的庸常懂得越多，对身心的理解就越空泛。他们以为“性”就是草率的动作和虚假的尖叫，而无暇体会每一个细胞诗意的苏醒和复活。

佛家在六道十界中，把地狱放在最深处。地狱，指受生命原始魔性冲动所支配，痛苦最深重。所以，沉溺于情欲的人就是活在地狱里的人，他的一切痛楚都要比饿鬼道和畜生道上的人深刻。如果说饿鬼道指人受欲望支配的状态，那么他将因欲望被困而痛苦得不能自已，要饱尝“欲而不得”之苦；畜生道是指奴性，即在比自己强大的事物面前恐怖、战栗和被奴役的状态，他要饱尝盛衰炎凉之苦。这些，统统没法和地狱中的那种生命原有的魔性冲动相比，在那里，他要饱尝烧灼、针刺之苦，他因为一切原始的欲望和冲动，要把煎熬他的一切，一次次地烧成灰烬，再用痛苦的泪水把它们复活……

这娑婆世界，没有什么能比肉身更深地体现宇宙意志。有人会说思想比肉身重要，但其实这个思想也是借由肉身的六识来发言的。一定有一个途径，可以只通过肉身来超越——是任督二脉、冲脉，还是别的什么？从造化的起始点来超越造化，以达到那造化之前的灵透和无所依赖。这是我与他者对话的盲点，每个人都必须孤独地完成对肉身的终极探索，以回报这一世的到来。

《诃欲经》曰:“女色者，世间之枷锁，凡夫恋着，不能自拔。女色者，世间之重患，凡夫困之，至死不免。女色者，世间之衰祸，凡夫遭之，无厄不至。”细思之，凡夫怕女色，爱女色，因女色而病，甘愿为女色而亡。这种阶段性的沉溺会把你带进地狱般的痛苦——欲而得，溺亡；欲而不得，焦渴。一切，因爱，而生见，因见，而生欲，更生憎。

那么，不凡的人呢？凡能自拔者、凡不受此祸患者，他们能把他们与女色的关系处理成什么样子呢？一定不是憎，不是欲，不是见（成见），不是爱。那是什么呢？太让人憧憬。

现代人混淆了情欲和爱情，尤其是女人，还把道德杂糅进去，于是成了一锅糨糊。

从时间上讲，情欲最古老和原始，也最有活力，它会使你的眼睛发光、肌肤肿胀，对所有生命都有攫取的力量。爱情则相对滞后，不过是把情欲固定在某个人身上，它会使你目光柔和、身体酥软，会使你对生命的原动力缴械投降。而所谓道德，会使古老的情欲变得手足无措，会使爱情变得怯懦，会使人产生罪恶感，会使人目光内敛、身体僵硬。所以，人越来越是人的时候，就越来越不是人了。

情欲会导致冲动，但原始的出发点却是有趣的，要么为“欲”，要么为“美”。因为，只有为了这些，我们有时才会不怕死，或者不怕别人死。潘金莲之所以让人同情，也在于此。她年轻、她美，但她孤寂、欲望得不到满足、无聊，她杀不了空虚的生活，就开始杀人。西门庆只是个契机，在他给她的生活中早已没了武大郎。他们“通奸”，他们欢天喜地，只为了填补这生活的空虚和无意义。当这欲念被阻断时，他们不惜杀人。所以古人说“淫近杀”，满足欲念是他们杀人的理由，情欲深重的人，是身处地狱而无法自觉的，他们可以无视罪恶，你就是最后用正义杀了他们，他们也无怨无悔。

某个疯狂爱上自己堂姐的人说：“不闯点大祸，总不甘心守苦趣。真闯祸时，但见人间赤裸裸，剥开皮囊，里面都是无解的苦涩。”人间一切爱与欲都既毒又苦，天可怜见。等活明白了，才会渐渐体会到“无情”的好。

一切都是双刃剑——“欲”的放纵有害于身，“欲”的节制有益于身；“情”的沉溺戕害其心，“情”的喜悦温润其心。欲和情，既可以使人超越现实世界而至解脱之神圣，又可以使人堕入地狱而万劫不复。如何在天性和人性之间达到模糊的平衡，才是我们毕生之功课。

好的爱情，是大补；好的友情，是温补。人世间，就那个“好”字，最难得。

其实，爱和情欲比性更长久、更甘美。前者是来充盈你的生命、鼓荡你的生命的；后者是来卸掉你的激情、平和生命的。有时候，前者像一场朝圣，后者像一场血腥的暴力。前者可以永不止歇，后者可以戛然而止。

有些人，老了，精竭血枯，没有传统意义上的“性”了，但欲望也许会更加汹涌，更因这欲望带来死亡将至的恐惧而有了血腥般的伤痛。这时的情欲，与年轻时的情欲不同，年轻时气血足、弹性大，目标集中，但莽撞而草率。年老时的情欲更加老到、更加宽泛，它小心翼翼地安享眼耳鼻舌身意的盛宴，它像鹰隼那样靠经验和直觉捕捉猎物，但那只鹰隼是思想的无形的鹰隼，它用生命的最后一丝气力攫取万物，并哀伤地把一切“美”卷入死亡的黑洞。

论男子气概

人类的精神不见得是一直进化的，有时一种精神只存在于一个特定的时期，比如春秋时期有游侠和刺客，他们的孤僻、沉默、忠烈，以及行为的出人意表，现今已荡然无存。当下人的精神则显得混乱，一旦被金钱利益荼毒，就会物化，甚至退化。现代小说之所以不那么迷人了，就是因为缺乏血性，而太多意识空泛的呓语。

为什么人们会说“男人不坏，女人不爱”？坏男人的“坏”到底指什么呢？为什么美国的黑帮、坏小子电影经久不衰？为什么通常意义下的好男人令人厌倦？其实，所谓“坏”，是指敢担当的匪气、幽默率真的帅气、沉稳有力的霸气等，而这些，都是让女人感到安全、可依靠、可信赖的品质。女人嘛，为阴，在《易经》里为坤德，主随顺之道。一个女人没臣服过就没幸福过，可能很多人会不喜欢这句话，但她们之所以愤懑不满是因为她们自己扛得过多。

女人既要山，又要棉——要山，是要依靠；要棉，是要温柔的体贴。女人总是要得太多，而令男人不知所措。反而那些不理不睬、只是按照男人本性行事的男子，会让女性揪心揪肺地爱。爱情，从生理上讲，跟荷尔蒙有关，跟阴阳有关，跟本能有关，反而跟人性、道德等无太大关联。这就是为什么常常有淑女会疯狂地爱上土匪，而不爱彬彬有礼的伪君子。

其实，探讨人性，最吸引人的还是人性的怪癖、人对所谓常规常理的颠覆和逆反，往往越让人看不懂的地方，越隐藏着人性的真情实意。就像中医的“五运六气”，主气虽重要，但“客气”才出人意表，决定着节气的走向。更何况爱情是人性中最真实、最充满变数的东西，不可以常规论之。

英雄身边必有美人，但美人身边不见得会有英雄。比如，项羽有虞姬，刘邦有吕雉……而没英雄相伴的美人只好自己又当美人又当英雄，比如武则天，比如王昭君。昭君那“满朝文武皆无用，却要我红粉去和藩”的悲怆一吼，让众美人的心一寒到底，千年不化。

这两日重读英国作家劳伦斯，读他，是为了提醒自己不要被庸常窒息。时尚已经弱不禁风，而缺乏那种强壮、蜂王般的神秘魅力；时尚已经过于理性，而缺乏血肉之性。读他，可以重新找回生活鲜活的节奏，找回质疑和反抗的力量。

劳伦斯笔下的真正的女人都是充满生命力量、强壮、高大的蜂王样的女人，而男子都瘦削、精悍，狂暴的内心深处无比温柔，如不知疲倦的工蜂。

论人类情欲之衰颓

如今，广泛的、廉价的色情业对男性是敞开的，当男人发现花点钱就可以买到享受的时候，就不再有冲动和耐心去费心费力地追求女人了。于是这个世界，男人会越来越弱、越来越没有战斗力；而女子却因长期得不到性满足而最后只得选择升华，会越来越强大，有些甚至会变得强势野蛮。

总之，当花廉价的钱就能买到性或守着电脑看 AV 时，狩猎一族（男性）会越来越弱。因为不得已，采摘一族（女性）会越来越坚强。

男人总想金刚不败，女人梦想莲花永洁。但精粹的，必源于精粹。一地鸡毛的生活一定会混沌了人思想的精粹纯一。眼不见素、神不抱一，自然金刚颓、莲花残。阴自败于阴，阳自毁于阳。败，德则不厚；毁，性则不强。如此这般，未来社会多残阳聚首、残阴联手，金刚杵、莲花台之和合、美艳，愈见其少矣！

到处是焦躁的妇女和疲惫的男人，还有有毒的空气，这个世界需要休息，需要重整旧山河。

好多人问如何戒除手淫及如何修复手淫过度造成的身体伤害，这里一并回答。首先沉溺于此，源于孤寂、意志力薄弱、聪明但少情趣、宁愿跟自己沟通也不愿对世界敞开心扉。但过度会造成督脉损伤，如十七八岁患强直性脊柱炎大多与此相关，还会造成肝肾衰弱，以及因为罪恶感而自卑抑郁等。

所以，要想重新建立新的生活方式：第一，戒除罪恶感。罪恶感对身心都是重创，比手淫更损伤身心。第二，找替代。最好是能够让人专注的手工工作，或通过学习来解除内心的孤寂。当年某名流曾沉溺于此而孱弱无比，后研习哲学投身民教，成就一生。第三，坚持每天跑步半小时。第四，多晒太阳，多去户外，少宅，多交阳光正气的朋友。第五，找对医生吃中药。很多人认为既然是虚，吃点地黄、枸杞、山药等补药就成了，其实不然，俗语讲“虚不受补”，先要节流，阳气足了，自然收得住，也才化得了那些滋阴的药物。况且，年轻人毕竟年轻，自身自愈的能力就很强，只要有了阳光心态和规律的生活，很快就能康复，根本用不着补。

古人云：“饱暖思淫欲。”所以饿着点冻着点，对身心皆有益。古人还云：“精满不思淫。”故精越不足越收不住，久漏更虚，越虚越淫，如此便是恶性循环。而且虚不受补，所以真正的解决之道在于欲望的平和，以及先补牢、后生精。

其实，纵欲和禁欲是欲望的两极，都是对生命原则的反抗或颠覆，而所谓中道就是保障生命有序地盛衰。其实，看到、做到极端相对容易；而发现和遵从正确的中道，何其难也！气血有余者，则要谋求生命能量的转化和提升。无论如何，生命能量是有差异的，能量强的当然可以开源，弱的必须节流！

论一见钟情

| **曲解词语·魅力和魔力** |　　鬼，在汉语中有灵异之意。魅字中，“鬼”在旁边，还未入骨入髓，说此人虽有魅力，但对你只是迷惑而已。魔

字则大不同，“鬼”在下，上有密林高崖，其力量之大不可思议，如黑洞，有吸附力、吞噬力、毁灭力。遇有魅力之人，虽被迷惑，但迷不迷全在自主能力；遇有魔力之人，则由不得人了，会被席卷，且渐生恐惧。

一见钟情是所有情感中最具有毁灭性的激情，因为它属于人之先天元神和元神的相撞。元神，指先天灵魂中的根本，与宿命有关，它不管不顾，直夺人魂魄。之所以说这种爱致命，是因为这种“绝对爱”有着蔑视世俗和自绝、自毁、求死的欲念。而男女要是后天识神和识神相遇，就是一场无奈的笑话，是现实的、物欲的、算计与算计的较量。这种恋爱因为太缺少灵魂的根基与灵魂的碰撞，最终难逃无聊和厌倦。如果是先天元神与后天识神偶合，就是终生的不懂和陌生，一个觉一个太俗，一个觉一个太傻，彼此蔑视、仇恨……

第一种激情有加，无法无天；第二种因为目标一致，会很快活，但又因欲壑难填而痛苦，或成怨偶；最后这种，相聚分手都不过是路人。

网友问：男女相识大体就分为（1）先天元神 VS 先天，（2）后天元神 VS 后天，（3）先天 VS 后天这三种吗？听起来（1）太危险，（2）太无奈，（3）太遗憾……哪种最易得善果？

曲答：先天后天都相合的，最易得善果。但世上哪有完美啊？所以，活在后天里，别用先天麻烦对方的，就很好。

凡是成功的人都有超级的激情，先天带来的那罐元气足。他们不把这劲儿使在这儿，就得使在那儿。他们就像航母——大，装备多，能承载，有起飞的能力，也有降落的能力。元气不足的人呢，知节俭、懂调配，一条小舟，泛泛碧湖之上，也能悠然地活；怕就怕，舟行怒海，虎落平阳。所以，知己、守位，大义哉。

有人问：那是否可以理解为所有成功的人，都是在挥霍自己的生命呢？

曲答：为众生想的，是绽放；谋一己之利的，是耗散。

夜读红楼：鸳鸯是情天恨海第一大情种，宝玉是第一淫。情字有趣，情发出来且过度就是“淫”，情不动则是“种”。浑然不觉，如宝钗，只是不觉，而不是没有。

人的一切局限性，缘于有肉身。肉身为牢，不能奋飞。人的一切痛苦，缘于有情。情为桎梏，贪嗔一动则下流。所以，唯有“超越”，超越肉身、超越情感，人才有新生。

问者：成了佛仙还有人事吗？

曲答：无。喜不从眼耳鼻舌身意来，便是法喜。

问者：那，既然有了人身，就得先努力把人事做到极致吧？

曲答：大苦，即有人身，难得人身之极致。

问者：那就反复来，直到得到。

曲答：累死佛了，反复度人；人，反复堕恶趣。

问者：那佛赶快给我个极致，就可。

曲答：难为死佛了，世间哪有极致！

渐渐地，就生出虚妄来。人生原本真的意义不大，只是眼耳鼻舌身意的一场盛宴，而灵魂，始终空落落地，等着盛宴结束、熄灯，一盏盏地灭掉。当最后一盏灯熄灭，我听到了黑暗中一声沉重的叹息——终于，可以结束了。

● 论爱情

我们与物质世界的交往源于感知，而我们对心灵世界的理解源于爱。所以，不要小觑和轻慢“我爱你”这句话，如果没有灵魂与灵魂的对话和慰藉，没有领会那至高的神性和完美，是无法送出和领受这份恩宠的。也正是因此，有些人不是因为傲慢，也不是因为羞怯，只是因为过于凝重，而终生都没能说出这句话。

人生大事，古语说不过“饮食男女”，其实，细分有五：出生、饮食、睡眠、爱情和死亡。我们可以欣喜出生，但恐惧和抗拒死亡，人之一生，不过是在这两端的黑暗中摸索前行。饮食和睡眠都起到直接恢复我们精力的作用，一个发生在白天，用粗糙的自然来调动我们的活力和激情；一个发生在夜晚，靠自体的独处和纯粹的沉溺来休整肉身。最后，爱情是最独特的一种人生经验，它发生在我们身体最强壮和心灵最觉知的时候，它涉及人与人关系最深入的层面，最最重要的，是它涉及了人类关于永恒的追求。

如果说出生和死亡关涉他人的帮助，饮食和睡眠关涉自身体验，那么，爱情则相对复杂很多：它既是自体的孤独感受，又强烈地渴望与他者的融合；既是幻觉又是真痛；既可以解除我们出生时的遗忘之痛，又可以消解我们对死亡的恐惧，激活或用尽我们在饮食和睡眠上获取的精力……真的唯有它，在介于宗教般的狂热和地狱般的病痛之中，使生命达到尖锐的巅峰。

人，不可能永远处于巅峰状态，所以，当爱情消失的时候，我们好比大病过后而虚劳，慢慢在生活中消磨。

“世界上没有比爱更艰难的事情了。我对死亡感到唯一的痛苦，是没能为爱而死。”——《霍乱时期的爱情》加西亚·马尔克斯

百年孤独。

这世上 ，为什么没有简单、纯粹的爱？ 因为，这世上，没有简单、纯粹的人。

其实，对我们每个人而言，我们都未能让自己的情感做到极致，我们都不得不压抑内心的温柔或愤怒。我们想占有的，都未曾占有；我们想放弃的，也未能放弃。我们拥有的，不过是，受挫的生活。

害怕、羞耻心、厌倦等等，常常阻碍我们。其实我们并非不敢去伤害别人，而是害怕伤害自己。既然那么羞怯，我们就精致而细腻地，保持精神的独白吧！当不得不面对那个粗糙凶狠的世界时，我们要力争做到三点：单纯、坚定、沉静。

爱情是相较于情欲温和的东西。情欲来源于本能，是自我的从海底轮到梵轮的火箭；爱情则是人体膻中处的一团温熏的火焰，把情欲固定在一个倾慕的对象上，并因此而温暖自我的生命。

人没病，则是一团太和之气。阴阳偏失，则有求；求之不得，则郁郁寡欢，则病重。所以，爱情、情欲也是阴阳偏失，也是病，因为精满不思淫啊。但，爱情是美好的病吧，得其所欲，就会病愈。好吧，祝福所有得这病而又痊愈的人，哪怕以后是无穷尽的无聊。

顾城说：“我们把心给了别人，就收不回了，别人又给了别人，爱便流通于世。”

有时，人生真是一种苦苦的美好的浪费，只是让“爱”这个词语流通于世了，大伙儿都空落落的。

爱情也是有次第的

《巴黎圣母院》讲的是一个天性自然的吉卜赛女郎和三个男人的故事，其实，这是一个人如何面对和处理自己的身、心、灵的故事。对她而言，军官菲比斯是身，敲钟人卡西莫多是心，神父是灵。身的爱是欲望，欲望倏忽变化，因此最不可靠，而且会无情地背叛自己，所以少女在菲比斯那里像个奴隶一样被欺诈和伤害；心的爱是孤独、不求回报的温柔——只有为你而死，才能得到永生——这是敲钟人带给少女的宁静；灵的爱则是最底层、最纠结、爱恨交加的，充满了撒旦的气息——当灵的爱出现时，一般的女人会本能地抗拒，因为它可能致命，夺人魂魄。

总之，身的肉体欲望以满足为目的，以背叛或厌倦为终结，少女会迷恋、会献身，但也会深受其害。唯有心的爱最宽广最深厚——它是两个孤儿之间最根本的联系，但一个美，一个丑，最后，唯有死亡会终结一切，唯有死亡会使一切归于平等。

一般的人，会沉溺于身之欲，会渴求心之爱，只有少部分人会启动元神，不畏惧痛苦之折磨而苦求灵魂之爱。

身心灵合一的爱情举世难寻，哪怕是人们对于上帝的想象，也要是个美男子——完美的肉体、宽厚温柔的心、宗教般的巅峰体验和臣服，若真如这般，“朝闻道，夕死可矣”！

因为没有，或者只拥有某一部分，而且还是“些许”，再加之物化的人生，所以，人就直直地落在尘埃里了，过着灰头土脸的人生。

同样是一个女人和三个男人的故事，阮玲玉的故事比《巴黎圣母院》差远了。《巴黎圣母院》描写的是少女（美）和灵、肉、情的关系，全无物欲；而阮玲玉的生活则悲惨可怜得多，她每每为生活所迫而嫁富少或茶商，心灵之孱弱令人索然无味。所以生存之物欲真可怕，它约束了女孩子的灵性绽放，并把生命拽入了丑陋的尘埃。

总之，穷困就像雾霾，会遮蔽心灵之镜，当你有能力去擦拭时，这面镜子已然锈迹斑斑，再也没有了天生的纯净。于是，稍不注意，人生，又会依靠惯性继续下滑……这，就是为什么有的人虽然很有钱了，但心理和做派依旧像个穷人。就像很多女明星再有钱也要傍大款，而真正的女富豪却可以为了爱情嫁个穷小子。因为，穷的可怕不在穷本身，而在于“穷”会夺走你根本的安全感，增加你的戾气，毁灭你心灵的安详。

爱情之所以重要，是因为它能拯救你于庸常的生活，唤醒你生命里沉睡的能量，也激发你享受生命的野心。一段好的爱情能使双方因净化而归于宁静的喜乐；一段糟糕的、贪欲深重的情感则必然会因碰撞现实这堵墙，而使人性粉碎如齑。

在寻觅爱情之前，人要明白一件事：要找到一个从精神上和肉体上都与你匹敌的人，可能性微乎其微。如果你是因孤独寂寞或缺少同情而寻觅爱情，那你找到的往往是同类人，而且因为彼此需求的较量，两人会不欢而散。最好是，要生活就别高估情感，要情感就别低估生活。莲花必生于污泥之上，没污泥莲花也无法存活。让污泥自污，让莲花自美。所谓成熟，就犹如冬日的荷塘，与天地共生共灭。

剩下的就好办了，把精神探索留给自己，只享受肉体，你的生活就会很惬意；保持精神与宗教、哲学、文学的神交，而把生活留在别处，你也会舒服。怕就怕都搅在一起，惶惶不可终日。

有人说：“人在年轻时，外面饱满里头瘪。女人最好是在内在极充盈、外表色未衰时遇到最好的爱情。所以，好时光就那么几年。”可是，有几人，在最好的时光遇到了最好的人？所以，我们要尽可能地把好时光拉长，让内在永充盈，让外表总静美。上天眷顾了呢，就感恩；不眷顾呢，也得自己美了自己。

两个人如果在一起，不要过分地窥探对方，不要求过分地爱和被爱，不要在意对方的名和利，不要在意世俗的名分，也不要试图打破彼此的孤独感，只是两情相悦，只是爱对方的微笑、骨骼、肌肤、温暖和清凉，同时共享一片天空、大海和土地，就像自己和自己待在一起那么舒适自在。只是当你有些恐惧惊惶时，他总能与你同时知觉，并及时安抚地说："我在呢，别怕。"这样的关系才是爱的极致吧。

今人的痛苦在于，我们太久地待在一起，伤痛已然愈合，欢乐已然淡忘，时光把一切都切成了碎片，无从捡拾。

塔哈尔·本·杰伦说："两个人可以相爱而互不拥有，忠实于自己却又不排斥对方，两个人分享美好的时光，共同拥有一些东西，简单地快乐着，而后各自回归孤独。"

即便到理智之年，这样的情感也甚为难得。只求能量的熏染和庇佑，只求深沉的爱慕和喜悦，而又保持独立和自由，恐怕非人福报不能拥有。我愿得此福，惜此福。

也许到了一定年纪，我们才会懂得沉静地爱着当下的自己多么重要。那已逝的、那过去的，都已逝、都过去了，那狂野的压抑的青春仿佛已是别人的青春，而当下要享受的，就是这份长夏般成熟丰腴的圆满。但，在内心深处，一定还要有随时走掉的勇气，甚至敢于坐大年三十空无一人的火车……唯有如此，才永葆了青春。

一个女人，如果经历了一场深刻的、有死亡意味的恋情，便永远地被装满了，时光便失去了它的威力。无论今后多么漫长，无论她变得多么衰老和枯萎，曾经的那一刻都令她熠熠生辉。

爱情的发生其实特难，要六识皆悦，而非思量权衡；要二者相互六识皆悦，更难矣！如遇上，都非珍惜一事了，而是恩重如山。

有一种深情，一辈子只能有一次。如果他（她）不是那个唯一，你爱得再掏心掏肺，也不过是过眼烟云。对于爱情而言，时间不是障碍，“两情若是久长时，又岂在朝朝暮暮”！空间也不是障碍，“金风玉露一相逢，便胜却人间无数”。怕的是，二者没有心灵的碰撞，没有瞥一眼就心领神会的相知，凡因为时间或空间的分离而淡忘的，都不是深情。

这个世界的本质一定是“无常”，既然人心无常，那凡事就更无常。女人最了不起的地方，就是偏偏要在最无常处求有常，在不永恒处求永恒，在爱里求永爱。这，就叫“任性”。

小爱神丘比特手里的箭，有爱之箭，还有不爱之箭，随机乱射，而且多孩子式的游戏任性。所以，当有人为深爱而幸福时，就有人会因这深爱而厌恶和痛苦。

爱情，因思念，因猜疑，因无法确认而有意义；因孤独，因在一起而更孤独；因可以忘怀，而更有意义。

爱情和婚姻的不同是：爱情可能随时发生，可能发生在任何人或事物上，比如那个爱《富春山居图》的人，一生抛弃所有，逃难途中与此画也不离不弃，死前亦烧之以明志。而婚姻一般来讲，一次就够。婚姻的变数源于人性的变数，人，不是一幅画，随时在变，不会持久地让人迷恋。死也要带走的，只有顾城。

若追问到最深处，一定是心灵，而不单纯是爱情。

最单纯的爱恋因美貌而起，只是逢场作戏，而不必涉及婚姻。因心灵而恋的，其实，也不必涉及婚姻。

人在相亲相爱时，更多的是放任和迷醉，催眠或自我催眠。相反，人在相互伤害时，可以唤醒些理智，和进行自我约束（假如你不想失去对方，你就会有意识地约束自己的任性），如果这时能做到将心比心、换位思考，人就愿意去理解、去谅解。理解中柔软的那部分就叫“宽容”。

“让心在灿烂中死去，让爱在灰烬中重生。”那个懒洋洋的大男孩这么哼唱着，在星期一的早上，在路上。看来，爱情体验，与生、与死，同等高度。但，生而懵懂，死而颓唐，唯有爱情，生猛刺激，恰如此时此刻这炫目的阳光。

真爱不必得到，爱情和拥有是两个概念。一个是情感的惊涛骇浪，一个是贪欲的绵绵不绝。爱情自然要眼的愉悦、耳的享受、鼻的细嗅、舌的苦咸、身的轻触，但更多的是“意”的密密匝匝、千回百转，是沉溺于自我的关于爱的体验和实证。有灵魂的痛，有觅而不得，有思之不尽，有绝望的苦，这些，会让你与世隔绝。总之，其根茎，不是执着于你，而是执着于我对你的感觉；其枝杈，不过是风中之树，随命运摇摆、颤动。

所以，通常是，当你的所爱真的来到你面前，瞻仰你伟大的爱情时，你已经筋疲力尽，因为，哪怕就是他本人，也无法达到你“意”的巅峰。更何况，他的俗、他的无聊、他的贪婪、他的无能等，不用太多，只消一个小小的细节，哪怕是他一个不合时宜的微笑，就会把你拉下马，就会让你跌落尘埃，感到无尽的空。这，就是“拥有”会挫败一切的缘由。

因此，你之所爱令你失望，并不是他配不上你，而是他配不上你对爱情的热爱和想象。

别求懂，哪怕他说懂了，也是他理解的懂；别求爱，哪怕他说爱了，也是他以为的爱。有没有牵手，路，都得自己走。自己和自己的灵魂相依时，最甜，也最苦。

| **曲解词语·占有和拥有** |　　占有和拥有有很大差别，占有有点像跑马圈地，有点像大动物用尿臊味给地盘做标记，是一种很强势的行为：地方、东西、人，用不用不管，但不许别人觊觎。占有者是冷酷而充满欲望的，而拥有者则要切实地怀抱所有，他不能松开，他在拥有的同时也捆绑了自己，从拥有的那一瞬，他开始变弱。

爱情呓语：我要离开你，我要去南方，直觉告诉我那边花已开，爱情重又来，可是不能太快，飞机的速度会让我们无法承受。思念、回忆、渴望，并因此而战栗，才是爱的真谛，那午夜身体的颤抖只会让我们更孤寂。还是坐火车去吧，在车轮之上，穿越峡谷和流水，穿越那些车站，让爱情慢点来，让爱情成佳酿，让我们迷醉，让我们半路就下了车，让我们，因害怕失望，而返回。

爱情一旦发生，人们便渴望呼应，于是一个温暖的感情变成了一个欲望，就像子弹拐了弯，于是，人们，无论是射击的人，还是接受的人，都处在危险的战栗中，都会因为前程的不确定性而晕眩。但时代的变化会快速地结束这场眩晕——过去，一封情书会走上好久，人们会在忐忑、兴奋、懊丧中起伏不已；现在，一个短信、一个电话、一个视频、一个语气、一个细微的表情就会终结一切。反之，如果没有这些，你倒可以在风中想、在雨中念，靠着坚持不断的念力把心上人念来，那一瞬间，喜极而泣，多好。

爱，要求的是完美，但却以一种分裂的、疏离的形式呈现着自己。我们爱，只是为了在被爱者身上找寻我们的另一个自我，我们被分裂撕扯着，我们强烈地渴望着融合。

完美的爱情应该不食人间烟火。但完美，首先是人性的完美——不贪、不嗔、不痴，说有就有、说没就没，就达到完美。有人说爱情耗精气神，到头来一场空。其实呢，空，亦是美之高境。人大多只明其耗，不明其补，且神补大于食补、药补。

人因爱欲而生，因爱欲而死。所以古人说“万恶淫为首”，但对个体生命死亡的代偿则是种族的繁衍。

要想享受美好，欣赏力重要，体力也很重要。这世上，资源很重要，体力也是资源，如何恰当地保持体力和运用体力，是件大事。

年轻时，觉得浪漫和爱是深入的介入，是荒原上绝世独立的狂热与生死相依。现在，却觉得懂得保持距离，静默、温柔，美景里同欢、荒原上共暖，生不依、死相忆，才是浪漫。

｜　**曲解词语·浪漫**　｜　“良”和“曼”都有美好之意，但本质都是水性，可以荡漾你的心、湿了你的眼、酥了你的骨，但天下最无情、最不定性的也是它们——流水落花春去也，一会儿天上，一会儿人间。流水落花春去也，是“别时容易”；天上人间，是“见时难”。原来，浪漫最后却是一段“欲说还休”的愁苦。

莱蒙托夫说：“或许，我这样热爱着的并不是你；而是在你身上爱着我往昔的痛苦，还有我那早已消逝了的青春……”几乎所有的爱，都如此。

一份好的爱，就是两份孤独喜相逢

有些东西远比爱情要顽固地彰显在生活中，比如亲情、依赖、习惯等。后者可以让你无所用心地活着，你穿过它们已然没有了穿越墙壁的撕裂般的痛苦，你仿佛入无人之境，而一切又左右逢源、得心应手。久之，你就不敢再去碰爱情这个脆弱的瓷器了，因为保养太费心，因为它注定破碎。当它破裂时，你会发现那刺耳的破裂声实际源自你身体的内部，先是高温的裂片，然后在冷淬中坍塌、粉碎。

从成本看，婚姻的成本最大，但利益也最大，可以得到个体基因的稳定传递。爱情的成本不大，只需要两个人的心血和一点荷尔蒙。自恋的成本最低，只需要自己和一面镜子。但，对自我而言，一个好的婚姻可以让自我最大化地发挥；一个坏的婚姻则是对自我的巨大考验，要么你被摧毁，要么婚姻被摧毁。

在爱情里，人们希望爱情能拯救或弥补自我的重大缺陷，但最后发现：自我是爱情不能填满的深坑。所以，很少有爱情坚持到最后还是爱情。而婚姻却可以巧妙地化不稳定的爱情为超级稳定的亲情。自恋则建立在自我的觉知上，它坚持灵魂的独立性和不可兼容性；它既不试图改变自我，也不试图改变别人；它苦着自己的苦，甜着自己的甜；它自己提问自己答，句句都是回声。

爱情，永远是座桥。很快地，人就会被两边广袤的土地吸引走了，尽管一边是现实，另一边还是现实，充满了泥泞、花花草草、饱满的谷穗和嬉笑的光屁股的黑黑的娃……说真的，两边更美，因为更丰富、更遥远。

更何况，人不能永远站在桥上，虽然上边是云，下边是水，有风有景，很美。但桥上很难造梁、起屋、升起炊烟，总之住不得、不踏实、有风水问题。还是两边更好，远远地看着那桥，像幅画、像个梦，知道生活里有座风雨飘摇的桥，上面飘着云，下面流着水，自己也曾在那上面反复踟蹰徜徉过、幸福过，就可以了。

耳闻：世上只有自己对自己好这事不会后悔，对别人好别人不领情还会烦恼，再由爱生了恨就更不好。最好是：别难为自己，也别难为别人。没人爱自己，也要自己多爱自己一点，每天早晨洗脸时跟镜子里的自己微笑问个好，每天晚上躺在床上跟自己的心肝脾肺肾问个好。世界太平、体健神清、感恩知足，就是幸福。

其实，人的悲哀在于能源的匮乏，太阳的快乐来自它能量的源源不断，它普照万物，照亮你，也照亮垃圾，而且它还有把一切化成另一种事物的能力。而人类，只能阶段性地释放自己，除非能量足够，否则自己那点儿只能用于自保。这就是为什么人会突然莫名地爆发让人不可思议的自私，也是为什么我们在感情上屡屡被挫败。

还好还好，前面有死亡在等待我们所有人。生不能自由，死却可以自由。死亡，会让一切戛然而止，爱，也就随之戛然而止了。

不怕被恨控制，大不了愤怒、冷漠；就怕被爱胁迫，它裹挟着你，让你喘不上气来，让你窒息。

世上绝没有无缘无故的爱，也没有无缘无故的恨——此话开悟。佛说轮回，因缘中自有爱的根基，谁爱了谁都不稀奇。佛说轮回，因缘中自有恨的相续，你仇我恨总添痕迹。若要永远“无缘无故”，就要“出离”，光出离“恨”是不够的，更要出离“爱”。

这世上，最难的不是出离“恨”，而是出离“爱”。否则，跟这个世界还是没个了断。

所谓出离“爱”，就是活泼自在，就是“无缘无故”，不因你爱而爱，也不因你不爱而不爱，不预设，也不推想，该开花开花，该结果结果，不捡不拾，不追不弃，如此而已。

都说人生苦短，但这不是人人可以体会的。庸人依旧日倦影长，不思老之将至。唯有诗人，一年吟咏十二次月圆；唯有离人，鹊桥之上一年才得一会。于是，颓唐之极，不若烹酒花下，或醉卧江渚，执手相看无须言苦，温柔乡里短梦暂求。今朝沉醉全当百年，明朝梦醒依旧朦胧。歇了身子难歇脑子，补了脑子难补窟窿。人生要漏最怕半漏，求生不得求死不能。

未来爱情多样化

有种爱，源于自恋，源于爱自己最美好的那一面，于是会着迷，会不自觉地美化对方，并心甘情愿地被奴役，会献身，然后，会幻灭……光幻灭对方还没事，就怕连自己最美好的那一面也开始质疑了。于是，就有了崩溃。

如果没有成熟稳定的心智和情感，往事必定如烟。因为只有与别人分享一些静谧的时刻，你才能听到自己，走向自己，而不是惶恐地乱飞，随便地投身于别处的火焰。

永远，有多远？都说爱你永生永世，其实今世尚且一段一段。所以，表达永远感人至深，真相才叫人痛彻心扉。一切，真正的永远，不过是，在路上。

老少恋

年龄是个奇妙的东西，当你从玫瑰的浓香转为一枝老梅的清淡和奇俏，从爵士转为古典，从深吻转为轻触……眼耳鼻舌身意六识已转，心境亦沉雄、干净、高贵。

有一种爱是沧桑对青春——因其银铃般的活跃、饱满和无邪而生出惊讶、刺痛、小心翼翼的怜惜，但又因其浑然不觉而必须默默为之。所以爱情说来说去是一个人的事，是爱者一个人的心路历程，被爱者只是情愫的诱发剂而已。爱者必须独自咀嚼那杏仁鲜嫩的苦和那身心如树皮似的饱满胀裂。

因爱而生出绝望，因苦而复活，而恢复生命的弹性，才是爱情存在的意义吧。

现代有个词，叫“大叔控”，百度说一般指20岁左右的女孩钟情于35—40多岁的中年男子，不一定要结了婚的，但必须是事业有成的。通常这种男人都很有品位、情调，生活品质很高，身上有淡淡的香水味和烟草味，必要时很温柔，工作时很专注。大叔控的女孩子都会超级崇拜这样的大叔。还特别提醒，拜金主义者不算大叔控。这句道破了大叔控的内质——还是爱成熟与稳定的人性。

其实，男人也愿意被年轻貌美的女人依恋，因为他惧怕衰老。老男人对年轻女子的迷恋，源于心灵深处对死亡的惧怕，源于抓住青春尾巴的渴望，源于一种松软对弹性的无意识占有，源于一种对生命即将逝去的哀痛与臣服……

于是，美眉爱大叔，是一件两相情愿的事，一个用青春闪耀了老男人的最后年华，一个用成熟和品质拯救了年轻人的慌张。

尽管爱情跟年龄无关，但就气血而言，人相感之深，莫如年轻，比如《易经》之咸卦，为少男少女肉体之神秘初识，战战兢兢，心如小兔，由感而悦，由感而动。至年长时，生活已成惯性，感觉虽丰富，但已经没了忐忑。所以，我的主张还是要年轻人和年轻人在一起。总之，男女之道不可不感（咸卦），夫妇之道不可不久（恒卦）。前者清新悦动，后者深厚绵长。

现在的年轻人好像总是为钱发愁。其实，年轻比有钱更重要。两个健硕干净的欢快肉体，可以不穿衣服，但有爱、有性、更有未来。有个女孩当初即是如此——有个离单位 50 公里的小屋，有一个单人床，没有电视、电话、电冰箱，也没有钱，每天早晨男人骑着自行车送女孩去挤公交，每天傍晚再去接她，下雨的时候他用大雨衣罩住她，在一片漆黑中她搂着男人的腰，怕这幸福跑掉……

姐弟恋

《易经》有一篇蛊卦就是说长女配少男的姐弟恋。一看名称大家就明白了，蛊，蛊惑之意。蛊，原本指钵盂中养了很多毒虫，蜈蚣、蝎子、毒蛇什么的，最后剩下的只有毒气，会慢慢销蚀人之骨髓。蛊卦是上艮下巽，女惑男，风落山。男人基本晚熟，在情志上，有的男人一生都像个小孩，所以在西方有"恋母情结"一说。姐弟恋，虽说受蛊惑的是男人，但如果遇到人性和人格都成熟且有母性的女子，有时也是人生之大幸。西方有很多大艺术家都有女性缪斯，故有一句"永恒之女性，引领我们向前"。也不是所有人都能开展姐弟恋的，一般姐弟恋中的男性偏单纯、任性、聪颖，而女性偏慈悲、母性。但如果在一场爱恋中，男人没有完成心智的成熟和人格的完整，便是一场失败的爱恋，女人也会很累。

灵异恋

《聊斋》里写了很多这样的恋爱，著名的《白蛇传》和牛郎织女的传说也是基于这样的恋情。其实这些故事不应只视作虚构，因为里面的人性是真实的。

白蛇一千年的道行，无奈一凡人的怯懦；青蛇五百年的修炼，还得再加五百年的沉默，也才只得凡僧，只为炊烟袅袅和一个温暖的拥抱。

原来，仙也寂寞，妖也寂寞，人，却无聊。

你修行千年，只为温暖。她修行百年，只为游玩。他诵经几世，既度不了人，也度不了妖。却原来，仙也寂寞，妖也惶惑，不过被这情欲浮华诱惑。到了人间，也只见，风飘西湖，月照断桥，人却无聊。最终还是，妖封雷塔，僧锁金庙，任凭谁，都得不了逍遥。

希腊神话多人神恋，《聊斋》却很有趣，多人鬼恋。人，多是男人；鬼，多是女鬼。写人间的男人嘛，不仅体格孱弱，而且内心懦弱、花心，总是被迷惑，总是被道士解救。女鬼嘛，就丰富多彩了，她们有善有恶，但无论怎样，都意志强大坚定，或华彩艳丽，或哀婉迷人，如果陷入爱情，她们就愈加非凡，对爱情有着吸血鬼般的坚持和英勇。

安徒生童话里有个美人鱼，中国有个白蛇。她们都渴望得到人类最宝贵的灵魂，并且为此付出了极高的代价，甚至生命。但生活中很多人类却忘记了自己已经拥有的最宝贵的东西，而去追求让自己低劣的东西。所以，在修行的路上，我们不见得比那些精灵更了解方向，也不见得比她们能更快地取得成功。即便是情感，我们也不见得比她们精纯和勇敢。由于这些品质，她们可以更近地亲近神佛，成为神的手杖、头发或坐骑，而我们，离神明却有万里之遥。

在所有的童话故事里，我最喜欢的还是《海的女儿》，因为它包含了一个以牺牲生命来换取灵魂的故事。这，使得这个故事超越了所有故事。作为海王的小女儿，她不缺关爱、不缺衣食，但她渴望爱情和永恒的灵魂。为此，她失去了美妙的歌喉，她无言地爱着她拯救的王子。最后，这个女孩用她的勇敢、沉默和坚贞，告诉了我们爱的真谛和灵魂的真谛——上德不德，是以有德。

世上除了政治、战争、名利，还有其他，比如当下秋日饱满的阳光、轻风，树丛中的鸟鸣。更可贵的是，如果你素心坚守，还可能拥有一份无怨而饱满的感情。

未来社会会满足我们各式各样的需求，起初我们会欣喜万分。想得到哪种爱，就能得到哪种爱，这似乎很好。但渐渐地，我们会觉出无趣，因为我们不再有烦恼了，同时我们因烦恼而生的智慧也没有了。而我们真正焦灼与痛苦的恰恰是爱的不确定性和变数。届时，我们会开始渴望不完美、不确定性，我们想要出其不意的东西，而不是要一个机械的程序。

其实，罪恶感的存在是有意义的，它会使你的生命处于动荡之中，会让你因此而领悟圣洁的可贵。而太过于平静的生活，会让人惶恐不安，害怕有些事情会突如其来。

孤独

亚里士多德说："喜欢孤独的人，不是野兽便是神灵。"

一般而言，这种人白天是野兽，因为要对抗整个世界的冷和残忍；晚上是神灵，因为要给予这个世界全部的挚爱和温柔。

其实，人一开始不是喜欢"孤独"，而是害怕"孤独"。但随着时间的推移，随着对人性的失望，随着对灵性的热望，人渐渐地习惯了"孤独"，最后，会高傲地爱上"孤独"。先完成对人群的疏离，再完成和人间的分离，再学会享受自娱自乐的单调与丰富；先理解了大海和天空，然后，就明白了"孤独"，即"永恒"。

｜ **曲解词语·分离** ｜　分，用刀割裂事物；离，原意是怪兽。我一直好奇上古之人要把哪种怪兽割裂开呢？有一种传说，说最原始的大神是雌雄合抱的，犹如伏羲女娲在一个葫芦当中，属混沌不分、阴阳交融。所以，一旦劈开，一旦分出阴阳，二元便产生了，最原始的痛苦也就此产生。

分离的结果就是孤独，就是相互寻找，就是永远渴望合二为一。于是我恍然大悟，由神而人、由人向神的，就是这个叫“离”的怪兽。

据说原本人是完整的，故能量很大，常与神对抗，于是神就把人劈成两半，让人把精力花在寻找自己另一半上。有多少人由此而重新完整，不得而知。但我猜想，对那些天生就雌雄同体般完整的伟大心灵而言，上天要么派个人来照顾他；要么派个魔来折磨他，再把他折磨成两半，好完成神都完不成的任务。于是，结论是，这个怪兽的另一个名字就是“人”。

伟大的心灵（魂）都是知道恰如其分地运用雌雄同体的能量的。这才可能成就一个伟大的灵魂——这个伟大的灵魂也有名字，就是“神”。

凡大者，必孤独。比如天空、大海，还有你。

人，生而孤独，是一句最真实不过的人生表达。人类一切对爱情、亲情、友情的渴望，不过如同要索取水或酒来浇灌和瓦解“孤独”这个挥之不去的块垒，哪怕是仇敌的存在，都会使孤独的存在感光耀。相类于人类的孤独，天空也孤独，夜空也孤独，大海也孤独，因而宇宙就是一个孤独的存在。正是因此，人类懂了天空，懂了夜空，懂了大海……正因为孤独，所以，天空、夜空、大海、人类都追求绽放，都希望在寰宇存在的当下，懂和被懂。

都说世界是空，但我的理解是：空，是世界的本性；而美，是世界的德性。空不空我不管，我要它的美。

读李商隐《北青萝》：“残阳西入崦，茅屋访孤僧。落叶人何在，寒云路几层。独敲初夜磬，闲倚一枝藤。世界微尘里，吾宁爱与憎。”此诗将“孤独”写尽，前三句“孤”有残意、有伤意、有禅意，最后的告白却写出了孤独的执拗和尊严。每一粒微尘其实都裹挟着爱与憎之阴阳两极，坚守爱，坚守憎，哪怕是微尘，亦是孤傲的有尊严的微尘。

｜ **曲解词语·孤独** ｜　幼而无父曰孤。父亲代表理性，母亲代表感性。“孤”就是活在感性与心灵之中忧伤成长。“独”指不群之犬，它不同于温顺的羊群，而是保持着好斗的精神，独而不群。所以孤独是一种伟大的存在，它游离于世俗之外，以不妥协捍卫着高傲的特立独行的尊严。

孤独感，通常会跟夜晚、秋雨、阴天、安静等相关。一幅画、一个眼神、一线流水……都会唤醒我们内心最柔软、最脆弱的那部分，让我们顿时从世俗中抽离，让我们活在自我的寻寻觅觅当中。

很多时候，要是身边的人不懂你，感觉比自己待着还要孤独。

人类的精神成长，其实是孤独的果实。

｜ **曲解汉字·夜** ｜　夜，从“夕”从“亦”。亦，手臂腋下之形。所以，“夜”字很写意，像一个人在黑暗中抱臂的孤独模样。黑夜，掩藏了那么多龌龊和肮脏，也掩藏了那么多绝望和忧伤。

好像越是过节、越是夜晚，孤独感越浸骨；越是人流滚滚，越形影相吊。

黑夜要做黑夜的梦，白天要发白天的疯。

白天，是“克”。因为跟别人在一起，你若过分率性，别人便会诧异，有些眼光可比夏天正午的太阳还毒。黑夜，是“生”。因为你和自己在一起，心灵由着你绽放，最好孤独，最好静寂，你亮闪闪的，自己就是那颗星，而且和任何一颗，都隔着光年。

必须要有夜晚。没有夜晚，就没有自己跟自己的对话，就没法亲近那些夜晚才出没的神灵。

白天，是人与世界的对接；夜晚，是自己和自己的对接。天一黑，我就开始了：跟自己微笑，跟自己对话，还唱歌给自己听。

白天一切都苍白，唯有黑夜，能让生命更加厚重。我爱夜晚。白天我“宅”着，夜里我飞。

夜就这么如水地淹没了我，温暖、静谧、柔软，我愿睡在它怀里，永不醒来。

人人都是自说自话，人人都孤独，人人都徒劳。晚安，所有孤独的心灵。

在中国古代，有两种人最叫人艳羡，一是侠客，二是诗人。前者江湖飞檐走壁，有红颜知己；后者花前月下，有佳人歌伎。最关键的，他们都游荡在体制之外，只与世间极品和妖魔鬼怪为伍，仿佛活在神话世界。孤独，对他们而言，是人生品质和美德，而非烦恼；孤独，是他们成功的必要条件，越绝世独立，越是同类中的极品。他们，一个夺命，一个夺魂，侠胆与诗心的高度融合即是大修行者。在百姓的心里，他们比皇帝更传奇，相比之下，皇帝更像是一家之父，再威仪也免不了俗。而诗人和侠客，却缥缈如炊烟，是天上的长云，是猎猎的长风。

在中国市井社会，对百姓，有门槛，处处都要战战兢兢，小心脚下；对官僚衙役，有门框，处处都要低头。如此，便有了奴性，便没了眼界，便缺了胸怀。故，唯有在江湖、在旷野、在无人处，才有“星垂平野阔，月涌大江流”，才有“野旷天低树，江清月近人”，才有美，才有高傲的鸿鹄。

所以，必须孤独，唯有孤独，才能救我们于市井，救我们于庸俗。

因此，我愿得孤独这清冷的病，而不愿得红尘那贪嗔痴的热毒。

“你的肉体只是时光，不停流逝的时光。你不过是每一个孤独的瞬息。”博尔赫斯说。 这多么令人悲观、绝望。在肉体的“流逝”之中，我愿丝帛缠绕、光芒万丈，如同今早凶猛的晨光。

王国维的做学问三境界也被演为人生三境界：一、“昨夜西风凋碧树，独上高楼，望尽天涯路”——这是“独”，独则自省。二、“衣带渐宽终不悔，为伊消得人憔悴”——这是“痴”，痴则专情。三、“众里寻他千百度，蓦然回首，那人却在灯火阑珊处”——这是“觉”，觉则得真。

人生有几大享受：美食、安眠、爱情、友情、旅游、独处、心想事成、得道。人生有几大痛楚：生离、死别、久病又逢风雨、他乡难遇故知、欲而不得、求生不能、求死不得、懵懂终生。

在人生当中，是和一堆人坐在一起闲聊交换能量，还是去旅行与大海山川交换能量，该如何选择，有时是不言而喻的；在婚姻中，是与一个永远都不会懂你的人交换能量，还是独处与璀璨星空对话，该如何选择，也是不言而喻的。所以古代人以松竹为友、以梅花为妻真是个智慧的选择，松竹无言，自有风骨；梅花无语，自带风流。

| **曲解词语 · 孤单** |　　独是不群之狼，高傲。单是形单影只，可怜。

现今的人特别爱说也特别渴望来一场说走就走的旅行。其实，独自飞一趟，又独自回来，不为别的，只为增长一种折返的能力——翅膀倾斜着，去的时候靠的是眼睛；回来时，闭上眼，靠心灵，去画记忆里的那个圆满。

| **曲解词语 · 自闭** |　　自，是鼻子。所以自闭原本指鼻子不通导致

的窒息感。后来，人以鼻子代指自己，所以自闭就扩展为自己把自己与世隔绝，不再与世界发生哪怕是呼吸的联系。一个人自动走进牢狱，然后把钥匙扔得远远的，也不失为勇敢。

坏情绪也是一种能量，它甚至比好情绪还顽固，因为好情绪为阳，主散；坏情绪为阴，主凝聚。这种能量会伤害我们的身体，逃避它、压抑它，都会让它们沉淀凝结。所以我们要掌握化解它们，或让它们转化成好能量的方法。比如孤单的感觉让你很悲伤，通过与某人建立亲密关系来解除悲伤的想法，也许会让你陷入更大的混乱和悲伤。因为你的解决方向错了——人家不理你，你会思伤脾，继而怒伤肝；没找对人，或所遇非人，还可能恐伤肾。而真正的解决方案是：

（1）认识孤单，接受孤单，而不是逃避孤单。本质上，每个人的本性都是孤独的，哪怕大家聚在一起，也解不了自己内心的孤苦无依。强迫别人爱自己懂自己，也是种罪过。

（2）享受孤单，让自己的身心放松下来。一旦消解了你渴望别人懂你的欲望，你在放开别人的时候也就放开了自己。

（3）要明白人是群居的孤单的物种。要想在群居中享受温暖并游刃有余，靠的是积极付出和宽泛的爱。如果你性情淡泊，那么保持孤单可以使你拥有一种高贵的自由。

● 孤独中的几种情绪

要想知道情感、信念与健康的相关性，我们可看人的表达：怕得要死，急出了病，肝肠寸断，胆战心惊，心痛欲碎，六神无主……所以要想健康，就不能怕、不能急、不能伤心、不能慌张……情感上要迟钝些，信念上要坚定些，人生百年如白驹过隙，所以要慢点来，摆好 pose，尽量以优雅潇洒的姿势过那个隙，至少，自己觉得挺美，心里也舒坦，就成。

无论多么悲伤，我们都没必要当着外人的面哭。因为，这世上少有真正的同情——也许会有些许的同情，但深度肯定是有差异的。正是这种对世界感知的差异，使得我们无法彼此信赖、彼此托付，使得任何相爱都有虚妄和缥缈的时刻。所以，我们没必要让别人替我们难过和悲痛。这些，我们都自己担着得了。

因为，真正的同想不会存在，真正的同情也不存在，某一瞬间的懂是可以的，但不会也不必永远懂。所以呢，朋友有时在一起坐坐就行了，不必多说，看看街景，各喝各的酒，各想各的心事，笑笑微信里的段子，共享一下欢乐，那苦、那悲，自己的，还须自己担、自己化。不给别人添堵，也是美德。

所谓“感同身受”的说法并非现实。他的痛，只跟他的心神相关，只跟他的挫折和伤痛相关，好比阮籍的穷途之哭，没人能懂。但痛哭会传染，只是每个人哭的都是自己，痛哭洗涤的也是自己。世界就是这样，我们聚拢在一起，却各怀伤痛，眼泪都是一样的咸，但灵魂深处的绝望却大不相同：有人哭着哭着就死了；有人哭着哭着就笑了，并且感到了新生。

正如凡·高的一生，“在这薄情的世界上深情地活着”。嗯，真好。

曾看了个爱情电影：起初所有人都想游戏，可最后都认真了；当所有人都认真时，最后又都成了游戏。永远是，假作真时真亦假，这世界，游戏不得，也认真不得。

有人问：说吧，那到底怎么着？

曲答：他游戏时你游戏，他认真时你认真，这样的故事一般结局是上边咬了牙，心里结了恨；他游戏时你认真，他认真时你游戏，这样的故事一般结局是心里戳了根针。

| **曲解词语 · 寂寞** | “宀”是房子，“叔”是用手剥豆，“莫”是日落草丛之中的昏蒙与苍凉。于是“寂寞”就是一个人在昏暗的房间里默默地剥豆子、编心结，天渐渐地黑了，心也随之暗了。

有人说，一个人身边没有人，就会寂寞；一个人心里没有人，才会空虚。我说，一个人身边虽有人，但不懂你，会更寂寞；一个人心里没人但有神，就不会空虚。

耳闻：孤独，是你不愿理别人；寂寞，是别人不理你。（如果你的生命还不够大，就不能安享孤独和独舞。）

耐不住寂寞，就做不得“神”。

| **曲解词语 · 痛苦** | 痛是肉体的感觉，苦是内心的感觉，所以，痛苦是身心俱处在被伤害、被打击、被折磨的状态。麻药和毒品不过都是欺骗，因为它们不能从根本上纾解生命道路的拥堵和心灵的无明，它们只是暂时麻痹了你的神经、欺哄了你的心灵。而真正的“离苦得乐”，唯有靠觉悟和修行。

人之痛苦，并不源于所得到的，而是源于永远得不到的。能得到的都是物质，得不到的不一定是物质。在我们内心深处有一个“空”，那个“空”是我们对无限的渴望、对彼岸的渴望。我们知道人生不只是活着，

哪怕是活到天年，如若没有和那至圣的完美合一，我们的人生依旧没有意义。

人心中之大苦，无人知晓；心中之大乐，无人分享。最完美的生命，必有常人无法承受之轻、之重。

| **曲解词语·惆怅** | 惆，失意也，一副愁肠，千回百转；怅，长望其还而不至。惆怅，失意再加空虚无望，苦煞人生啊。

失意，是自己的期望值过高，过于浪漫，而事实却令人失望。但即便如此，人还是会因为生活着实不易而甘愿忍受这些不如意，此为“惆”。但生活最大的悲剧就是哪怕你忍了、认了，它还要伤害你，还有让你彻底绝望的时刻，此为“怅”。于是，惆怅便是难言的心曲，又烦又长，令人不堪回首。

| **曲解词语·忧伤** | 忧，心动；伤，由忧心而致皮肤疮疡——忧伤肺，肺主皮毛。

都说香附解郁，但只可解易舒之郁。如相思之病，必得其心上之人，其郁方解；都说香附开胃，但只可开未伤之胃，譬如断肠之伤，必待其意外之喜，其胃才开。唉！ 怎能尽求无情之草木，解有情之人的忧郁和幽闭呢？

| **曲解词语·叹息** | 叹，吟也。情有所悦，吟叹而歌咏，一唱而三叹。息，从鼻到心的回旋。叹息，不过是对生命的哀惋与赞叹，是用自己的噫吁呼吸来挽留这世界的苦和美。

| **曲解词语·宽恕** | 宽，屋宽大也。这个“屋”，指心房。恕，《说文》解为“仁也”，上“如”下“心”，将心比心而已。宽恕，大者才能将心比心，才能凡事为他人着想。

| **曲解词语·焦虑** | “焦”字，上“隹”下“火”，小火烤小鸟，属于慢慢地煎熬。“虑”为远虑。一切焦虑，都源于对未来不确定和难以把握，而产生的煎熬的感觉。

焦虑和抑郁的区别是：焦虑伤肺，抑郁伤肝；焦虑是阴寒重而逼出真火，抑郁是阴寒更重而无阳。治疗之关键在于破阴寒。

焦虑是病，抑郁是病，躁狂是病，但忧郁不是病。它是一种偏阴性的精神状态，是一条沉潜的灵性的孤独的鱼儿，游在自我的非诚勿扰的海里。

| **曲解词语·厌倦** | 厌，是因过度满足而生厌恶，是太多的令人恶心的东西堵在那儿，只想吐掉。倦，是疲惫，想蜷缩起来，回避这个世界；或像个球那样，滚出这个世界——总之，你不走，我走！

正如疲劳本身是对过度活动的抑制，厌倦，也是对我们情感过度洋溢及我执之持续的一种反叛。所以，有时候我们会突然放弃，不需要理由。这种放弃会令我们身心顿然放松，而且对事物及情感的畏惧也烟消云散。这也是“放弃”会令人强大的原因，因为“放弃”比“放下”需要更大的决绝。放下，也许还有重拾的希冀；放弃，则是永不再要。

| **曲解词语·懈堕** | 懈，怠也，轻慢之意；堕，不敬也。所以懈堕是由于内心的轻慢而产生的倦怠感、无力感，它会渐渐地腐蚀你，让你

的人生缓慢地滑入黑暗的山谷。

未来虽不可知，但过去可以知。所以，在我们行走的当下，我们以往的文化，可以给我们一些温暖、一些警示、一些敬畏、一些慰藉……好吧，我们静静地观，静静地悟，静静地等待，等待海上生明月，等待沧海变桑田……

｜ **曲解词语·款曲** ｜　款，意有所欲，心志纯也。款，又有“空”意，空，则有所欲。我们总想有什么东西可以填满自己，比如爱情，比如婚姻，比如友情……但最后我们才能明白，人生是填不满的深坑，我们要练习的，是在深坑中游戏、建构，把它打造成精神的圣殿。

现象如此繁复多彩，本质却永远单一灰暗。守着本质就守着孤独，守着现象就守着被骗。人，有时会害怕和拒绝真相，因为真相会让我们脆弱的心难以接受。

｜ **曲解词语·沉默** ｜　沉，如水流般亢久；默，如黑夜般缄默。一切只向低处、暗处、深处流动，并在一切低处、暗处、深处，保持着尊严和高贵。

沉默，并不是无话，而是不说、懒得说、不屑于说，是知道语言的毒和狠，说出来怕你万箭穿心……

还有一种沉默是寂静欢喜，比如在海边、在荒原。更有一种沉默是情感的深沉——我一直沉默着沉默着，为了你，我愿意永远这么沉默下去，只要你喜欢。

有种深沉，即便默默，也心生欢喜。有种喧嚣，越是华丽，越难免空虚。

佛总是说总是说，最后传了心法，是既不落文字，又不说。

● 怀旧与遗忘

内心越疯狂游走的浪漫的人，越羡慕“树”的不动与自在的认命的优雅。

似乎每个人都对自己小时候生长的地方怀着复杂的情感。那也许是痛恨夹杂着爱恋的，你逃离得越远，它就越像一个故事、像一个颤动的美幻的老唱片，但你不能回去，你世故的成年之眼或你伤感的老年之眼再也看不到童年……

| **曲解词语·相思** | 相，倚木而望，又无所望，思绪只在心头游荡，为“想”。思（恖），上为囟门，下为心，就是由心的感知到头脑的思辨的过程。相思，就是“才下眉头，却上心头”。一下一上之间，一颦一笑之间，思之绵绵，春蚕抽丝。

“相思”原本只是自思，但因念力太持久、太强烈，对方有时因感而落情网。于是“情不知所起，一往而深”而相思。

在我眼里，思乡症比相思病美，且深远，且悠长。虽然其表现大概都是郁郁寡言、茶饭不思、衣带渐宽、神情恍惚……但相思病所思在伊人，思乡病所思在土、在风、在水、在乡音……前者为明意识，后者为潜意识或无意识；前者知为何而苦，后者不知因何而伤；前者得其人而愈，后者得其风、其水、其乡音乃欢……

更宽泛地说，有家乡思乡症，有宇宙思乡症，有前世思乡症……总之，都是回不去的牵挂、挥不去的情思。家乡，有山有水有姑娘；宇宙，有星有空有浩瀚；前世，有爱有恨有梦幻。哎呀呀，一切有真有幻有恍惚，奈何桥上一声长叹，忘情水边啮齿扼腕，只因没喝够、没喝净，只因那宝瓶原来是无底的。

朋友说："homesickness"，多么甜蜜而忧伤的一种不治之症；"lovesickness"，多么苦痛而绝望的一种慢性自杀。

这两个英文单词译得漂亮。

人之善忘，源于心气虚，心气虚则心窍闭而善忘。药典云："石菖蒲开心窍，治善忘。"不明医理和配伍的人就会妄用，而不探究心窍闭之根源在于心气虚，单用石菖蒲则使心窍随开随闭，久之更耗心血。如用人参配伍，先补其虚，心气心血足，开合便成自在，该开则开，该闭则闭。脑子也随之自如，该记的记，该忘的忘。

活着，就是回忆往事、牵挂当下、预计未来——一切都因"有我"。修炼，就是忘了往事，不看眼前，不计将来——忘我、无我、无情。

一说到无情，好多人就不高兴，其实是自己弱，总怕无情伤到自己。其实，无情是把剑，你弱，它就伤你；你强大，它就是你所向披靡的光芒，既照亮你，也照耀他人。

| **曲解词语 · 纪念** |　"纟"，脐带，丝线；"己"，是自己所拥有的。所以"纪"，是对自己的根本拥有而思忆绵绵。念，从"心"，"今"声，不过每时每刻，念念相续，延绵不断。我们所拥有的根本记忆是亲人，但未必念念相随。唯有经历生离死别后，纪与念猛然相连，那缠绵不绝之镜，如电影画面，随念而延展……

｜ **曲解词语·怀念** ｜　怀，念思也，不忘之思；念，常思也，有今天，就有明天，有明天，就有后天。情事别有开始，有了开始，就缠绵难断——能断的都不是情。

思念是一种隐痛，往往不经意中，从骨髓处轻漾，一愣神，便彻骨。

四

有情·无情

有悲情，有伤情，情情夺命；

有闲情，有逸情，了了明性。

一圈人围坐一起，各说各诂，各谈心得。有人修佛，有人修道，有人修真气运行，有人修六字真言……问到我，笑眯眯答曰：修一个“情”字。众人显出惊疑、惶惑、羞怯之相，我虽仍面带笑意，但言语却也庄重：此乃娑婆有情界，在此界，即修此界。此情不了，遑论其他？此情一了，更论其他。

无情何必生于斯世，天下谁能不动情？

｜ **曲解汉字·情** ｜　青，上“生”下“丹”，指木生火，是一种过渡的、变化当中的颜色，感情也是如此，是变化中的成长。藏在心里的为爱，发出来的为情。

| **曲解词语·情感** | 情，是阴性纠结变幻的丝带；感，是内心盐湖的苦流。一些苦涩夹带着疑惑的黏稠就这么一点点地飘上来，等着你的接受或蔑视……为了避免受伤，很多情感就这样，在沸点戛然而止，表面上了无春痕，底下已天翻地覆……质变，只发生在最深处，只发生在一瞬间。

情，因感而动。感而至深，则有恩。

| **曲解词语·感动** | 感，动人心也。心，大动伤身，小动怡人。从心之微动，同“憾”，浅于怒和怨。动，作也。心为君主之官，统摄百官，由心灵的微颤而至五脏六腑，乃至全身每个细胞都随之悸动、活跃、灵动，如蝴蝶之翅的扇动而形成整个生命的龙卷风。故，有感动，就有功夫。气血就是情感。此中真境，感而遂通，感而遂通！何人能懂？！

| **曲解词语·感恩** | 感，动人心也，上“咸”下“心”，“咸”有抚触意,《易经》咸卦就是，由肌肤之感而动心为“感”。恩，上“因”下“心”，明因果而感念深厚为“恩”。所以，感恩是先从感官上有所得，而后因心动而延续感念的一种过程。但人性鄙陋，习惯了得到，便没了感觉；无身体之感动，便无内心之念恩。

古人说：“义感君子，利动小人。”所以对人性不必汲汲，也不必伤心，慢慢看就是了。有的人，如果他辜负了一个人，他必辜负所有的人，因为他不过是为“利”所动，而非为“义”所感，所以他的生命深处就没有恩，也没有义，只有当下的阿谀。辜负是他生命中的惯性，只是时间早晚而已。

“小人专望人恩，恩过不感；君子不轻受人恩，受则难忘。”好句。君子、小人，从此处观。

人，不能跟愚人生气，因为天生大象，也生蝼蚁，要尊重差异性；不能跟孩子生气，必须给他时间成长；不能跟老人生气，因为你有一天也会老。学会微笑地、和气地看一切，时间会说明一切。不必急、不必争执，如果容不得别人说个“不”字，那还是对自己不自信。练就沉着，那是自养；动辄人身攻击，那是自损其德。

古人云：“情最难久，故多情人必至寡情；性自有常，故任性人终不失性。”故，多情人自有不可思议处，任性人自有令人惊异时。因此，从长远计，依赖人之品性比依赖人之情感，要靠谱些，当然了，最好是强大和依赖自性。

关于有情无情，有一个人不得不说，就是那个《红楼梦》里的贾宝玉。开篇他曾进过太虚幻境，但因为没看懂那些册子，而始终是大观园里的大情种，无论对老对少、对姐对妹、对丫鬟对戏子，他都一往情深。经历了黛玉、贾母等人的生死无常后，他再度进太虚幻境，终于读懂了那些册子，知道了所有他深爱的女性的结局，于是他一副冷冷的无情的样子，令所有爱他的人又痛彻心扉。所以，有情，源于无明；无情，源于明白。有情，是人道；无情，是天道。人之所以怕无情而喜有情，不过源于自身的弱，和对命运的无明。

我做人时你笑我痴，
我做佛时你怨我无情。
念珠满地，横亘你我之间，
是你来，还是我往？

是住世一笑，
还是离世一哭？
盘桓不定的，
是你的念，还是我的心？
诸多混乱，
不如无你，不如无我。

情，分有情、无情。有情，自然人人喜欢；无情，多少有点让人畏惧。

看来看去，一切“有情”不过因爱欲、虚妄、乱想、颠倒、执着而来。猛然醒悟，有情，即得肉身，肉身有眼耳鼻舌身意，“惑”从此生，“想”从此入，“感”从此化。肉身灭，而无惑、无想、无感，由此清净。

而“无情”，不过是勘破这爱欲、虚妄、乱想、颠倒和执着，不过是了然了人生之“无意义”。

人生苦短，别太隐忍，因为人生的究竟是“无意义”。白驹过隙，关键看那缝隙中的一闪你白不白、亮没亮、飘逸不飘逸。哪怕是苦，也苦出点美感。其实，上天给所有人的都是“隙”，小人物总以为大人物的舞台大，等你走到他那个位置才知那舞台依旧是个“隙”。人人都难免擦伤流血，人人都可歌可泣。

● 论“赤子之心”

面对冷酷和无聊的现实，中国人和西方人最终的解决方式非常不同。国人会以佛道之解脱、以恢复“赤子之心”的无情为终途，比如贾宝玉最终弃宝钗、袭人而去；而西人则以基督教之仁爱，把对死者的怀恋转换成对生者的无限同情。所以，在情感教育方面，中国人总首尾于儒道两端，完全看你得到的是它哪一面——宝钗在宝玉那里最终收获了无情，而黛玉则得到了宝玉最彻骨的同情。

这世上，难以调和的，是对人性的悲悯与个人的解脱。到头来，往往是既负了如来又负了卿。当感知到这世上的痛苦不堪担荷时，敏感的人不得不忍受时不时的精神错乱和麻木无情，所以，在内心深处、在精神的根底，我们多少都会有点病态。儒家劝诫我们以深度同情（不忍之心）而拯救自我，道家则让我们唤醒赤子之心而疏离。

佛家的大有情是慈悲，那是建立在大能量上的。儒家对普通人的要求就实在多了，只有个“不忍之心”。道家则是针对高人的，讲“以万物为刍狗”。说起来都容易，做起来都不易，因为都要建立在“自足圆满”上，哪怕是小小的自足、小小的圆满。有情若风狂雨骤，无情如湛湛蓝天，乃人中之杰。

所谓“不忍之心”，是多情，又不只是多情，还要把这情感施与他人，至少从情感上是考虑他人的。就是感觉伤害别人就像伤害自己，而有切肤之痛。它是基于“同情”和“感同身受”的，也就是“己所不欲，勿施于人”。但圣人的问题是只说半句话，而没说“己所欲，也勿施于人”。于是好多人，前半句能做到，后半句做不到，总是强迫别人接受自己的喜好和想法。所以，人还要修——别人不欲你之欲，也欣欣然。

所谓“赤子之心”中的“赤子”，原本指婴儿，婴儿的本质是自私的，因为他还没有能力为别人去考量，肚子里的胎儿更是以汲取母体的最高营养为己任。但后人将赤子之心误读为纯洁善良的孩童之心，其实至今为止，人们对人之初，究竟是性本善还是性本恶，一直争执不休。这样说吧，儒家以“赤子之心”为“不忍之心”，而道家的“赤子之心”还其本来面目，以无欲、无智、无识为赤子之心。《红楼梦》第一百一十八回，借宝玉、宝钗之口对中国思想里这一问题有所争执。宝玉对宝钗说：“你可知古圣贤说过，‘不失其赤子之心’，那赤子有什么好处？不过是无知、无识、无贪、无忌。我们生来已陷溺在贪、嗔、痴、爱中，犹如污泥一般，怎能跳出这般网尘？”宝钗说：“你既说‘赤子之心’，古圣贤原以忠孝为赤子之心，并不是这遁世离群、无关无系为赤子之心，尧舜禹汤周孔，时刻以救民济世为心，所谓赤子之心，原不过是‘不忍’二字。”总之，在尊崇天道的道家那里，不强调爱与同情；而尊崇人道的儒家，汲汲于仁义，也是看透了人性骨子里的冷漠与无情，但想借仁义来保持世间的相对稳定，以妥协来谋取和平。

中国人到底是多情，还是无情？中国人的情感教育有没有问题呢？总感觉这其中是有问题的，但又不是一两句就能说清楚的。“相濡以沫”貌似多情，但不过是“贫贱夫妻百事哀”，一旦大难来临，不见得同林鸟不各自飞；“相忘于江湖”看似无情，却是以内心的独立强大为根基，反而有难时可以有能力施以援手。

总之，小人物无论多情、无情，其增益和伤害的无非自己和周边小范围；而大人物的多情或无情，其增益和伤害都影响过大，慎之慎之！

某次听家安师弹道家的古琴曲，莫名地心生烦躁，因为那曲子似乎全无章法，无天无地、无春无夏、没心没肺。师曰：“这就对了。今人弹琴都喜欢煽情，都要高山流水，而道家的曲子就是让你跳出‘情’的遐想，就是没心没肺。”妙谈！在娑婆有情界修有情，但，若没有没心没肺的“无情”架势，也修不出高境。

有情，必讲因果，一环扣一环的，人就出不来了，不仅出不来，心力还会越耗越弱，因为走的是“耗”的线路。无情，却有着斩断因果的锋利和决绝，反而能使人一下子跳出来，一跳出来，立马心明眼亮，那一瞬的干净利索，就是“收心”，就是“养”。故老子说：“故常无，欲以观其妙；常有，欲以观其徼。”恒定的“无”，可以让人得阴阳和合之妙，既然跳出来了，也就不再依赖什么，自身得其圆满。永恒的“有”，总是一个边界连着另一个边界，一个变化引着另一个变化，没完没了。

“喜怒哀乐之未发，谓之中，发而皆中节，谓之和。”（《中庸》）其实，圣贤练的就是这个“中节”的自我掌控力。过与不及，为常道；中，不偏不倚，为独立。常人，喜偏喜倚，难得独立之坚持；要么太过，要么不及，而且头脑易左、手脚易右，如此跟头把式地趔趄着，不能不纠结，狠的、愣的，一定鼻青脸肿。

● 论道德

善和恶不过是自性的两面，而非道德的两面。宇宙观中没有善恶，善恶是人类的特有语言，不是宇宙语言。

在情感教育方面，我们国人道德教化太多，率真就少了；言语太多，肢体动作就少了；讲究了高尚，就忘了本分。

我在阿根廷感触最深的是：阿根廷人什么都可以赌，唯足球不可赌，因为他们从小就培养了对自己所爱球队的忠贞，无论输赢，他们只支持自己所爱。所以，忠贞不是道德，是品性。就人性而言，人，尽可夫；父，唯一个。（这句话的本义是：作为一个女孩子，很多人都可以成为你的丈夫，但父亲，只有一个。面临生死考验时，你的选择至关重要。）因此，对丈夫忠贞即道德，对父亲忠贞即品性。道德属后天教育，品性则与先天（基因、血缘）等有关。

道德是人为的，它不是真理；而宇宙法则是天道，是真理。讲世俗道德通常以“人性恶”为前提，而天道法则是人性无善无恶。没有比让人生活在罪恶感中更有力的操纵手段了。一旦我们的精神被操纵，被洗脑，我们就陷在分别心的泥潭里，当人生变成一种要做“好人”的挣扎，我们就不再具备犀利的分辨力，更无从论及精神的超越和飞升。

萨特说他从 20 岁起就思考社会道德问题，而我从 7 岁起就开始思考死亡或生存的意义何在的问题。社会道德问题是慢慢困扰我的，它们就像细小的丝线一点点缠上来，我用它们约束我时刻要飞升的灵魂。我知道，没有它们，我的生活会更加无序和绝望，它们是保障和确认我在这个世界存在的东西。我时刻提醒自己是个女孩，生在一个有着五千年男权文明的国度里，我的一切反抗，只能在黑暗中秘密进行，哪怕我已了悟无常，我也要假装一切都是活色生香的，而且是有意义的。我用社会道德约束自己，我让它们积淀在我的五脏六腑之上，成为不堪重负的毒瘤，我宁愿它们在我的内部爆炸，而在面容上我会保持着东方圣人的那种优雅。这，真不是装假，而是想做个殉道者，同时享受苦难带给我的快感。我恨我自己，但，我更赞美我自己。

说实在的，在内心深处我始终认为自己是异乡独客，但我对东方这块巨大的古老的布满疮痍的丝绸充满了兴趣，那上面精美的彩绘和泥垢深深地把我迷住了，我想披着它活一回，我要感受它的沉重丝滑，也感受那皱褶里隐藏的虱子带给我的难耐的瘙痒。生在哪个时代无所谓，反正这里从未改变过，反正我多次来过这里。我这个胚胎、我这个灵魂，似乎更喜欢东方女性安静顺滑的子宫，并且喜欢不断地变换性别来体验这个国度的不同朝代，我相信每次我都选对了，无论是性别、朝代，还是子宫，于是轮回成了一件好玩的事。其实，我们都多次来过，在不同的母亲怀里假寐着、等待着，等待着在最好的年龄里遇到最好的时机、遇到最惊心动魄的苦难、遇到最好的你。

| **曲解汉字·道** |　从“辵”部，上为“彳”，下为“止”，与行动的能力有关，与道路有关。“首”为面，为头脑。“道”字的意义便在于——有头脑的人在大道上行走并知道该停在何处，走向何处。

反之，“无道”就是没头脑、没方向，干了坏事还停不下来。

释“道”：“天道”是春夏秋冬，该生发就生发，该杀伐就杀伐。天道无情，亦无善恶。“兽道”是强者为王。“草木道”是借助自然之力到处飘摇。“人道”则随人心善恶变化不定，有时，不该生发的生发，不该杀伐的杀伐。要么逆天道，要么行兽道，多数人随波逐流，如草木道般沉浮。

一切道德教化针对的都不过是人性“恶”和“弱”的层面。人类的群居生活要求人人自危，“道德”对圣人而言是高尚的自律，对弱者而言则是对这个冷酷世界的祈求。

天地不仁，以万物为刍狗。圣人不仁，以百姓为刍狗。“仁”，是人道；不仁，是天道。天道不会屈从于可怜的人道，但它也有“好生之德”，哪怕是洪水时代，也会留下个伏羲女娲，也要有“方舟”，把最好的种留下来。看到有人用媚俗的人道理解老子，心痛！难怪老子骑青牛而逝。

人，不能因为自己心力弱，就对强大的天道视而不见，或者用虚假的仁义来宽慰、绑架自己。是“大道废有仁义”，而不是“大道废安有仁义”。没有对所谓“仁义”观念的深刻理解，就不能正视老子血淋淋的犀利和冷静。他不是哄你玩的温和老头，他不愿来，而且说走就走。

天道，坚守孤独与正念、正举，并且不为世间标准所动，“举世誉之而不加劝，举世非之而不加沮”。

儒家认为人性的本质在于人的社会性，强调道德教育、修习本性，除本人努力外，还要靠老师教诲和社会模范引导（见贤思齐）。孟子曰：“天之生此民也，使先知觉后知，使先觉觉后觉。”

道家认为人只能靠自己来改善自我，靠个人之悟性，而不是道德。外援会令人痛苦并迷失本性。

老子所言的“道”在下边，不在高处。高处危，则有险；低处和，则有息（生生不息之息）。老子说的那个“道”不是人走的道，而是阴阳走的道，真阴真阳一和就结珠胎，就养育，就成圣婴，就有一种能量绵绵若存、源源不断。于是，从最底处，有一种满足，充满恩宠，直达心灵。

| **曲解汉字 · 德** | “德”，原本从“彳”从“直”从“心”。从“彳”，代表行道的能力；从“直”，眼睛要直视前方，要远瞻；从“心”，要有感知的能力。所以，“德”，是在正确的方向上感知并行动。

反之，“无德”就是凭借错误的感知胡作非为，不知忏悔。

｜　**曲解词语·本性**　｜　　人在整个生物链条中，由先天脏腑神明所决定的特性。

｜　**曲解词语·德性**　｜　　是本性不再蛰伏于肉身，而是外散出来，可以给他人以及这个世界带来温暖或黑暗的特性。它，太容易受到环境的影响，有时候，我们自己都会被它的多变而吓得瞠目结舌。所以，“认识你自己”是一件多么艰难的事情，又是一件多么值得我们去努力的事情。

｜　**曲解词语·悟性**　｜　　从梦中醒来的能力，觉悟的能力。它，需要契机，需要我们自性的努力。

动物界不能讲道德，讲道德就没法生存了。人界，要想生存，就得讲道德。人界的道德说到底，就是人为了阻拦人的过度自私而自我规定的行为界限，而非思想界限。在头脑风暴中，你可以纵情地去想，可以想善、想一切崇高，这是境界而不是道德；也可以想恶、想杀人越货。但，凡是恶的想法，道德都如同保安，会试图阻止它化为行动。恶念止于念头，就是守道德的底线。其实它并不高级和坚强，当世界大乱时，更强大的东西会发挥作用，并把脆弱的道德践踏到底。

社会在宣扬某种道德时，无非是以此来约束我们精神的质疑能力，这会使我们在生理上产生痛苦（因为生理是“无为”的——它们只是各守其位、各行其是，有生克，无道德）、在精神上产生纠结。更多的时候，道德不仅无法提升我们，反而会加重我们的负罪感，使我们不敢在这充满道德训斥而又道德沦丧的世界里呼吸。那不间断的自我谴责、自我质疑，会让我们的生命之花枯萎。只有回到宇宙法则，我们才能如释重负，才能拥有自在的幸福。

从某种意义上说，动物在“道德”上高于人，因为它们真实、不纠结、不虚伪、不标榜自己、不认为自己有道德。而人，为了高贵地活下去，找了多少痛苦啊；为了卑微地活下去，找了多少借口啊……

在现实生活中，有些人非常喜欢用所谓的“道德”来评价历史中的人或现实中的人。他们喜欢站在“道德”的高度来批评别人，对自己的污点视而不见，却不允许别人有“污点”。比如某人提到加拿大历史学家罗德里克·斯图尔特及其夫人编撰的《不死鸟：诺尔曼·白求恩的一生》，说里面还原了一个真实的白求恩。其中谈到，白求恩生活相当放荡，酗酒、抽烟、沉溺女色。

我非常不喜欢以这么轻佻的口气评价一个人。2009年我曾去加拿大，在白求恩故居看到他年轻时的绘画，就震惊于他对人生、对死亡的绝望态度。若他真的抽烟、酗酒、沉溺女色，也无损他后来在那么艰苦的环境下做出了牺牲。这就好比，不经历竹林七贤的痛苦，就没有资格嘲笑他们的放诞！我们都是被上天放逐的孩子，宽容些吧！

我们没有能力去评判历史的对错，因为没有真相。更不能人云亦云地去相信别人的判断。假如你在他那个位置，就一定比他好？他既然翻了云覆了雨，我们不妨看下到底是什么能量让他做到了这一步，我们自己的奴性是否也推了波、助了澜？记住，永远不要用自己的个人意志去阻碍别人的思考，哪怕你是善意的。

这世上，有谁敢说自己是完美的？若是完美的，就不来这世上了。

从来没有完美，几近完美的，只有心灵，还得是从深重痛苦中幻化出的平静的心灵。

别用道德绑架我，
别用爱来约束我。
先看看你的道德里有没有自私，
再看看你的爱里有没有残忍。
我不是我的，也不是你的，
风停后，雨停后，
咱最好各走各的。

人的相互不信任，源于自我的强大与固执。

其实，你对他人的一切好，本质上只是你“需要”，并非他需要，所以他才谈不上珍惜。好多事，只要你不肯放弃、乐此不疲，都不过是为了满足自我需要的释放。

网友问：圣人也留下那么多叮咛嘱托，不知道是满足什么？

曲答：满足于“了悟”的快乐。

网友接着问：都了悟了，还怎会有个“自我”在满足呢？

曲答：怎么会没自我呢？自我的最高目标就是求“尊”，求“唯我独尊”，尊如太阳，才能普照四方。

“了悟”不是消灭自我，而是明白自我的能量源在哪里、有多少。明白“空”是最大的能量源时，人的布施才是自在的、无悔的。否则，就是没有再生能量的布施，就是虚伪的悔恨交加的布施，就是虎头蛇尾的，不是提升自我的，而是堕落自我的耗散。

不怕人横，不怕人浑，就怕人虚伪。

老子说：“大道废，有仁义。智慧出，有大伪。”天地大道毁坏之后，便有所谓仁义之说来强制民心。智巧聪明彰显后，就有了诡计多端的虚伪。

太想做“好人”、太想面面俱到，而把委屈深潜、把怨气深潜，也会得病，而且是大病。送这些人一副对联吧：宁做快乐小人，不做受难君子。横批：没格局，就别装。

常常看到跟这种“好人”生活在一起的人也憋得要发疯。既然都不好受，干脆求个自在！

其实我们无须汲汲于做一个好人，只要我们的存在，能够让周围的人温暖平静，内心扩展轻盈，就好。无须教化，没有喧嚣，一个眼神、一个微笑，就抚慰了狂躁的心灵……多好。

有人说：“庸俗道德感高的人一般智商都低，洞见少所以是非多。”甚是。菲茨杰拉德的父亲说：“每当你想批评别人的时候，要记住，这世上并不是所有人，都有你拥有的那些优势。”醍醐灌顶啊，人不可以要求别人做人、做事都像你，因为他既可能没有你的优势，又可能没有经历过你吃的苦。一丝小小的焦灼就此冰释，谁也别难为谁了，随他们去吧，好好过自己的生活，做自己的梦，写自己的诗，要紧。

| **曲解词语 · 道理** |　道，从“首”，代表头脑与智慧；从“辶”，代表奔跑与速度，其空灵飞跃之意溢于言表。学问可以复制，可以积累，可以反复使用；智慧与觉悟则不可复制，它是一点灵光，直指人心。理，原本指加工打磨玉石的礼数。古人多讲道，后人多讲理。道是心法，但必行之而成。理是本然，行与不行其理都在。

“形而上者谓之道，形而下者谓之器。”讲道理这件事，多半指讲理，非讲道。理，可以讲，前后因果总能理出个道道；道，则不能讲，只能悟道和践道。得道，则超越因果，无理可讲。

有些人缺少“行道”的能力，却能把“理”说得头头是道。所以看人还有一项：听他的“理”，也看他行的“道”。微博、微信及各种媒体满足了当下人无穷无尽地讲“理”，但人性却匿伏在文字之下，这，就是虚拟空间的可怕。

每天目睹坏人在肆无忌惮地作恶，而好人却活在无穷尽的纠结中。肆无忌惮的好处，是坏人会越来越快地暴露并有个结果；而纠结的坏处，是好人面对很多问题会越陷越深，最终不了了之。前者没有敬畏，故得不到神明的护佑；后者顾忌太多，同样得不到神明的青睐。前者以自私为本能，后者以自私为罪恶，都错了。其实，自私对坏人是罪恶，因其过度的贪婪而获罪；自私对好人是自保，因其过度的自保而自弃。反过来讲，好人的过度自保纵容了坏人的肆无忌惮，最终谁都没得到好结果。实在受不了微博、微信里那些所谓正能量的自励了，因为没有一句话在告诉你勇敢地活着、自审地活着、反抗地活着有多么重要。

勇敢地活，首先是敢于对邪恶的自私说“不”，敢于对正确的自保说“是”。

自审，是要你保持自知，了解自己的底线，以及自己精神的高度。

古人语：“事不可做尽，势不可倚尽，言不可道尽，福不可享尽。凡事不尽处，意味偏长。”

人生有三累：一是虚名，这个虚名，只是角色。为了保住男人这个虚名，就得阳刚，就得挺着。二是事迹，即你该尽的义务。父母、子女、夫妇、兄弟，一样不可怠慢，只可委屈自己。三是身体之累，即为养护此身而必备的衣食住行而谋。如此这般，人，就渐渐没了自我，就没了诗意，最后，一定悔了人生。

一定要诗意地活着，不能悔了人生。谁知道下次还来不来了？

● 论本分

无善无恶心之体，有善有恶意之动。知善知恶是良知，为善去恶是格物。——王阳明

| **曲解词语 · 本分** | 本，是根本；分（也作份），《说文》曰“文质备也”，即内涵和外表相一致。因此“本分”不过是人心灵美善的自然流露，是推己及人、不作伪、不虚饰。其实，好多品质只是本分，而无关道德和教化。比如，生活简单、待人真诚、礼尚往来等只是本分。而社会沦丧的标志就是人开始质疑这些本分在当今的生活里是否还有意义。

朴素与简单应该是人的本分，而不是道德品质。

本分，是我们东方人的生活定律。对女人而言，做母亲爱孩子是本分，做儿女体谅父母是本分，做妻子爱丈夫爱家庭是本分。但，爱情不是本分，情欲不是本分，多嘴多舌不是本分，它们有的是本能，有的是恶习。男女守其乾德坤德之本，尽其义务之分。所以，为了避免罪恶感这个词的纠缠，东方人便内敛地活了那么久。

这世上没有完全的透明，因为心意婉转难猜。而且有些事是一定要关在门里的，公开告白和追求激情在传统观念里是道德生活的缺陷，久之，连自己都知道是场玩笑。但幸好，那不过是门外边的事情，可以不计入正史。野史好看，但低级，像电影，不宜过长，过长也让人窒闷。正史是书籍，可以珍藏。

人生在世有几件事可以不做:（1）争辩。有些事有些理不是越辩越明，而搁置淡化会让它明。更何况，争辩是要看对手的。若没对手，便是法会——要么你听我的，要么我听你的，先完整地听、完整地理解，对你我比争辩有益。（2）解释。情绪会扭曲语言，往往会越抹越黑，况且人在情绪激动的时候是听不进任何解释的。沉默有时比说话更有力量。（3）抱怨。抱怨不仅最令人讨厌，而且会彰显自己的无能。这种无谓的宣泄只会增加自己阴性的积怨，虽然有时会结成怨党，但一旦遇事，这些怨友会第一时间出卖你。

第　，争辩要有同等级的对手，否则是瞎争辩。第二，说得清的都是事，说不清的都是情，有情，不必解释。第三，抱怨是没活明白，既不懂情，也不知命。强争强努，只会内伤加外伤。

| **曲解词语·解释** |　解，用刀解牛，把纠结成一团的东西分解；释，放弃、消融。有些东西可解不可释；有些事物可释不可解。如今人人敏感，所以，不解释。等人人迟钝时，无须解释，也无人在意你的解释。人生苦短，往来憧憧，不解已释。

| **曲解词语·谤怨** |　谤，用恶毒，或颠倒是非的言辞诋毁别人；

怨，心中积深之扭曲不平。二者相连，皆是嗔心怨恨，此恶一种下心田，首先伤了自己；恶言恶语有毒，所以也定伤害他人。末法时代，皆以谤怨无耻争出位，不必理会。但，无缘无故谤你怨你挑衅者，皆以无辩、无争之道化之，网络时代，最好的办法就是：拉黑。

越来越多的日常生活暴力在击碎人之为人的尊严，人们脆弱地呼吁底线以自保。其实，我们真正要关注的应该是人性的高度，而不是底线。底线会把人逼到绝处，会让人无路可走而铤而走险。因为底线与地狱仅一线之隔，在你心灵纤弱颤抖畏惧时，邪恶便会以一种能量显现，邪恶一旦附体，那一线之隔就会被击穿……

不喜欢“底线”这词，感觉随时在为堕落提心吊胆，不喜欢那种摇摇欲坠的坚守。干吗不追求“高度”和“品质”这些词呢？！无论做什么，都保持自己的高度和品质，都保持自己的疏淡和优雅，是一件多么美好的事。

所谓“日常生活暴力”，一种是热暴力，刀枪、剑戟、拳头；一种是冷暴力，冷漠、恶语、毒眼。

人的底线不是不作恶，而是要敬畏天。向下看，终有底；向上看，总无限。

● 论率真

| **曲解词语 · 率真** |　率，不过是率性，率性不是任性，而是世事洞明后的大智若愚，保持和坚守自我性情的不作伪和真诚。真，没有人为

的痕迹，真实、真诚。

每次读嵇康，读竹林七贤，都为嵇康白衣飘飘抚琴而啸的美而感动，为阮籍的穷途之哭而心痛。那是中国历史上一段独特的记忆，曾有一小撮人以惊世骇俗的行为艺术颠覆了惯常的伦理，颠覆了我们庸常的生活。无论是沉溺于酒池、穷途之哭，还是断头台上《广陵散》的风度，都昭示了我们的先人曾有过任性而率性的赤子之心，在他们怪异行为的深处是对人性的深刻认知和同情。现在也有人模仿他们，但因为缺少先贤对人性的深刻认知和同情，所以只是装狂癫和表演。

纯真是一种光芒，是一种力量。其实，成熟并不让人稀罕，是人，就会慢慢被常识俘获，而唯有纯真，不建立在知识和逻辑之上，它让世人喜爱和震惊的，恰恰是它的特立独行、它的纯粹与干净。用现在的话说，臣服于纯真的光芒里，才算上道。

纯真，就是被真火炼过的那种纯粹的金子，已经老过，便不再老。但求纯真，人便永远不老。

| **曲解词语·真假** |　肉体为假，灵魂、元神为真。真养生是养神；假养生是养身。神安身自安。别老问吃这个好还是吃那个好，疑虑、惶恐、怀疑、悔恨、内疚等等，只会搅乱神明，于身无益。一日三餐，吃了吃了（liǎo），了了就好，若真求境界，只有吃饱和吃美了而已。非指望吃什么治了你的病，就是贪、痴。

生命总是令人惊叹，每当阴阳失调时，便会有一种纠正这种失调的能量产生，以微调的方式来谋求新的平衡。越是高等动物，这种调节机制就越多、越完善、越复杂。但人类的自大和越俎代庖越来越阻碍这种生命的自调节，人类自己挺身而为造化，大动干戈，甚至不惜以格式化

来重启生命，于是生命的大地开始倾斜。

晨读《高僧传》，发现再有性格的高僧，都有一颗稳定的谦恭的心。他们对任何环境都没有怨怒。于是始悟：一切怨怒还是源于自我人性的贪嗔痴。此三恶不去，到哪儿都不会有福田，而且，哪怕给他块福田，他也会把那福田折腾成地狱。

其实，所谓得体有分寸，就是知道守住一些底线，尤其是对你好的人，更要细心维护，不要为难他。不要以为女汉子没有一颗细腻敏感的心，她可以豪爽，但你不能利用这份豪爽；她可以傻，但你不能傻。要想保存这份好，就得空灵些，别让琐碎的现实掺和进来，别把灯打得太亮；要想留住这份好，就该在心里留块黑暗，让她安眠。

无聊琐碎的生活是没有精华的。所以，我们需要一种象征性的生活——当我们感到生活被神性充盈，并饱含着灵魂的渴望时，无论痛苦还是快乐，我们的生命才开始被意义笼罩，我们才开始寻找到那个“真我”，由此，再觅到“无我”时，便充满法喜。

● 论自由

| **曲解词语 · 自由** |　自，原意是鼻子，代指自己。因此自由的一个含义是像呼吸一样从容自在，不得有一丝一毫的人为阻滞迹象。由，《说文》说“行难也”，指大小便喷薄欲出，人只好夹着裤裆走路的难受样。人之畅快其实最根本的是本能的畅快，呼吸自由、二便通畅，才是真正的畅

快，因此，“自由”是指一种没有滞障、上下联通、与自然自在交换的本然状态。

跟“由”相关的一个字是“届”。尸指人体，因此“届”是人蹲着大解的样子。“由”是人内急拉裤子状，所以，现在人们说“届时”是指正占其位；“换届”是换人占其位；“应届”是马上上位。

叔本华说：“人虽然能够做他所想做的，但不能要他所想要的。”由此而言，人类从来未曾得到那种哲学意义上的自由。哪怕现在没有任何外来的压力和拘束，你的内心仍然可能不自由，或不知道如何运用这自由。

自由，既存在，又不存在。你可以自由地想，想什么都可以，多么活色生香、多么忤逆都可以，但你不能自由地表达。你的自审意识告诉你，要想活下去，你只能想，不能说。这种自保带给精神的是压抑，带给灵魂的是屈辱。因此，人会选择以下几种方式来释放自己：（1）找“麻醉剂”麻醉自我，比如喝酒；（2）写小说，让小说人物说；（3）进精神病院；（4）做梦；（5）来个终极自由，自行了断。

生命若想绽放，有几个前提：（1）了解肉身的秘密。欢乐是有次第的——快乐是来自海底轮，还是来自心，还是来自脑子？其间大有不同。（2）你与社会及环境的关联是否恰到好处。太松散则失养，太紧密则重浊。没有出离心就没法超越，没有诗意就缺乏生命的弹性，没有悲悯就没有对娑婆界的同情，没有享受孤寂的能力就无法在这个世界安之若素，没有淡淡的伤感就没有美好，没有心灵的静寂就没有高贵。

夜思：我们所做的一切，真的有意义吗？我们本来有着广泛的求知欲，可父母把我们的学习训练成取悦他们的方式。我们本来可以率真地爱，可人们把我们的欢娱训练成对婚姻的忠贞。我们本来可以流浪，可人们非说流浪是非正常的疯狂。我们本来可以自由地选择死亡，可人们非要替我们治愈创伤……

我是心已释，身已道，手段还用儒。苦口婆心而已，恨不得放下屠刀立地成佛。

第二章

◇

夏长

人性、男女·婚姻、命运、有常·无常

凡·高的信中说："如果生活中没有某些无限的、深刻的、真实的东西，我就不会留恋生活。"人之生命，真不在长短，而在于是否深刻地、锥心痛肺地，或平静而柔美地感知过无限。

人性

人，大都这样，一旦失败、失落、失意，就会抱怨神明背弃了我们，而不说自己的所作所为背弃了神明。

人性极其复杂，研究人性既让人痛彻心扉，又其乐无穷。

人的可爱性在于其个性化的混沌：有点凡人的脆弱，有点魔鬼的邪恶，有点圣人的情操，有点野兽的吼叫……能量大的多折腾，能量小的也别没涟漪，生活，总得有希望、有惊喜。总之，人，可以有完美的理想，但不必那么完美地活着。

必须正视生活中的一切丑恶和人性的脆弱；必须坚持自己的心灵独白，不媚俗，才能在文学的意义上完成美，才能在寓言的意义上赢。

● 人性鄙陋

罗素说:“乞丐并不妒忌百万富翁，但是他肯定妒忌收入更高的乞丐。”这，就是人性，因比较，而幸福，或痛苦。可笑的是，这种比较，虽有档位的不同，内在情志却无大不同，故，所得病，同。因此，没有绝对的财富，没有绝对的美女，只有绝对的心境和人性。

马克・吐温说:“每个人都是月球，有其从不展示给人看的黑暗面。”

曲答：其黑暗面，都不展示，从不展示，但它们会慢慢凝结成疾病，肿瘤，或瘀癥，以疼痛的方式，展示给自己和众人。人，只要是人，就没有什么藏得住的，就没有秘密。

人，必须从形式和内容上都放开自己。

有人问怎样才能不嫉妒。因为好多年没体会这种心理了，我只好上百度查了下，百度说:“嫉妒是指人们为竞争一定的权益，对相应的幸运者或潜在的幸运者怀有的一种冷漠、贬低、排斥，甚至是敌视的心理状态。”羡慕与嫉妒的区别在于一个是良性的，一个略有破坏性，同样源于匮乏，同样是因自尊而自卑，所以转下心识即可。总之，敌意会增加敌意，善意会增加善意，世上的一切，取其良性的一面，会让大家都舒坦。

在爱情问题上产生的嫉妒比较复杂。比如你爱的男子爱别的女人，这就要知命了，你的就是你的，不是你的强求不得。他爱她而不爱你，必有他的理由，你的痛苦不过是不被爱的痛苦、不得所欲的痛苦，与其痛苦，不如好好地一边爱自己，一边寻觅自己的真命天子。

《礼记・礼运》曰:“饮食男女，人之大欲存焉；死亡贫苦，人之大恶存焉。”前后对照看，饮食男女，当是人之大乐欲；死亡贫苦，是人之大恶欲。所以，《礼记》说此两者，是人心之两大端也，美恶皆在其心。乐饮食乐男女，恶死亡恶贫苦，即是人性。求乐不得，祛恶不能，就是苦。能淡化乐与恶，是圣人；能游乐于其中者，是骚人。

显然饮食比男女重要：（1）先要有吃有喝，饱暖才能思淫欲。（2）人从生到死都有吃喝的问题，而男女是人生的阶段性问题。这个阶段可能很漫长，而且很折腾人，但并不是人生的全部——当今社会，是个饮食、男女都出了些问题的时代，水、谷物、精子、卵子、情感……

饮食是延续个体生命，男女是延续种族生命。

一想到人性的鄙陋，人就会生出厌倦。比如，《红楼梦》中的大观园原本是曹雪芹的理想国——青春、纯真、诗意、无忧无虑。即便忧虑，也是对春花、对秋月，总之是对美之将逝的哀惋。但，又如何呢？哪怕有贾母、熙凤这些强人的护佑，最后还是式微了。我以元泰堂为理想国，以无为为宗旨，我希望每一个来这里的人都冰雪聪明、纯真喜乐，我甚至不求做大，它不必像大观园，小小的、安静的像怡红院，美丽的、诗意的像潇湘馆就成。但有时，我会失望，因为无论它多小、人多少，也无人真的懂我。因为有人的地方就有阶级，就有政治，就有人性。

其实，任何管理学都是针对鄙陋的人性的。它强调你不能这样不能那样，是一种强制约束。高级一点的培养你的恭敬心，强调自我约束。最高级的“无为”其实无人敢用，因为那要建立在对人性的极度高看上。原以为给年轻人一个好的平台、一个倾心的重视，人性就会有良性的发展，但事实会告诉你，人心本性就是懈怠倨傲和贪婪的，是不值得高看的。所以《黄帝内经》的伟大就更弥足珍贵，它通过对生命管理的认识，提升企业管理的境界。因为它告诉你五脏六腑是一个高度自觉的完美系统，但最终还是被欲望之心带入万劫不复之深渊。好吧，知道这世上有完美存在过，而且这个完美就是我们的每一个肉身，同时知道这肉身也毁于自我的贪嗔痴，也算是不小的觉悟。

有时会突然对人性感到失望。其实呢，无论做什么，我只要简单、干净。我不是没能力应付复杂，而是觉得那么复杂没有意义。任何心机都会耗费心血，而我生活得简单干净，可以使我把心血花在诗意的栖居上，而不是讨厌的人事上。

说到底，人性是禁不住深思的，因为人性的深处，是血淋淋的黑洞，是贪婪和软弱。面对残忍的那一时刻，又有多少人能转头走掉，斩断尘缘？其实，所有的“空”，都无关物质，而是对人性的空。空，只能对“空”；空，对“有”，全无意义。

太喜欢探寻一切事物背后的意义，其实就是大爱一切事物背后的无意义。因为，在沉睡与苏醒间，宇宙已多次轮回、更新。

心，常常会焦苦，觉得自己有使命，但屡屡发现人性的不可靠和愚痴，渐渐地，便没了愤怒。一个人，不必扛那么多，偶尔，退下来，或投降一下，让自己得以喘息，没啥大不了的。

听说投降举白旗的意思是：我们认输了，你们可以在我们的旗子上涂上你们的颜色。在现实生活中，这种权宜之变已不再存在，谁也不肯放弃那已有的自我，人们已没有勇气归零，每个人都强硬地坚持着自己精神上的涂鸦。于是，这世上便乱旗飞舞了。我倒觉得可以偶尔举一下白旗，一方面泄泄对方和自己的劲儿，一方面也让这不堪重负的世界嘘一口气儿。

生命本是活泼自在的存在，我们干吗跟人性较量呢？该吃吃，该喝喝，别拧巴，别较劲，有点不舒服就休息，一切都会好端端的。可现下的人，没事就去体个检，指标稍有不正常就猛吃药（而且那指标还是男人、女人、白人、黑人通用的，倒是没个分别心），就此心情就颓颓的，就此把自己当成了病人，渐渐地愁眉苦脸，不再活泼不再自在，真真何苦呢？！

到了一定年龄，对人的感觉会钝化，因为人性太狭促；对自然会敏锐化，因为，唯有大气山川，感人至深。而人对人的要求总是支支吾吾，词不达意。我们，能不能像花朵那样，只是默然放肆地绽放，无论白天黑夜，那香，只萦绕、轻掠，看似无心而又热烈……别为爱，别为情，只为那华美的、注定衰落的绽放。

说白了，随着年龄的增长和心态的稳定，跟人待在一起，不如跟山川河流在一起；跟大人在一起，不如跟三岁前的小孩在一起。人的事，不过就那么点事，而且越事儿事儿的，越没大意思。哪有惊涛拍岸来得惊心？哪有大漠连天来得壮阔？哪有婴孩之笑来得纯真？纵使缠缠绵绵，也赶不上自然的写意。

“为恶而畏人知，恶中犹有善念；为善而急人知，善处即是恶根。”好句。善与恶，不在“事”，而在“念”。

花儿不会只为好人开，也不会为坏人而不开。它的美，就是无念无想、自在天真。人若像花儿，一簇簇聚着散着，这世界该多简单、多美好！

有一种温柔，源于内心和体力的强大，叫柔和；有一种温柔，是因为内心和体力的不支，叫柔弱。 前者淡定从容，后者娇怯惶恐。跟前者共处，你渐渐也会心平气和；跟后者待久了，会生出些不耐烦。所以，跟什么人待在一起很重要，有些是共养，有些是群耗。

跟某人待在一起，如果你感觉意气风发、朝气蓬勃，做事也顺风顺水，那么这个人就是来营养和丰富你的生命的；如果你总是生病，提不起精神，诸事不顺，那么，这场关系就是来消耗你的。

女人的唠叨固然可厌，男人自大的聒噪更可厌。前者是孤独寂寞，后者是丧心病狂。女人娇憨柔美，男人沉静温良，多好，让世界也有安静和美的片刻。在饱满的阳光中，让我们像一棵棵树那样静默地成长，只有风过时，我们才轻轻摇动，如一丝丝浅笑，飘摇在空中。

“逢人不说人间事，便是人间无事人。”好句。可以谈天气，可以说日月星辰，可以说花开花落，只是不言人是非。妇人尤其以此戒之，久之，得疏阔温婉之气，久之，己净，也令人敬。

老子有三宝：一曰慈。与人为善，至少心安。二曰俭。别乱消耗，至少身强。三曰不敢为天下先。别逞强，至少命全。心安则静，身强则大，命全则久。

● 自私与无私

每个人，其实都要通过反省来开始新生活，反省自我的人性缺陷和黑暗。不可以借口年轻而放弃责任，也不可以借口年老而蔑视责任。

人，总是对别人的事当机立断，对自己的事犹豫不决。其本质，还是自私，还是畏惧命运的强大和不可知。

私，原为“厶”，自环也，像一个人把什么都拢在怀里。公，上“八”（取违背意）下“厶”，背私为公，即把一切都抛掉，为公。人，因为匮乏，因为自保，因为贪婪，会自私。自私不全是罪恶，更多的时候是自保。过度自私才是罪恶。自私不过如同蓄精，但只蓄不泄，凝滞不化，便生寒邪，久之则成疾，会有夺命之险。而能拯救我们的是爱。爱，就如同燃油而发光，当密闭在黑暗中的油脂开始发光时，自私便开始走向它的反面，生命的新历程便开始了，这种自愿的舍弃和牺牲带给了我们极大的快乐。我们在照亮别人的时候，也极大地完成了自己，实现了本性——那一瞬间，我们会感到“爱”带给了我们自由，光成为人是不够的，要像佛那样，能够无限地舍弃自己，无限地来成就世界的美、成就世界的妙空，才是人性的极致和美。

大同社会，天下为公。大同的根基在于无私。“使老有所终，壮有所用，幼有所长，矜寡孤独废疾者，皆有所养。”小康社会，天下为家。其根本却是因为私心，因有私心，而须用礼仪制度约束人性。即便如此，也未必有效。故孔子会有无限感慨，仰慕大同，却又不得不用义理来约束君臣、父子、兄弟、夫妇，何其为难也！所以，当“触动利益比触动灵魂还难”时，一切就只能是“梦”了。

五脏为阴，阴性为收敛收藏，说白了，为贪，为自私。六腑为阳，阳性为自强不息，为散为运化，说白了，六腑不可以有丝毫的自私，必须无私。因此，自私和无私都是我们本性的一部分，都是我们要终其一生去补充的能量。不自私，五脏就没有源源不断的后续力量；不无私，六腑就不能得化有为无之妙境，就会生病。

其实，很多事都无关教养，其根底只是人性。勇敢地活着，真是需要勇气的，好多事，不去做，永远不知道真相。真相可能是残酷的，但有时也是温暖的，它能教你一净到底。

孟子说："行何为踽踽凉凉？生斯世也，为斯世也，善斯可矣。"读书，关键是读出作者的心情。生在这世道，为这世道做事，过得去就好了。太认真，有时不仅伤自己，更伤害别人，难免踽踽凉凉。

我们的性情真的被孔夫子的一贯正确性拘束住了，在我们的潜意识里，游戏、非分的浪漫、狂野的粗俗等，常给我们带来罪恶感。在孔子的世界里，没有曼妙的天堂，也没有惨烈的地狱，只有痛苦而又充满欲望的人间。于是，当我们被世俗、恶俗逼到绝境时，老子、庄子，便成了我们灵魂的镇痛剂，并给予我们蔑视世俗的勇气。当救世的理想破灭时，老庄必大行于世。

但老与庄有大不同。老子本讲生命之道，而求于儒教失败的人会把它当作治国的药，把黄老合了体，玩起内用黄老、外用儒法的把戏。而庄子则决绝得多，他把个性解放放在国家利益之上，放浪于艺术与文学，他拒绝被任何阶级利用，他像自然界任性高旋的风，席卷一切，又温润一切，他把老子的冷峻和韬晦提升到生命诗意的高度，他让生命在昏暗中绽放了灵魂自由的光。

我，敬老爱庄。

大脑是有为的，故由大脑决定的民主是需要时间的，因为它们要花费很多时间来达成最后的一致。任何激情，最初都是自由的乱码，形成合奏时，才有行动。而五脏六腑是无为的，所以就本性而言，无暴政亦无民主亦无自由，有的，只是俱足、和谐、平等的完美。大义哉，内经生命之学！

● 智、仁、勇

其实，无论活在哪个境界里，都有一定的标准。成佛有标准，成道有标准，成人亦有标准。而孔子为“成人”立的标准是“智、仁、勇”。智，可以让你活得自立、自如；仁，可以让你活得宽容、大气；勇，可以让你活得正义、沉静。

| **曲解文字·仁** |　二人为仁。“仁”是人与人关系的基本诉求，人性的柔弱处在于——都渴望爱，而害怕不被爱，或被伤害。所以，“仁”是人道，是弱者对这个冷酷世界的祈求。“仁”又有“果仁”意，指种子。所以“仁”不过是种子，是一个向善的萌芽，它必须以消解自己的方式来长成大树。

子曰：“知者乐水，仁者乐山。”水，居于圆则圆，居于方则方，随形而变，不拘一格，顺遂环境、众生，但不改其水之本性，故智者乐其灵、乐其变。山，积灰尘、山石、土块而成就其高，无分别之心而成就其仁，故仁者以其厚德、以其宽容而为胸怀，故得其长久（寿）。

婉然从物，即是水性，居圆则圆，居方则方。不畏环境，而有随时改变自我的能力，说白了就是随遇而安——迎风诵诗，遇雨欢歌；泥泞之中，自有风骨；黑暗之中，自有心灯。温柔敦厚，婉然从物；自在一世，从容一生。

子曰：“知者不惑，仁者不忧，勇者不惧。”惑，乱也。忧，心动也。惧，恐也。智者多思则易乱，知止则不惑。仁者凡事求好则易动心，知众生平等则得仁之高境。勇者易恃其勇而不知进退，能心手无剑，无恃亦无惧，方是真勇。总之，智者不恃其智，仁者不矜其仁，勇者无恃其勇，才得不惑、不忧、不惧之真境界。

忽然发现，知、仁、勇三者，是孔子平生思索之要点，好学、力行、知耻，也是他老人家自诩的品行。这，也是入世之要点吧。

从仁、义、礼看孔子，是圣人；从“失饪，不食；割不正，不食”这等小事看孔子，则是高人。失饪为错误的烹调手法，如要不失饪，要先明材质之阴阳。比如鸡为阳物，炖鸡则不失饪，为水中之真阳；烤鸡则是失饪，为阳上加阳。厨师如果切菜都无规矩，则不严谨，饮食生死大事，所用非人，必受其殃。高人看细处，庸人看大处。

孔子之所以反复遭人践踏诟病，只不过是他没有建立恐吓人生的神道系统。他坚持明信与自度，而非迷信。他过于相信人性的自觉，而人性每每以鄙陋、残忍和低级回应他。他又何尝不知人性！但“明知不可为而为”是他最可贵的坚毅品性！他质朴率真，彰显了一个普通人性的最高境界，他是永恒的师，永远闪烁着人性的光辉。

● 明白，比放下重要

｜ **曲解词语 · 明白** ｜ 明为日月，懂天道之无情，懂地道之顺遂。日月在人为男女，懂男德之自强，懂女德之厚德。白，原本指大拇指的指甲，是肝筋生发之余，拇指的灵活性是人区别于动物的一个大特性。所以“明白”不过是先明天地之理、男女做人之道，然后才能抓住生活、享受生活、掌控生活，或刺破生活。

焦虑会先表现在皮肤上，比如各类疮疹。我在《生命沉思录》里给焦虑下定义为：对未来一切不确定而产生的煎熬感。解决焦虑不能奢谈“放下”，好多人手里还啥也没有呢，放什么？怎么放？要先明白“太阳底下无新鲜事”。一切不过缘于自己的无明、无知而已。先要学习，知命了，明白了，就不焦虑了。

所以在《生命沉思录》里我不谈“放下”，我谈“明白”。人活明白了，就无所谓放下不放下了，也不会老为“拿着”焦虑了。明白什么是情感，什么是夫妻之道，明白爱情跟婚姻没大关系，明白人生不过知天命尽人事而已……人就不叽叽歪歪了，就不以爱的名义勒索爱了。总之，对当下而言，明白，比放下重要。

人性是：有的，都不稀罕，都贪没有的。殊不知，得到了没有的，那已有的必然失去。其实这还算好的，更多的人是鸡飞蛋打，什么都没了。所以，最好还是，有多少就守多少，就无常而言，能抓住当下，也是本事。没了，不怕，更是本事。

● 在这世上，该相信谁？

谁说人类不会再愚昧了？谁说人类再无黑暗时期了？

都说什么时代了，人类再也不会陷入愚昧和黑暗，可是，千百年来，一直有战争和残忍的杀戮。春秋虽无义战，但开战之前，双方还得赋诗一首以明其志，现在倒好，什么话都不用说了，直接开打，直接请君入瓮。

| **曲解词语·圣人** |　　圣（聖），从“耳”从“口”，耳官、口官开合自如，并站在高处，能听闻真理、颂扬真理者为圣人。但其嗜欲仍在人间，虽无嗔恚之心，但还局限于世间修行，比如孔子。在他之上有至人（真人），乃是能游行天地之间的神人，想什么时候来，就来；想什么时候走，就走，比如老子。

| **曲解汉字·人民** |　　人，是独立的人。民，众萌也。萌，犹懵懵无知貌。“众”字上原本有眼睛，指人多了就需要有人盯着或管理。个人需自觉，民众需管理。故，爱人不是爱民——人之为人，重在成熟、自由、独立，故可爱。民之为民，因之懵懂、懈堕、从众、缺少自主性，因此以教化为重，不可纵容。人，有可能觉悟；但“民”，无须觉悟。这，就是古代封建社会的民众观。

柏拉图说：“群众永远生活在无知的洞穴之中。”

曲答：之所以说群众，就是因其萌，而少个体之觉知，而情愿抱团取暖。

● 我们只是看上去很像

我们看上去是那么相似，智力相似，兴趣相同，但当我们稍稍相互凝视，一种失败感有时会油然升起——其实，我们彼此是那么陌生，我们是永远的陌生人。在肉身、体力、动能方面，我们有太大差距；在灵魂深处，我们差异更深。其实，我们彼此不懂。

人与人，有差距、差异。差距可以追，而差异，无从追。比如，出生时空是差异，是先天；名字是差距，是后天。后天尚可变，先天不可为。面对差异，仰天长叹吧；面对差距，低头发愿吧。

| **曲解词语·陌生** |　左耳朵为“阜”，是连绵的土山。“陌”指我们彼此相隔千百个山脉，声音会拐弯，我的呼喊传到你那儿已是模糊的细语。没有办法，路途遥远，哪怕知道你的存在，因为隔膜和陌生，你的存在对我也毫无意义。

“当我对所有的事情都感到厌倦时，我就会想到你，想到你在世界的某个地方生活着、存在着，我就愿意忍受一切。”《美国往事》的这段台词，让我忽然潸然泪下，因为，在我的生活中，好像没有这样让人梦回萦绕、为之心碎的哥们。

| **曲解词语·默契** |　一种不需要语言和对话的暗中契合和契约。夫妻的最高境界不是心灵相通，而是默契。这种默契源于生活习性的熟悉，就像一个盲人熟悉他的居所和器具，在黑暗中也能自如地行走。他们之间不是彻骨的懂，不是晕头晕脑的激情，而是由长期的熟悉而约定俗成，并愿意默默地与你的心意契合。

| **曲解汉字·从** |　一人跟随一人向左为“从”。君子从左——左为贵。荀子说：“君子从道不从君，从义不从父。”不从君，可；不从父，难；只从道义，更难。这，就是中国人的生存困境。

| **曲解汉字·比** |　一人跟随一人向右为“比”，左贵右贱。攀比、比较、攀缘，是人生之烦恼的根源。先修无分别心、无善恶心、无贵贱心，

众生普同一等，才算是入了修行门径少许。今人不明此道，先以差别自诩，以自己是修行人自诩，故而愈走愈远，贱行而已。

宋代陆象山说："小人之争在利、害，士大夫之争在意、见。"此语甚妙。也可以说，君子所虑不过心地与见地。求心地之宽厚，得见地之高妙，自然体妙心玄，如沐春风，其乐融融。

| **曲解词语·谨言慎行** |　寡言少语、措辞审慎为"谨"。"言"为心声，心声也得在同波段上说才有意义。情不激越、步步为营是"慎"。"行"是十字街头，找准方向是前提。有时候，不是不说，而是没到该说的时候；不是不做，而是没到该做的时候。更何况，人生还有那"说了白说""做了白做"的令人沮丧的时候。

国人惶恐：身即是心，心即是身——到底是心病还是身病？是心病，你动我的身干吗？是身病，你动了我身，怎么伤的是我心？如此纠结、混乱、惶恐，要么东亚病夫，要么沉睡不醒，醒来就有左右，梦里尚有春秋。该睡还是该醒？

中国人在做人的问题上有太多的思考，太多的励志，太多的感悟，太多的谴责，太多的追问，太多的惶恐……这说明，在中国，"做人"是一件艰难的事。人，不仅与天纠结，与地纠结，与人纠结，而且与自己纠结。

有些人焦虑是因为处理不好工作中上下级的关系，有些人焦虑是因为处理不好自己与这份工作的关系。细想下，世上谁最怕失业呢？答案是"皇帝"。因为：（1）就业机会有限；（2）失业有可能掉脑袋。所以，我们怕什么呢？又不是掉脑袋的事，先大睡一觉，然后想清楚自己要什么、自己能做什么，走起！

每年初春时都会有无厘头的言论横空出世，让人烦，让人愤怒，让人无奈，让人觉得这一年又完了。幸好，过后就是春天了，就有叶儿绿了、花儿开了，就有绵绵的细雨拂面，撩搔着你，抓挠着你，你会忽然明白，跟着人走是不对的，跟着老天爷走，该春时春，该夏时夏，把自己拾掇干净，每日弹冠振衣，管它的呢！

● 论优势与劣势

《左传·昭公二十年》中说："夫火烈，民望而畏之，故鲜死焉；水懦弱，民狎而玩之，则多死焉。"翻译过来，就是：烈火炎炎，人望而畏之，故人很少飞蛾扑火；水静而人不知流深，多大意轻视，故死于其中者多。

个人之优势往往是让人栽跟头的地方，所以有"强梁者不得其死""聪明反被聪明误"等话，即指过分倚仗优势，为所欲为，会得天惩。而处于劣势知道自保，虽胆小如鼠，但毕竟鼠行天下，知雄守雌、知白守黑，便是老子"守雌"之道。说来说去，谁也不会倚仗劣势，若能自知，而且有自强之心，自然不惹天怒人怨。能不足而自强，有余而分享，便是二者之正能量。

才气可以让你出类拔萃，但也许会让你命运多舛。其实，优点越突出，对自己的限制越大，相反，保护自己的恰恰是缺点。

人有差异，愚者偏于庸劣，智者偏于高上。愚者能安愚，专心致志，倒也安稳一生。智者自恃其高，反倒易生颠倒，再兼狂傲，前程必然多舛。

少年气血偾张、情欲高涨，此是优势，亦是劣势。壮年气血充盈，知进不知退，优势也成劣势。老年气血衰退，贪心不已则害己。

故，孔子曰：少时戒之在色——不怕色，就怕色心不已。气血不怕明耗就怕暗耗，此谓“痴”。壮时戒之在斗——不怕斗，就怕斗心不已。凡事争强好胜，稍不如愿，就气血偾张或被憋，此谓“嗔”。老时戒之在得——不怕得，就怕得心不已。贪寿、贪财、贪名声，不过都是“贪”。贪嗔痴既是气血盛衰之表现，又是影响气血盛衰之发端。不痴不嗔不贪，即可终身得黑甜觉（深深的、美美的、无梦的，或美梦能笑出声的……睡眠）。

单纯的生活会使人变得憨憨傻傻，而复杂的生活确实让人变得多思而聪明。但最终看，单纯的人会无所用心，直接顺其本性得到结果；而聪明的，却因为顾虑太多、患得患失、道德拘束等，而与丰盛之果实失之交臂。所以，从长远看，还是做个总是有美丽心情的单纯的人吧。

赫尔曼·黑塞说：“对每个人而言，真正的职责只有一个——找到自我。然后在心中坚守其一生，全心全意，永不停息。所有其他的路都是不完整的，是人的逃避方式，是对大众理想的懦弱回归，是随波逐流，是对内心的恐惧。”

男女·婚姻

西方童话考验王子时一般给两个姑娘，一个黑公主一个白公主，让他通过对善恶的抉择来掌握未来的幸福。在中国的现实里，给太子的最初也是两个姑娘，或更多，不是让他选择，而是看他能否有让几个女人在同一屋檐下相安无事，甚至相亲相爱的本领。到后来，就给一后二妃，再往后，就给一堆，可见，中国皇子是多么的不容易。

据说中国的大帝王尧在考验舜时，就是给了他两个女人——娥皇与女英。这故事真的太中国了，不是考验善恶的问题，而是考验舜的生存智慧，如何在现实生活中平衡两个女人，如何在生活中逃脱男人的迫害并反复死里逃生（在舜的故事里最奇特的是：他的傻爸和傻弟弟成天就琢磨如何杀死他）。这，才是中国一个成大业者要反复历练的本领。

这世上很难找到一个纯粹男性的男人，或一个纯粹女性的女人。伟大的灵魂都是雌雄同体的。女人渴望好男人的宽容、忠诚、热爱家庭，而这其实是男人身上进化出的女性品质，所以女人跟好男人要的是同情。男人要好女人的自主、自信与勇敢，这其实是女人身上进化出的男性品质，所以男人向好女人要的是理解。因此，一个好妻子必有优秀的男性品质，一个好丈夫必有优秀的女性品质。

而所谓纯粹，有时是可怕的，比如男性的纯粹是凶狠、自私、过于刚猛等等，女性的纯粹是脆弱、癔病式的歇斯底里、过分感性等等。但这些在进化的社会里是令人讨厌和畏惧的，越来越弱化的世界畏惧并拒绝这种纯粹，这世界要求人们尽可能地和平相处、相安无事。但是，那些纯粹始终潜伏在每一个人心里，所以，作为婚姻关系的一方，人们渴望优化的人类；作为个体，人有时会咆哮地渴望纯粹。

在微信上，发现男人的心越来越柔软，而女人们都在鼓励自己更坚强。其实大家都想相安无事地、成熟地获得一份平稳的情感，来对抗世界的惶然与苍凉。心，都在渐渐地疲惫、渐渐地老，裹在最里面的却是个越来越硬的芯儿。因为人们最终会明白，可依赖的东西越来越少，还是自己读会儿书，或买双靴子暖暖自个的脚吧。

男人们觉得女人越来越强，其实你对她好一点，她就软了；女人呢，认为男人越来越弱，其实你慢慢从心底发出尊重，他也会越来越刚强。

● 论男女差异

阴阳还是要讲的——从来只见藤缠树，从未见过树缠藤。

让女人做艺术的缪斯，让男人去做战士，是世界最好的安排。他们的初识，是诗；结合，是散文；分离，是小说。

耳闻：岁月不饶人，首先不饶女人；机会不等人，首先不等男人。最惨不过：男人抓不住机会，女人错过了岁月。

婚姻情感专家的研究成果表明：女人喜欢的女人才是男人真正喜欢的女人，男人喜欢的男人才是女人真正喜欢的男人。——我不太认同前者，一般女人喜欢的女人，男人都有点怕，他们似乎更喜欢女人不喜欢的女人；后者没问题，男人喜欢的男人一定进化得很好，女人自然喜欢。有点绕，可以练脑子。

男人喜欢什么样的女人？

女人喜欢什么样的男人？

爱女人，也得是爱上品十二正钗，个个才、情、貌皆佳。退而求副册，情、貌俱佳。退而求又副册，女红好，会持家，温柔，貌端庄。上品，可以爱但不必拥有（所以上品女偏孤寡多，《红楼梦》中也只有探春略得善终）。中品，可娶，上得厅堂，下得厨房，屋外娴静端庄，屋内活色生香，令人艳羡。下品，默默谦和，不闻不问，可使唤，并钟爱一生。

爱男人，也得是爱竹林七贤、建安七子，各种朗俊桀骜，但，爱得未必嫁得，大女人嫁得，小女人嫁不得。所谓大女人，是像薛宝钗那样的，不矫情、不腻歪、明人性，知道这种男子约束不得，便任由他疯。而小女人若是嫁了这种男人，自己会疯。中品男子呢，庙堂之上、君子土匪，变化无常，娶中品女，性情稳定，可保无恙。下品呢，温和敦厚，懂生活，重情义，可娶上、中、下三品女子。下下品则自私顽劣，喜嗔怨，喜怒不定，凡女子必急避之，免受其害。

正是差异，给这个沉闷的世界带来了惊喜。相比较“求同存异”，我认为“求异存同”更有意义。承认男人、女人的根本差异，比一味地追求他们的共同点要有趣得多。琢磨中医、西医的差异，比追求完全异类的二者的结合要智慧得多。我们女人喜欢有感情、有温度的东西，没什么不对和不好。所谓“无分别心”，应该是指心、灵的无分别，而不指肉身及感觉的无分别，这好比“慈”与“悲”的不同，一个是女性特质，一个是男性特质。

从眼、耳、鼻、舌、身、意上论男女差异，简直有趣极了。

眼：据说女人视网膜比男人有更多的锥细胞和干细胞，所以女人的视野是开阔的，能够接收大量的信息，甚至超过了她所看到的。而男人的视野是管状的，所以男人更专注、能更好地理解空间。而女人对人的脸、人的表情更感兴趣，而且视觉记忆也比男人强。

耳：女人的听力更细腻。她们更容易察觉人们说话时音调的变化，以及语音后面表达出的“语气”或“口气”。而男人则对细微声音不敏感，而且患耳鸣、耳聋的男人，也比女人多。

鼻：女人的嗅觉更细腻和丰富。她有时会靠嗅觉、体味来辨析男人。女人的味觉也相较男人丰富，对苦味、甜味极度敏感。

舌：女人的语言天赋是不言而喻的，通常口齿伶俐，少有口吃。相较于男人式的本质性的话语，她更能建立起创造性的交往。而且，孩子的说话能力就是在与母亲的交谈中成熟的。

身：女人对痛觉、触觉敏感，且是全身性的，而且对痛感的忍耐力也比男人强。

从身体结构言，男人的精与尿走一个道儿，所以总得扳道岔，总有意志和本能的博弈。女人的进化就好多了，意志和本能是合一的，可以把感觉发挥到极致。

而以上这些，也是女人更信任直觉的原因。

男人想要“很多”的女人来满足他的“一个”欲求，而女人只想要“一个”男人满足她“很多”的欲求——生命属性而已。

● 男人怕理想破灭

男人的中年危机源于怕死，女人的中年危机源于怕老。

老男人都在谈政治和革命，小男人都在寻欢，中年男人都累弯了腰。老女人都在广场上锻炼身体，小女人都在垂钓，中年女人都在为孩子抓狂。举目四望，天霾水黄。感慨唏嘘，谁为谁狂？

少女，只有一个肉身，别无所有，故坚贞，故别无选择，以死相抗。妇女，拥有的太多，所以，面对问题时选择就多了。如果再有个孩子，她就更会委曲求全了。

过去，男人是猎手，猎手的核心是果断，如果这个错过了，他可能一天都没有收获；而女人是采摘手，采摘的核心是挑剔，她必须挑最大、最好、最成熟的，她知道何为上品，对下品就会不顾。这些品质会像基因那样流传下来，成为男人女人的生活方式。所以，婚姻对男人来说，是完成任务；对女人来说，是寻找精品，而且宁缺毋滥。

男人都希望找一个不太俗的女人，但要这女人有耐心跟他过特俗的生活。女人也希望找个不俗的男人，但要这男人陪她过特俗的日子。所以，生活的结局一定是失望，因为，俗是庸常，不俗是无常；无常总想绝尘而去，庸常总要“hold”和固守，所以，生活就成了二者的纠缠和较量。

娶她，是明耗；想她，是暗耗。明耗不能一天，累了就歇了；想她可以昼夜，可以年年。明此理，防暗耗法:（1）修行，先讲究断念。（2）推崇婚姻，让身体和生活先安定，精神便安宁。八字一合，烦恼便打了五折。今人爱恋苦，暗恋更苦，没合八字，婚姻亦苦。总之，无处不是暗耗，气血衰败，兼时光荏苒，呜呼哀哉！

气血越足，人应该越沉得住气；气血越虚，则收不住，则亢，亢则虚烦，则没耐心，则爱急眼，则易有暴力倾向，但这种人事后会虚喘无力，且爱后悔。

家暴这事跟觉悟没关，跟气血有关。过去男人使用暴力，可能有精满气足寻处宣泄的原因，现在更有精不满气不足，为掩饰自卑而暴力。还有，如果女性一味地使用语言暴力，也会激怒男人。一个好社会，应该让男人打猎而不是打人，应该让女人被娇宠而不是被逼得恶俗。

不打人是本分，要是通过教育、觉悟才不打人，那是畜生。

男子多怨者大多略有才气，但性格有缺陷，不可亲。女子多怨者大多太有情，但难明事理，亦难亲近。男子不得志先怨命怨世道，但你也是他命中的一部分，所以最后必怨你，这样的人嫁不得。女子嗟叹便怨命怨自己，愁苦絮叨，也讨人嫌。所以孔子给君子首立的标准是“不愠”，给淑女首立的标准是“窈窕”（大气温柔）。

温柔，不是鄙陋的妻性，而是女儿性和母性。女儿性是任性撒娇、天真烂漫，这让男人生出怜惜和柔和；母性是大气、端庄、慈悲，知道男人是长不大的孩子，理解他，疼他，暗中笑他却不忍戳穿他，出了格时略管管他。总之，温柔是温和的湖水，让人溺而不沉，又无漫无边际的恐慌；又是自足的泉，汩汩的，有他无他，都欢乐地涌。

好女人都是好男人疼出来的。比如:（1）常抱抱她，让她觉得自己娇小，让她感受你的孔武有力和宽阔胸怀。（2）遇到事跟她说“别怕，有我呢”。（3）看在她又给你管家又给你生娃又管着你不让你胡来的分上，没事儿就夸夸她，说娶到你真是祖坟上冒了青烟哪……其实，宠她就是宠你自己，女人重情、“傻”，在她心里你比她自己还重要。

是女人都一样，不分年龄。

世上有种女人很明智地活着，只把男人当男人用，只求与异性愉悦的瞬间，而从不渴求所谓的心灵伴侣，因为不信任这个世界，因为缺乏对男人心灵的尊重，也不会有刻骨铭心的感情。这种人，天性脱俗吧，所以，孤独。

一个女人没臣服过就没幸福过。很少有女人懂这一点。

过去的中国男人怕政治失意，现在的男人怕没钱。其实男人真正该怕的是：有理想，没现实；或没理想，有现实。

钱本身无错，只是那上面集中的念力太多，所以当它流通于世时，那些念力、那些附着在它身上的焦渴也随之流通于世。

人的一生，都在努力“趋吉避凶”，但阴影始终存在，胁迫着你的生活。有时，“认命”也是一种觉悟。

过去的士大夫要有雄起之气势，而不能有奴性和卑微。

古代中国男人政治失意后常有无奈的孤芳自赏——从屈原“众女嫉余之蛾眉兮”到王国维“从今不复梦承恩，且自簪花坐赏镜中人”。现在的男人失意了就直接抑郁，虽不做蛾眉扭捏状，但已了无生趣。说来说去，还是东坡的“谁怕？一蓑烟雨任平生”和稼轩的“倩何人唤取，红巾翠袖，揾英雄泪”好。

人生在世，光有理想不行，还得有本事；光有爱也不行，还得有值得你爱的人；光有值得爱的还不行，你还得养得起、管得住、放得下这份爱。唉，如果你的爱没赶上趟和你一起轮回，怎一个“苦”字了得！

● 女人怕“美”破灭

自我毁灭是女性创造力的共同宿命——自杀的萨福、伍尔芙、西尔维娅·普拉斯、三毛，等等。我年轻的时候，曾有那么一段时间，也想死，都想疯了。

为什么没死成呢？因为……怕死。

后来我发现，根本问题在于我只是被死亡的命题迷住了，而从未真正地去寻找方法。所谓年轻，就是还缺乏应对死亡的力量。萨福、伍尔芙、西尔维娅·普拉斯、三毛……她们到底是因为对生命产生了根本性的厌倦，还是因为怕老，还是因为已经尽历了人生而不再在意人生，还是因为不堪病痛的折磨而死去的呢？一切皆有可能。她们有些神圣、有些悲伤、有些绝望、有些疯狂，还有些洁癖，害怕再老一些时，无法再像当年那么有能力来掌控自己的命运和自己的身体，她们太想完胜了，于是，她们在凋谢前，选择了逃离，选择了随风而逝……

这些选择了世界之绝美和世界之极苦的女人，她们创造的东西已然永恒，而且不会变质，所以，她们对庸常生活和诸如生育等问题并不纠结，她们只完整地活出自己、创造自己。

“永恒之女性，引领我们向前。”歌德《浮士德》这句话，是男人给女人的最高褒奖。

几千年来，女人的创造力是显而易见的，她可以生育孩子，而男人在这件事情上的作用却不明显，所以西方心理学说男人因为嫉妒女人的生育能力而拼命发展了以思想、以嘴巴、以奇迹来创造这个世界的能力，来确定男权的统治地位——“上帝说要有光，于是便有了光”。这种奇迹般的创造颠覆了女人的自然创造力，于是女人渐渐成了附庸。

中国自古被大家熟知的女人大致分以下几类：（1）红颜祸水，上古三代皆亡于此类，夏亡于妺喜、商亡于妲己、周亡于褒姒。（2）国母级的大女人，嫫母、太姒、周妃武则天、孝庄等。（3）贞节烈妇，名字一般记不住。（4）名妓，以秦淮八艳为首，才色性情俱佳，但所交多懦弱才俊。（5）淫妇，潘金莲、潘巧云、阎婆惜等，却引出武松、宋江一路大英雄。

｜ 曲解汉字·贪、嗔、痴 ｜ 贪，欲物也，同“婪”。嗔，盛气也，嗔恚不止。痴，不慧也。慧，是“快”及“周全”之意；痴者，迟钝之意，与“慧”相反。痴，虽不是病，但不比病差。痴，还是迟钝；而“傻”字表现的，则不仅是脑子有病，连手脚都不大利索了。

其实所有的事都怕细琢磨，一琢磨，就觉出贪嗔痴了。贪钱财固然是恶，贪情、贪爱、贪人家赞你好，不也是恶？得不着就怨就怒，就是嗔。得着了又永不撒手，不解春夏秋冬之变化，不谙无常之真谛，就是痴。所以先去掉贪，凡事都躲着点。无贪念，情绪就稳定平和。情绪平和就能好好读点书，人就越来越清明，也就无痴心妄想了。

男人赞美女人大多另有深意，而女人若真心赞美女人，必基于深刻的相知。

幸好，男人还迷恋女人，还依赖女人，还需要女人，作为一个珍奇的物种，她必须存在，并要不断地绽放光彩，要保持生育的能力、爱的能力、包容的能力、悲悯的能力、甚至安安静静死去的能力……

现在的女人已有了飞跃式进步，过去女人好嚼舌根、嫉妒，现在女人大气、快乐、喜欢分享。现在的闺蜜大多是同谋，她们互爱、互利、相互保护。她们对人性恶的认知恰恰使她们更为自强，而不是像过去那样沉溺于跟异性的纠缠而痛苦不休。现在她们更珍惜懂与被懂，而不像过去那样委曲求全于一个小爱。

飞机上看电影《雪花秘扇》，潸然。女人之间的坚贞、仗义、深情、密语、体贴、懂得、细腻……远远超越了自私，大大深厚了忠诚。一种共同的坚守，以默默的姿态，对抗着世界的冷酷，对抗着情感的荒漠，以她们纯粹的、忧伤的眼神。因为女人轮回的不再只是生命，还有彼此的誓言和那份冰清玉洁的心性。

女人这一生，被一个或几个男人爱上并不稀奇，但如若有女人爱你，那真是人生之极致。男人不过是在用荷尔蒙耕种你，并从你身上掠夺温暖；而女人的爱，是温润的熨斗，会悉心而高贵地熨平你所有灵魂的皱褶及创伤。

没有誓言的青春不算青春；没有闺蜜的成熟不算成熟。

女人可以在荒原上走，但前方一定要有房子，房子里一定要有灯光。

女人天性中就有谈情说爱的倾向，在很小的时候她们会扮演护士或妈妈的角色，长大后如果不有意识地扩展自己深入生活或改变世界的能力，她们会把爱情当作主要的人生机遇。而爱情对男人来说，注定是短暂的，因为他要把主要精力放在对抗和征服这个世界上，而且他也很难理解爱情带给女人的力量、欢乐、绝望或绽放。

女人的感性和任性在于：如果她关于爱情的想象和渴望没有发生，无论你给她多少惊喜，她内心深处都会郁郁寡欢、怅然若失……哪怕只有一次，她隐秘的愿望被你猜中或无意中达成，她的一生都温润饱满如蒙娜丽莎。如若没有，无论你多么爱她，她都会任性地说自己的一生没有收获过爱情。女人心，海底针，说的就是这些可爱的女人，不讲理，只讲情。

男人找比自己身份低的女人，要么是《茶花女》，要么是《灰姑娘》，一出悲剧，一出喜剧。风尘女是悲剧，良家小女子是喜剧。《漂亮女人》

把二者结合，出了个风尘中的良家小女子，结局成了辉煌的歌剧。

女人找比自己身份低的男人，就只有“牛郎织女”的传说，但，不见得全不幸福。

在现实中，哥不是个传说，而七仙女绝对是个传说。现在的女人不管回不回天界，在人间都和男人隔着条银河。

一条银河，就这样把两大族群分在两边，彼此相望，偶尔有欢快的对歌，更多的是寂寞长啸；勇敢的共浴爱河，可有的人只想洗澡，有的人还要寻岛筑巢；迟钝的“相濡以沫”，聪明的“相忘于江湖”……时光恰似潮水，潮水又似阴阳，抓住的何尝抓住，放手的又岂能放手……从来没有你我，也不曾有那条虚妄的河。

曾读约瑟芬和拿破仑的故事：拿破仑一边打仗一边每天给约瑟芬写长长的情书。而约瑟芬常常连看都不看，还一直忙着偷情。拿破仑不仅原谅了她，还把皇后的桂冠戴在这个大他六岁的女人头上，最后只是因为她无法为他生育子嗣而离异。从此拿破仑也一落千丈，但被毒死前念念不忘的还是约瑟芬……由此，感慨命，感慨高贵与低贱，感慨有情，感慨无情。

考验男人的是权力，考验女人的是情感。归根结底——男人一世功名利禄如梦，女人一生青春爱情也如梦。所以，都别急，人的一生，早晚都会把梦做完，然后醒来，幻灭。

耳闻：如果你勾引有夫之妇，你就是在背叛你与同类之间的友情。

伍尔芙说：“出来找乐子的男人，碰上用情太深的女人，犹如钓鱼钓到白鲸。”

所以，无论男女，在婚姻之外的猎艳都是一种情感和精力的冒险。最后，大多厌倦占了上风。

千百年来，唯有人性没变。

● 说说“女汉子”

女汉子是越来越多了，令人欢喜（比如网上就有人称我为“曲爷”）。女汉子一般指女性个性豪爽，不做作不矫情、独立坚强、言行直率粗犷等（其实，骂人都是很讲究的、很有文化内涵的，而且有力、简洁，有情绪张力。这个，以后有机会讲讲）。事实上，人类文明，正在悄悄地进行着一场变迁——从男权的、霸道的、自强不息，走向女性的、宽容的、厚德载物的未来。所以我在《生命沉思录》里专设了一章：未来女性时代。英国诗人柯勒律治说“伟大的心灵都是雌雄同体的”，伍尔芙指出，单纯地以男性或女性身份思考，将“干扰心灵的完整”。因此，一个完整的人，应该全面地发展自己，当一个人“阳”的一面和“阴”的一面都极致发展，并完美地结合的时候，人，才有一个更好的未来。

事实上，人类经历了从女神—女奴—女权—女人再回归女神时代的过程。每个阶段都痛苦，但痛苦的内涵和能量不同——女奴时代是女子就是物质、货品的时代，她们如同枷锁下的哑人，不能为自己的生命呐喊一声。女人时代是女人被物质荼毒、被男权规定的时代，她们煎熬在虚幻的贪婪和嗔怒中，她们践踏了上天赋予的自由，自陷泥沼，不能飞升……而女权，只不过是对男权文明的以牙还牙，没有对男权文明的超越，因此谈不上“质”的飞跃。

一旦超越了物质时代，一旦女人不再被拘禁在性别当中，并且充分认可自己的性别优势、摆脱自己性别的局限性后，就开启了女神时代的灵性时代。女神时代，是让男人、女人的人性都获得解放，是让人类回到纯真、唯美的儿童时代——无分别心，但这个“不分别”是建立在高度的分辨力之上，是把“灵性”的解放放在首位，把“灵能”的运用放在首位，不再做物质的奴隶，不再掠夺，不再占有，不再卑躬屈膝，犹如被魔杖点醒，由刍狗而变成灿烂而有灵魂的金属……

所以，女汉子还得继续前行，继续磨砺自我，直到得到最后的灵性释放和完美。

耳闻一老仙翁叹：女人啊，可以略输文采，不可稍逊风骚。哈哈，怎一个率性了得。

● 什么力量正在改变我们的人生？

有报道说：在《时代》周刊评选出的“改变人生的十大想法”中，第一条就是“独居”，这是过去被我们所忽略的最大的社会变革。1950 年，独居的美国人只有 4 万人，2011 年的数据显示，这类人已经达到了 33 万，占到了美国家庭的 28%。你或者你身边的朋友，是否也已经进入“独居时代”？

曲答：与其凑合，不如独居。人是越来越明白了，还是越来越不敢担当了呢?

在地大人稀而又孤独的状态下生存，人会渐渐地失语，这对智力的发育是不利的。所以，当独居状态持续一段时间后，人类会慢慢地回归集体生活。毕竟人类是在高度群居的状态下进化的，在群居生活中，人们可以分享很多资源，但在这样的环境下，很少有一清二白的关系存在，也正因此，人们不得不努力提升分辨细微差别的能力，并由此提升智力。

｜ **曲解词语·凑合** ｜　凑合，原本是“凑活”，犹如和面，把愣是不一样的东西往一块揉。“冫”，为冰；奏乐，本为心音之流动，如今心音已凝结不动。合，即把不协调的音律往一块凑。此语现多用于婚姻状态之一种，指两人生活在一起虽没有激情，但聊以一解孤独——能在病时有人递一碗水，而不再求偎依、爱抚、泪眼婆娑的那份梦。人生，有时真黯淡得没有尊严。

男权用“制度”来维系人与人的关系，所以他们喜欢建立制度和修改制度，而且厌恶女性在家庭中不遵守制度。女性用“爱”和“灵魂”来维系人与人的关系，所以，当在家庭中感受不到爱和灵魂时，女性一定黯然神伤。因此，他们之间总有莫名其妙的对峙，最后，只好不求懂，只求宽容。

晨思：如果 2024 年以后，女性时代真的来了，我们能否真的回去？能否真的享受那份粗犷和天真？我们的大脑会真的一下子格式化，并开始建立一套新系统？如果还残存着一丝一毫的男权文明的法制和道德，我们的美就不可能全部绽放。其实，无论哪个时代，极度地挥霍生命的美都是一种冒险——你会被庸常所不齿，甚至会被庸常杀死。

唯有花儿可以极度绽放，完整地表达自我，但它的花期极为短暂，它不必为未来担忧。而山川也可以自在，因为它亘古存有。只有人，不长不短，尴尬地、困窘地活着，并为了那不可知的未来而苦熬当下。这也是我们会陶醉于山水鲜花的一个原因，它们用完整的、无为的、自在的行为，满足了我们心灵深处对任性成长的向往。

有人说“爱”就是给花儿培土浇水，而“喜欢”是掐下花朵。于是我知道我错了，我应该爱，而不是喜欢。而且，它凋零后，我还要继续爱那绿叶，以温润宽厚的心，等它来年随性地绽放。

每到年关多惆怅。我们会慢慢老去，我们的机会会越来越少，我们的好时光也会越来越少……所以，我们要抓紧去爱、去宽恕、去拒绝，别再给自我筑墙了，我们现在要做的，是打破自我的藩篱，让自己尽可能地绽放。

● 论婚姻

婚姻缘分与家庭缘分是远远超越情爱缘分的，前两者源于远古我们看不清的黑暗，其中的爱恨情仇有多么强烈，只有过来人才能知道。前两者是有根的，而且盘根错节，剪不断理还乱；后者更多如浮萍，随波逐流，会让人越来越虚妄。

男人的内心都有陷入一场婚姻和离家出走这两种截然不同的冲动。其实，女人的内心也有这两种古老的冲动。究其根源，不过是人类都想找到对抗死亡的最佳方式，前者——婚姻和生育可以保障基因的传递；而离家出走却源于对生命无意义的根本性厌倦。从这一点上说，创造与毁灭孪生，关键看谁在这一刻占上风。

夫妇之间，男耕女织，既亲密无间，又相忘于江湖。有他（她），就幸福，就可以对周边事物充满热情；没他（她），就凄惶，就一切淡如流水。这，才是夫妇的极致吧。

一场持续的婚姻并不意味着爱也会一直持续。有些只是情感的惯性，你管它叫亲情也好，别的什么也罢。人需要更丰富多样的东西，但要不断地提醒自己：要尊重对方。这，才是生活的要点。

我在阿根廷看过一场唯美的探戈，领悟到探戈表现的不过是男人女人的一场博弈。最初是肉体的、情欲的，然后是情感的，然后是心灵的，但最后一定是合一的：心灵、情感、肉体——两个生命气血的胶着共谐。年轻人的探戈，玩的是力量；中年人的探戈，玩的是深谙男女之道后次次精熟的完美；老年人的探戈，玩的是不杂糅情绪的互助、体贴和坚持。

那些老觉得自己不幸福的人，其实是没弄懂：生命不同的阶段有不同的玩法。

曾有人疑惑，上帝用六天就创造了世界，那么后来的时光他是如何消磨的呢？难道就是看人类胡闹，然后再毁灭他们？有人回答说，上帝在用大量的时间给人类配对。有人说这有什么难的，这个任务我一天就能完成，于是此人用一天时间给上千的人配了对，事后却不胜其烦：差不多所有的人都来向他诉苦，叫嚷着活不下去了。人类真是奇怪，一个人时顶多孤独寂寞，凑在一起会让上帝发疯。

婚姻制度到底是因为人类太完美，还是人类太不完美而被神或人类制定出来的呢？婚姻到底是为了完善你的人性，还是为了消解你的人性而存在？其实，婚姻和爱情、友情、仇恨等等，不过都在证明一个伟大的事实：人，本质是孤独的。因为孤独，我们渴望和这个世界有些许的联系，哪怕是仇恨。

| **曲解词语·仇恨** | 仇，原意为匹偶。佳偶曰妃，怨偶曰仇。恨，怨也，从“忄”从“艮”，艮为山，坚不可拔亦曰艮。由此，恨怨坚固则伤人。山脉横亘，人生多艰。痛哉痛哉！一切仇恨，但求解怨，杀生求生，去生更远。

嫁得好重要，还是干得好重要？在某种意义上，嫁得好重要。因为女人是重情的，情感的满足对她至关重要。所谓嫁得好，并不是一定要嫁豪门，而是嫁一个知你疼你的人，能让你活得自在的人。无论你做什么（不见得都是有意义的事），他都用欣赏的、关爱的眼光注视着你。他可以没钱，但他不愿让你受半点委屈，且为了呵护你，什么苦难都愿意忍受。如果两个人都能真诚地对待生活，他们的日子最终也苦不到哪儿去。

现在，大批优秀的未婚女子满街跑，大批的已婚妇女满怀焦躁，而深沉的、不深沉的男人都保持沉默。如此，爱情已是沉疴，婚姻又是新病。爱情是高热，婚姻是低烧，高热源于内足，低烧源于内虚。（正）阳不足，阴邪汹涌；（正）阴不足，虚阳外越。说来说去，都是失衡的病人，谁也怨不得谁。其实，自足的人，可以什么都不要。

西人的婚礼在教堂里举行，是件神圣的事儿。它要你在神的面前宣誓，也让你的婚姻受神的保护。神，只在冥冥中监管，再说神也有恍惚的时候。中国人的婚礼在祠堂举行，是件广而告之的世俗事儿，它要你在家人亲属面前礼拜，受家族护佑，也受家族管束。所以中国人在婚姻中承担的压力是具体的、实在的，而且有那么多眼睛盯着，这个闭着那个还睁着，没个省心的时候。

初婚一般都还单纯，因为原配爱的是你的本真，所以与原配生的孩子一般也偏厚道。后妻一般爱的是你的光环，所以生的孩子虽聪明，但任性。家族的传承在厚道而不在伶俐，所以，女人、母亲，对一个家族的重要意义绝不可忽视。这大概就是“一个好女人富三代”的意思吧。

关于传承：激进者传承着偏执，帝王家传承着血腥和残暴，低下者传承着懦弱和奴性……世界之所以走到今天，靠的是温柔敦厚的中产、平民传承着常识。他们温和、温暖，而且稳定、安全、感性、理性、中庸。

好多事物的发展都遵循三段式。第一步或第一代，主创造，所以要有天赋、冲劲、狡黠和智慧。第二步或第二代，主守业，要有好品质，比如温柔敦厚和仁慈。第三步或第三代，主变化，最好是一代二代好品质的结合，才能更好地驾驭变化，从容应付苦难的降临。但很多人、很多家族，却从富贵转为破败，能在炎凉中勘破人生、大彻大悟的，会成为艺术家或高僧，或堕落到底。

● 我们是否还需要“家”

| **曲解词语·家庭** |　家，房间里有猪，有猪，就有肉，就有猪般的懒和睡。庭，乃院落，有院落，就有阳光和和风，就有闲适的溜达的心情。所以，家庭不是自我封闭，不是简单的吃吃喝喝，而是归属感带给我们的静谧慵懒的喜乐。回家，一如船入港，又如老还乡。感恩我们在无常中还有一个家，并由此生出对“家”的敬重。

若没有家，便是孤魂野鬼，反而怕到处走；有家的人，因为总有归

处，所以不怕浪迹天涯。灵魂越空灵的人，越明白归属感带给身心安全的意义，也越感恩屋檐下的温暖和慰藉。

祝福那些行走在回家路上的人，也祝福那些正离家出走的人，无论如何，只要在路上，就要有歌，就要有对温暖的遐想……

回家，对男人意味着什么？他回家的心情就是“一如船入港，又如老还乡”。人生的一切厌倦疲惫，就像靠了岸的船；又如回到童年熟悉的地方，困倦和放松涌向眼帘，他要睡一个不再醒来的黑甜觉。可是如果你没有给他一张熟悉的笑脸，而是把一天的孤寂和厌倦都挂在一张变黄的脸上，这会成为他的活地狱，会使他逡巡畏缩而不敢进屋……

一个传统的男人最美的梦想大概就是：几个娃在门口笑着等他，小眼睛盯着他哆啦A梦般的口袋，看今天又有什么糖果，每人分上一粒；而那丰腴娇憨的妻流着汗，忙乎在灶边……

人有年龄，花有花期。现代人要么错过花期，要么老树开花。错过的不敢捶胸顿足，只是暗自惆怅；开花的如有孕在身，喜在脸上，但最终也不知会生个啥。最好是，“青春做伴好还乡”，春花秋月皆浩荡。莫嗟叹，人生苦短，虚度最苍凉。

临床上总见妇女说这儿堵那儿痛，我心知其因但不忍说破，只询问：活得委屈不？丈夫疼你吗？女人常嘴里说着可好呢，丈夫可疼呢，然后眼泪就直直地流下来，一边说先生好一边哭上一会儿。其实呢，女人啊，要的是山，要的不是棉（被）——山是帮你担当的，棉虽温暖，遇事撑不起来，女人心里也苦。或者说，女人的贪心是，既要山，又要棉，可世上哪有那么十全十美的人啊。

越看病越觉得现世令人痛苦，其实一切病痛源于苦闷的、难以言说的生活。病好治，但破碎的生活难以治愈——妈妈认准孩子有病，但不知这病是母亲对孩子不断抱怨申斥造成的，孩子想满足母亲却又惶然，于是惊恐、多梦、气喘，因寂寞而贪吃肥胖。而母亲的一切暴躁，兼之后背疼痛、咽喉痛等，又是因为丈夫长期的漠然，因为得不到丈夫的体贴而造成的……家，在爱的幌子下有多少令人心痛的现实！

网友问：难道他们不是因为能坦诚相待，才给彼此相处的机会吗？难道他们不是因为深爱，才结婚生子的吗？

曲答：都是初衷，生活如擦枪走火的子弹，谁知它会打向哪儿？

| **曲论婚姻 1** | 女人的天性有女儿性，有母性，但没有“妻性”，那是后天生活强加给她的。女儿性是撒娇任性，母性是慈悲温柔，妻性是生活碾压下生出的扭曲的怪物，是太多的责任与痛苦。总之，做女儿轻松，做母亲快乐，做妻子，既不轻松，也难得快乐，就是三个字——不容易！

| **曲论婚姻 2** | 有天生的母亲和父亲，没有天生的丈夫和妻子。其实，做丈夫和做妻子，有点像两个人一起做的技术活，需要漫长的磨合和培养。关键，在外面我们还算坚强，家门一关，我们就都成了被宠坏的脆弱的孩子，都认为身边的人理所应该地懂自己、体贴自己。生活，哪有那么多理所应当。

| **曲论婚姻 3** | 人都杀熟，只不过在外面是有意的；在家，在夫妇之间，是无意识的，越对亲人，越任性，因为自己付出了，所以会有情感勒索。时不时地闹一阵，闹久了有的人就生分了、无情了。现在人缺少耐性哦！人真的太会不自觉地欺负爱自己的人。试问天下情为何物？就是一物降一物。

我们为什么总是对亲近的人发脾气，为什么我们总是杀熟？因为我们知道他们无条件地爱我们，更何况，戒律早就告诉我们：不可杀生！借“感恩节”的由头，向我们欺负过的人撒个娇、耍个赖吧。

| **曲论婚姻 4** | 在婚姻中，最怕女子不察丈夫之意，胡搅蛮缠，久之，男子心生厌倦；男子不晓妇人之性，生硬固执，久之，女子心生冷漠。如此婚姻便是人生之困境。这世上，能说清楚的都是事，说不清楚的都是情和命。在中国，认命也是种觉悟。

其实，我们心中都是有彼此的，但因为孤傲，或因为害羞，我们都不说、不动。开始是甜蜜地等，然后就是失望，再渐渐地，生出点恨来，再渐渐地，就冷了，最后，我们就失去了彼此。然后，春天就来了，新的恋情也来了，可这时旧人也来了，说不能失去你，傻的，就哭了；真冷的，就沉默着、等待着，看自己还有没有机会被唤醒。

周国平说过：“问已婚男人一个问题，在这个世界上，最使你心旌摇曳的女人是谁？你说不是你老婆，很正常，你不必惭愧，这并不说明你不爱你老婆。再问一个问题，在这个世界上，你感觉你最亲的亲人是谁？你说是你老婆，很好，这就够了，这说明你仍然最爱你老婆。”

好吧，问已婚女人一个问题：在这个世界上，最使你心旌摇曳的男人是谁？一般女人都会说是老公，这很正常，因为你不好意思说出你的幻想，你既爱真相又爱幻象。再问一个问题：在这个世界上，你感觉你最亲的亲人是谁？你说是最爱你的那个人，如果老公最疼你最懂你，那一定是他。

爱因斯坦说：“女人嫁给男人，希望他们会有所改变；男人娶个女人，希望她们永远不变。所以最后男人女人都必然失望。”其实，不必失望，因为没有什么能填满人生“虚无”这个深坑，婚姻做不到，爱情也做不到，人最终还是要谋求自性的完整和成就。

夫妻之间、父母与子女之间、人与人之间，恐怕都要有四个境界：（1）不留。来了不轰，走了不追，留于意，就思忖，就痛苦。（2）认命。是一种觉悟。是你的就是你的，不是你的求不得。（3）有格局，才有未来，不必拘于当下。（4）有情趣，才能不空虚，才能自娱自乐，不靠别人。

婚姻是现实，要的是情感的长久和稳定；爱情是美学，是情感的高级状态；性是本能，是生理学，涉及愉悦和创造，有低级高级之分，但不可以妖魔化。此三者可以融合，也可以分离，但必须都通过人身的体验，所以不能超越人身，不能超越人的感知。从某种意义上说，婚姻可以忽视眼耳鼻舌身意（冷暖自知），爱情可以超越眼耳鼻舌身意（所以难得），性一定要眼耳鼻舌身意（细香滑软）。要三者融合，福报得具足。

现在的人，把性当婚姻，把婚姻当爱情，把爱情当性，凌乱了。

婚姻对人性而言，不是最高级的选择，而是对残酷现实的妥协。

爱情是一个人的内心历程，因为涉及超越，所以难得。

据说，徐志摩追林徽因时，张幼仪有身孕，徐要张打胎并离婚，张说：“我听说有人打胎死掉了。”徐说：“还有人火车事故死掉呢，难道就不坐火车吗？”最终二人离婚。离异后张回国任副总，生意成功，但仍伺候徐家双老、抚养儿子，并给前夫遗孀陆小曼寄钱，策划出版《徐志摩全集》。

曲解：这真是一个令人心痛的故事。有些男人永远是女人的孩子。但女人必须要知道：是孩子，就有忘恩负义的时候，就有任性残忍的时候，就有在路上疯狂颠倒的时候，这些，都是他成长的必须过程，有时候，除了让你心碎，他什么都做不了。真是个让人心痛的真相。如果你爱他，就不要再抱怨，也许下一世，他或许用做你的完美老爸来救赎，来弥补上一世他对你的伤害和折磨。

如果一个女人不必假装自己是家庭主妇，不必上得厅堂又下得厨房，那真是件幸福的事。感恩吧，你被生活宠着，被亲人宠着，做个不添乱的无事忙，从不知钱为何物，从不介入家长里短，只喜欢看书晒太阳，总说让人欢喜的话，小事从不管，大事敢担当，你就已然是贤妻，已然是良母。这是否就是“守拙”？

所有的期盼都像少女那样单纯，以为幸福和完美是一个男人可以给予的；到中年时，就会发现幸福是自己创造的，而世上没有完美；老年时，忽然就明白了，幸福或痛苦，皆由心造。

如果在街上被人追问：“你幸福吗？”我会失语。因为幸福不需要追问，而痛苦才需要。

女人，不应活在令人恐慌的年龄里，而应活在花儿般的绽放里——从带刺的玫瑰到雍容的牡丹，再到疏淡的青菊，再到牡丹，再到玫瑰。变幻莫测，此起彼落，但无论如何，都是美，总是香。

世上什么最无情？岁月。25 岁之前，一切因为憧憬而漫长，渴望成长的心仿佛被岁月、被时光无限拉长。25 岁以后，时光开始加速向前，来不及哀叹，来不及遐想，唰唰唰的，仿佛飞驰在高速上，一切影像都模糊而遥远，而且所有可以停留的地方都一模一样，只为加油、只为补给，然后，又匆匆，在路上……所以，慢下来，甚至停下来，对我们的生活多么重要。

古代常有这样的传说：浪人骚客，深山觅一奇花异树，日夜咏之，草木感其情，来世必有一段奇缘。故感慨，唯有慢生活、深感情，才得因果。而快生活，不过如电如雾，碎片缕缕，命运飘零。

唯有慢生活、深感情，
才得因果。
有些，是续前缘；
有些，是为了断。
所以，不必愁不必怨，
点一炷心香，
该灰的灰，该烟的烟，
随它袅袅，任它盘旋。

“你生命的前半辈子或许属于别人，活在别人的认为里。那就把后半辈子还给你自己，去追随你内在的声音。”——荣格

人，前半辈子活人生的宽度，求“知”，必定有痛苦；后半辈子活人生的高度，求“觉”，必定有喜乐。

越来越明显的趋势是，40 岁左右，有些男人的激情已被压力碾平，会选择逐渐淡出生活，而有些女人却突然从旧生活中觉醒，开始勇敢地选择新的领域或新的生活。而男人对女人的变化却采取了无视或缄默的态度。对此，双方不必对抗，因为没有人能打败无聊和庸常，无论在不在一起，都各自孤独地前行吧。也就是说，如果换不了生活，就换一种

境界活着吧!

不必散伙，但也不必强拉硬拽。当然最好是你弹琴我唱歌，实在不行就你弹你的琴，乖巧的给你红袖添香，倔强的也要学会偶尔回回头，赞叹一下，然后走自己的路，观自己的景。生活可以俗，心不能俗啊。

中国有几个意味深长的传说：织女爱慕牛郎善良，从天界来到人间；白蛇羡慕人间的浪漫情感，从魔界到了人间，但许仙懦弱；嫦娥厌倦了人间的生生死死，从人间飞升天界，其夫后羿却万般辛苦。灵动的总是女人，上天入地，自由地或者说任性地选择着生活。而男人，死守着这块土地，善良地、懦弱地、辛苦地活着。其实，男人、女人都各自走着自己的路，偶尔以对方为彼岸，印证着自己的心路历程。

通常，人们可以忍受生活的平庸，但惧怕生活的两面性。白日梦的特质是必须光明、洁净、有序、美丽。而黑暗中的迷醉却与此相反，它似乎更倾心于叛逆、颠覆、血腥、无序。前者，像神一样，凛然不可犯；而后者，却像魔一样，黑暗而混乱。但不知为什么，我总能从后者读出无尽的悲伤，读出充满活力的生活意志，读出它血浆般的炽热。所以，白天，我在画布上画着白日梦；夜晚，我躲在那画布巨大的背面，喝酒、呢喃、和着诗的韵律舞蹈。

现在缭绕你的东西，将来也许一点都不重要，但既然你那么喜欢，那你就喜欢着吧。这世上，谁没浪费过自己，谁又没虚度过年华?

生命与生命之间，如果没有深刻的感知和感动，便无须联结。把不重要的都抛弃吧。到了一定年龄，没必要再忍耐瑕疵，唯有精粹的生活，才需要追求和留恋。

有时候，冷酷点，浑蛋点，可以避免陷进污泥浊水。

人生可以犯错，但不能一错再错。

劝人不生气没用，何以如此说？（1）活明白，知道生气没用，生气要能解决问题你就生。（2）喜怒不留于意，夫妻闹别扭通常没道理可讲，气了白气。（3）止怒莫若诗，尽量诗意幽默地活着。（4）去忧莫若乐，生活就像音乐，高低起伏，时间会改变一切。（5）别逞强，恬淡虚无真气从之，先爱好自己，有余力再去爱别人。

有能力，就多帮帮别人；没能力，就管好自己。人生不必论长短，能无怨无悔、不惊不怖、恬淡喜乐，就好；能闻了大道，得了大法，更好；能在荆棘中踏出莲花，大痛中得了法喜，那是极致人生，更更好。

● 所谓女人的矫情

你光说疼我是不够的，你应该按照我要求的方式疼我，至于我要求的是什么方式，我不能告诉你，说出来的我就不要了。你既然爱我，就应该懂我！……

年轻的男人先不知所措，继而抓狂。关键谁也不愿意猜一辈子谜语，所以男人到中年时，就去盘物件儿去了，这时女人就从先前的不逊变成了怨，就得了病。其实呢，矫情不怕，就是要有度，而且得会撒娇。多看看我的《生命沉思录》就明白了。总觉得男人养物件儿比养女人上心。可能女人不听话吧。男人能把没灵魂的东西养出灵魂来，能把有灵魂的女人养成没灵魂。男人养石头、养壶、养玉件等等，让它们在自己手上玲珑通透，而让孤零零的女人变得愁苦憔悴。所以啊，女人们一定要自己养好自己、爱好自己，活得比哪个物件儿都玲珑都通透。

讨论这问题时，有个学生说："物件儿没有先入为主的期待啊。擦它，它就亮；盘它，它就润，任人摆弄。女人却心存期待。当然，男人也有先入为主的期待，两种期待正好碰在一起的概率太小，不如一种期待达成的效率高，于是宁可去盘弹性更差的物件儿。"

俩活人搁一块最难办，属"仁"，最艰深。更有那女子无论撒娇作态，无论紧锁眉头、无论指桑骂槐、无论大献殷勤，只要传递出需要被哄的意思，男人立即意识到，这不是哄哄那么简单，这完全是对未知、对生老病死、对阴晴圆缺等人生缺憾的恐惧无助，这个咱们不但帮不了，还勾起了自己的恐惧无助，于是男女之间就有了莫名其妙的冷战。

男人有作死的一面，总想舍我从人。要么不喜欢，喜欢就想奉为女神，可以把自己放在比水都就下的卑微立场，全方位仰视。女人一面需要这样时不时被仰视，一面需要屹立的肩膀，偶尔还渴望被霸道和轻蔑地蹂躏一下，结果就是：陆小曼宁可跟别人打麻将，凡·高的耳朵也白割了。

总之，最好谁也别麻烦谁。人嘛，闹着闹着就急眼了。

对女人而言，快乐与想象相关。对男人而言，快乐与现实有关。

男人不缺乏想象，但懒，而且被现实困住和迷惑了，所以，很少有男人，可以持久地满足女人。

| **曲解汉字·梦** | 梦就是梦，试问谁的梦实现过？很多梦就是一场乱梦，极少有能成真的。而且很少有人做美梦，多是噩梦。

这世上，“同床异梦”很平常，“异床同梦”才惊悚。比如我梦见你站在河边等我，而同一时刻，你梦见你站在河边等我……幸好，天亮了，没有你，也没有河，也没有等。寂静的路上甚至没有人，我知道一个新梦又开始了，我在这新梦里找你，找河，找温暖的等待。

《古诗十九首》说：“同心而离居，忧伤以终老。”现在更多的是，离心而同居，相怨以终老。从古至今，爱情这东西啊，真真无常，既不会因在一起而开更美丽的花儿，也不会因不在一起而不结凄美的果儿。

“遥想公瑾当年，小乔初嫁了。”英雄，得有美人衬啊。任何时代，都怕英雄不遇美人，美人不遇英雄。若他们孤独终老，人间亦少了美好。

总之，不能没有你，也不能全是你。我们，要体验距离的美，要学会偶尔消失的艺术——虞姬及时地抹了脖子，既不当项羽的累赘，也避免看英雄虎落平阳，给足了英雄面子。最关键的是，还保住了自己的名节，真是“一死百了”啊。

这世上，被灵魂没有皱褶的人爱，才是爱的极致。因为太多的人多多少少都在那皱褶处藏了世俗的污垢，让爱变得含糊，打了折扣。前者单纯、高贵、大气，面对这种天使般的爱，我们起初是受宠若惊，然后便是安享，但很少有人学会珍惜。当天使悄然离去后，我们就是悔悟后去追，也是追不上的，因为灵魂太重，因为没有翅膀。留给余生的，只是想起来就痛的无法言说。

下辈子，我也干干净净地来，和干干净净的你，美美地过一生。

我们心灵褶皱处的那份伤痛会让人快速衰老。所以，在爱里，我们首先要学会的，是自净、爱惜、珍惜。

欧阳修词曰:“雨横风狂三月暮，门掩黄昏，无计留春住。”又一个春天在悄然离去。一群娇嫩尊贵的花儿——杏花、樱花、桃花等，像明丽而又恍惚的青春，随一阵风一阵雨霎时间零落，不待追忆已经惘然。下一轮是月季、玫瑰、石榴们的漫长花季了，还有热热的风。如果你错过了上一季，这次别再错过。

命运像星空

太阳崇拜一定是人类文明最原始的记忆。它，应该是我们赖以生存的这个地球上最大的神。其真义：自性之能量源源不绝，普照，不计善恶；无私，赞化万物；朝升夕落，不居亦不弃。而地球最大之法象不过日月，日主生，月主长，世间万物不得不依此大法象而生长化收藏，故而“阴阳”二字真是了不得。

命运就像星空，不懂天象的人永远看不懂。懂天象的看后，除了惊艳还是惊艳，除了叹息还是叹息。星空的每一次定格，都有一股神秘的风。年，是格局；月，是天性；日，是自性；时，是未来。既然那只神秘的手按了旋转的按钮，既然来了，就不必怕离开。

鱼儿，不过是漂浮在海上的人类；鸟儿，不过是飞翔在天空的人类。我们，有着共同的存在的理由，有共同的悲欢和灭绝的宿命。所以，我们必须一起优美地活着，必须爱，必须自由，必须相忘于江湖。留一片海，留一片天，留一片人间。

｜ **曲解词语 · 天命** ｜ 何谓“天命”？天命是指人出生时九窍开放而接收此时天地之宇宙能量——年有天干，有地支；月亦有天干地支，日亦有天干地支，时亦有天干地支，故中国文化以“八字”论天命。西方有星象，也是从天地气机论对人的影响。所以二者有可相通处。

人的生日是人与宇宙能量相通的时刻，因为它有双重性，要么是大和谐，要么是大冲突，所以，要么是成长，要么是死亡。在这种时刻我们最好的方式是聚在一起相互守护，相互祝福。

在中国，算命是一种“艺术”。命的算法有多种——八字、属相、八卦，还有西方的星座和血型。但算命和认识自我是有差异的，差异源于你事后对这个“命”的理解和认知。如果甘愿做命运的奴隶，就是迷信；如果通过算命认识了自己并改变了自己，就是命运的主人。其实，算来算去，算后天，可；还有天算，还有天赋，非高人则无从洞见。

｜ **曲解汉字 · 性** ｜ 《中庸》曰：“天命之谓性。”性，为阳；情，为阴。天性指你出生时的宇宙能量与你自身的契合。比如你出生在正月，此时天乍暖还寒，你的天性与之相符，也是在沉郁与活跃之间摆动着。此相融于“情”中，便是在生活中不甚主动，总是欲言又止，易冲动，又易灰颓。

当你以为这世界充满意义的时候，你所做的一切都叫“奋斗”；当你终于明白生命是无意义的荒诞存在之时，你才知道你所做的一切不过是“挣扎”。为了不溺于这污水中，唯有既不奋斗也不挣扎，而是保持平静和稳定，才能最终弃舟上岸。

读《论语》，人生三乐：学而时习之——有理想，有本事，恰好又得时代之用，就有成就；否则就不快乐。有朋自远方来——懂比爱更高贵，无知音，人生也少一乐。人不知而不愠 ——困顿一生而不抱怨不嗔怒，此乃得“知天命”之乐、得君子之尊。怨时代、怨人、怨命，都属于没活明白。而乐与不乐，全在一己之胸怀、格局。

关于决定命运的因素，芥川龙之介说：“四分之一是血统，四分之一是境遇，四分之一是偶然——自己能担当的只剩四分之一。”就这四分之一，也经常被我们的情绪、懒惰或无助，别人的脸色，天气分割得七零八碎……有时，还不如一株草、一棵树，就那么认命地守在原地，无论怎样，春夏秋冬都会依次到来。

我把人生也分成四份：四分之一的前世，四分之一的今生，四分之一的使命，四分之一的随性。如此，便很快活。

| **曲解词语 · 文化** |　所谓“文”不过是原始状态的花纹、鸟兽足印等等；“化”则是两个人颠倒地立在一起，即把一个人彻底地颠覆、彻底地改变。所以，知道“文化”的厉害了吧？就是用一套系统的东西把你彻底地改变，把你“化掉”。从外表看，那个硬件还是你，但软件已经彻底改写，你，已经不是你。

其实，大多数文化都是对元神的压抑、驯化或杀伐，正如“圈养”会使动物的本性退化。文化是我们冲动本性的急刹车和红绿灯，一旦我们对它习以为常，我们就会渐渐迷失本性，被驯化和物化。

所以，在这场驯化中，一定有挣扎的人，他们要么是警醒的智者，要么是精神病人。

对于我，不放弃教书，就可以永远和青年人一起，保持对这个世界质疑的态度，和对庸俗常识反抗的能力。

总之，那个“化”字太厉害了。欧美“全球化”的真谛是“西方化”，而我们，正在被“化”掉经济，“化”掉自身文化，“化”掉我们原有的价值体系……在未来，我们是否可以做一种努力：把他们“中国化”，让他们学我们的汉字，学我们引以为豪的传统文化，比如传统医学。

大一统一定会导致唯一性的伟大的专制的文明，但也一定要知道它必然导致差异性的缺失，而且我们为此也付出了极高的代价。

● 命里的五行

一个人毕其一生的努力就是在整合他自童年起，甚至从胎儿期就已形成的天性和性格。所以，想不通的时候，不一定非得努着往前走，也许回下头，就能恍然大悟。

比如，在中国，有些根本纠结源于子宫。比如，有些妇女强烈地想生育男孩子，她的潜意识会干扰气血的平衡，使得那些已经定性的胎儿会拧巴地生长，这样我们就会发现在姐妹当中总有假小子般的女孩，而那些怀孕期间强烈地渴望女孩的妇女，会生出女性般柔和的男孩。无论如何在这些孩子身上有种说不出的拧巴，这种拧巴会影响他们的未来，他们要么害怕自己不能让别人如愿，而终身隐忍怯懦，要么从这种自责中生出叛逆，超乎想象地肆意挥洒自己。

耳闻：一个内心强大的人不是去压倒一切，而是不被一切压倒。

• 性格与疾病的相关性

首先要分清个性与性格的问题。个性是性格的核心部分，个性通常与先天有关，打比方说：春天出生的白羊座通常很冲很直；而他之前的双鱼座的个性则有着冬末春初的犹疑和虚无；在他之后的金牛座则有着接近夏天的成熟与稳定。至于性格，则与气血、经历、环境、教育等有关。东方古语云："积行成习，积习成性，积性成命。"性格一旦形成，对命运和身体的影响就不可小觑。

今人把性格分为 A、B、C、D、E 五种类型。

A 型性格的人：外向、有雄心壮志、精力旺盛、时间观念强，但急躁、缺乏耐心、好胜心强、爱争斗、赢得输不得、办事力争尽善尽美、容易被激惹。

B 型性格的人：悠闲自得、不争强好胜、从容不迫、工作有节奏、随调而安、与世无争、能克制、不易被激惹。

C 型性格的人：内向、情绪稳定、善于思考、追求井井有条、宽怀大度，但孤僻、自负、易焦虑、易忧郁。

D 型性格的人：外向、属于乐天派、小事不挂心、大事不糊涂、人际关系好，但好胜心强、计划性差。

E 型性格的人：内向、情绪低沉、易伤感、自卑多虑、爱生闷气、易屈从让步、少言寡欢、做事慢条斯理、优柔寡断。

传统医学以阴阳将人的性格进行分类，比如《灵枢》中有《阴阳二十五人篇》。总之，阳偏多的人豪爽大气，但草率莽撞；阴偏多的人缜密怪异，且心狠手黑。而且，性格与疾病是相互关联的：总体而言，肾精足，人镇静和气；肾精不足，人蔫萎或闹腾。而有的人，大病后性格大变，要么是觉悟而改习性，要么是被病魔搅得心乱。

《黄帝内经·本藏》曰：“心小则安，邪弗能伤，易伤以忧；心大则忧不能伤，易伤于邪。”即心小者，审慎求安，外邪不易伤己，但易于自己忧伤。而心大者，不易忧伤，却容易被外邪所伤。“心端正则和利难伤，心偏倾则操持不一，无司守也。”

某老总，素脾胃寒弱，因过度疲劳而烦躁，从冰箱取一冻梨食之，片刻后腹泻、大汗，继而晕倒。后至医院急救，醒来稍稳定片刻，便与周围属下言：“好了，你们开始汇报工作吧。”人们也许会把这种人称为“要钱不要命”者，我不如是看：有些人拼命工作，只是为了证明自己，比如此人，生于深冬，摩羯座，天性要强，以在荒芜之上建立大厦为己荣，以成就人生为欣喜，而非专力挣钱。所以，看病、看人，还要从细处论，不可一概而论之。

主见特别强的人，坚持己见则易碰壁，不被人理解则多郁闷。

很多人不理解，为什么不吸烟人群也常罹患肺癌？其实，患肺病者，通常性格要强，对人对己对事要求完美。这种人，通常表面是谦谦君子，内在却非常执拗、孤傲，甚至狂傲。对身体，对生活，对一切，追求完美，并不是错，但要明白的是，现实总难免龌龊，真正几于完美的唯有心灵。

患肝病者，通常外在性格暴烈，内心忧郁、憋闷、情绪化。他的理性通常强过感性，他瞧不起尿人，而他习惯性的暴烈和强势又是尿人惯出来的。所以，长期的硬挺和肆虐使得他的肝首当其冲地受到损害。

患肠病患者，通常前期有深忧，一直未得纾解。他的快乐只流于表面，很少在丹田处荡漾，而痛苦和无助却常在此处游荡。所以这种人的性格是内敛、敏感、脆弱的。

● 气象与人相

| **曲解汉字·气** | 气，有三种写法：气、氣、炁。气，指云气、空气。氣，“馈客之刍米也”，指食物之气和呼吸之气。炁，是魏晋以后的神仙家们为了避免人们误解了他们对“气”的理解而特造的一个字。这个无火的“炁”本指生天、生地、生人、生物的一种生气，指生命本有的一种潜能。宇宙间的生气本来无穷，但人身体从父母那里得来的那点“先天炁”实在少得可怜，所以，神仙家与道家强调要时时刻刻小心维护此“炁”。“吐故纳新呼吸术”的要旨并非只是练“气”、练呼吸，练“气”更像是借用一根火柴，其目的是用它来点燃自身生命潜能。

| **曲解汉字·风** | 风中有虫，虫乃精虫、种子。《说文》说：“风动虫生，故虫八日而化。”“风情万种”一词真可谓妙不可言。和风浩荡，裹挟万物之精传播四海。故古代阳宅风水院落四合，门开东南。东南在八卦为巽宫，为风门。门开东南，乃“风生万物”之意。一个家族要想生长，也要靠风生万物的特性，使家族得以延续，种子得以相传。

| **曲解词语·风尘** | 风情才能传万种，风尘则扬沙漫天，精虫混

绕不纯，难以结果。尘（麈），乃群鹿狂奔土漫连天，尘埃落定之时，方可见晴天碧水，万物瓜瓞绵绵。

| **曲解汉字·风景** | 景，从“日”从“京”，日乃光，京乃大；风为动。所以风景一词不过是国人对美的解读：（1）要灵动；（2）要光影斑驳；（3）要气势宏伟。

星象学里三个风相星座——双子、天秤、水瓶，它们像空气一样冷淡、客观，而又变幻莫测，并且最害怕孤独。夏初的双子是个从蛹变化而来的花蝴蝶，它主宰着语言、说服，大脑灵活多变，它进化得如此之好，就别要求它忠诚。秋天的天秤主宰关系与和谐，万物丰盈，金风玉露，天秤既无法忍受孤独，又有选择恐惧症。从冬天苏醒过来的水瓶是三者中理性最高的，主宰科技和民主，是不喜欢按常规出牌的异类。

同为双的有双鱼与双子，其区别在于，双鱼是母子，是母性慈悲与孩童天真任性的倏来忽往；双子是男女，是彼此不懂和抗拒的纠结。所以抚慰双鱼的是温和的爱，抚慰双子的是一方战胜一方。双鱼用情太多，故易膻中痛；双子用脑太多，易头痛。双鱼多梦想，双子多现实。双鱼是老灵魂，双子是现实神。

| **曲解汉字·木** | “木曰曲直”，其条达、生发之性为直；其盘旋、收敛为曲。无轩昂，就没有森林之繁富茂盛；无委曲，则不能形成年轮的力量。

中国古代炼金术有一个出发点：人不如树木活得久，树木又不如金石长久，所以他们用五色金石炼丹服用，希望自己的生命会占有金石精

华这长久的特性……可是看到这些千年风化的雕像，不禁怆然，金石尚且如此，人何以堪！

| **曲解汉字·火** |　“火曰炎上”，其状态为热性，为“炎”；其运动走向是向上。过头的热情就是“无情”，所以《说文》释“火”为毁灭的“毁”，所以说“情到浓时便是空”。

星象学里三个火相星座——白羊、狮子、射手，都有光明向上的特性。但春天的白羊快速生发着，此火可借浩荡春风而肆虐，所以白羊单纯、刚直、热烈，势不可挡。它像个战士一样毫不犹豫地冲锋陷阵，勇敢而坚贞。夏天的狮子则以强大的雄性能量坚守着自己不可动摇的霸主地位，但内心无限孤独。冬天的射手则已是星星之火。冬天的火是招人喜欢的，它是深冬里的乐观与快乐，那一点真阳让它永远活在明天，而不是当下的寒冷里。

| **曲解汉字·土** |　“土爰稼穑”，“稼”是种植，“穑”是收获。木、火、金、水，都有偏性，而“土”融合了其他四行里的偏性，并借它们的四气来完成自我的圆满，故五行中只有土德最为丰厚。

星座学里三个土相星座——金牛、处女、摩羯，都偏于物质和实际的特性，都有着实干和细致的精神。其中，春夏之交的金牛更有着强烈的感官享受，无论是物质的盛宴还是精神的盛宴，它都有充足的精力驾驭。而夏秋之交的处女则已经开始对秋天的果实精打细算，并试图以最完美的分配来服务于众生。生于深冬的摩羯则要在大地的荒芜之上建设新的世界，它通常是缺少外援的，必须以强大的自我和精明的实践来实现理想。

｜**曲解汉字·金**｜ “金曰从革”，“从”是顺从，“革”是改变。犹如金属武器既可保护自己，也可抵挡外邪。金与木之属性，双面性都极强烈，所以对应身体之肺肝二脏——生命里最充满变数的脏腑——既是生命力旺盛之显现，又是生命力衰颓之显现。因此，普通的疾病及身体的任何不适，都要先从调适二者的关系入手。如二者拒绝调教，可从脾胃入手——脾胃，乃生气、生血之所，肺主一身之气，肝主藏血，肺像虎，肝像龙，龙虎自足，便可彼此各行其道，不再相互纠结、救助，亦不再伤害彼此。

｜**曲解汉字·水**｜ “水曰润下”，外阴内阳——阴则趋下，阳则润万物。水上润则为雨露霜雪，下流则为海河泉井。上下气之不同，则水味有不同。如无那一点真阳，则水不能流淌。下流是其本性，温润是其德性。海水因大而辽阔，湖水因静而净澄，溪水因曲屈而欢腾……我们身体里也有水液的各种形态，或辽阔，或净澄，或欢腾，或寒凝，心阳肾阳温润，才得喜悦、安宁。

上善若水——女性的温柔，月光，清凉的夜色，对天地的敬畏（恐则气下，收炎上之火），善解人意的语言、爱抚，赞许的眼神，婴儿般的睡眠……这些都属于水。

星象学里有三个星座属于水相——双鱼、巨蟹、天蝎。

双鱼是混沌大水，巨蟹是涓涓细流，天蝎是静水深流。喝双鱼水越喝越糊涂，但美好；喝巨蟹水安全而温暖；天蝎水，没能量的最好别碰哦！因为天蝎的自我太强大。

双鱼是远古巫，巨蟹是现实母，天蝎是孤傲神。

双鱼，有着无边际的混乱的关爱精神；而天蝎对此则有精准的选择；

巨蟹的爪子是内拢的，它的关爱有明显的界限。双鱼的世界是分裂的，博爱浪漫沉醉；天蝎则非常专注，情感强烈，甚至极端；巨蟹则是做推手的好手，一切顺从着、收藏着。中国文化即由巨蟹主宰，永远“是”，也永远“不是”，永远不确定地确定着。

双鱼有母性，又有孩子性，有现实的坚韧，又有梦幻的超脱，可以说爱就爱、说走就走，骨子里的悲观来源于对这个世界的不信任。而巨蟹只有母性，老想担责任，其悲观来源于对这个世界太信任。

看到一句话：“双鱼座是介于水瓶座与白羊座之间的过渡星座，将风象水瓶座的超然、独特，转化成火象白羊座的直接、单纯。双鱼座代表的是人类心灵和宇宙的合二为一，并且对宇宙最高力量有着坚定不移的信仰。”

尽管双鱼座被认为是个梦想家，但是如果能将这种天生的洞察力运用于对人性的观察，便对人类是个贡献（适合做医生、宗教家、心理大师）。大致上来说，双鱼座很容易和别人分享，也是最能享受朋友亲密情谊的一个星座；只不过他们还是需要很多独处的时间，而且很可能成为遗世独立的隐者或独行侠。

请不要跟双鱼谈论死亡话题，双鱼是沉溺于死亡的不死者。它深谙死亡的艺术，但它以逃跑的姿态逃离了一切，包括死亡。 请不要跟双鱼谈论爱情话题，双鱼是沉溺于爱情的无爱者。它深谙爱情的艺术，但它以逃跑的姿态逃离了一切，包括爱情。

双鱼式的折腾在于：一方面安享着最美好的生活，一方面总想着离家出走。

太阳在双鱼，以逃跑为主；月亮在双鱼，应该以沉溺为主吧。

射手用准确温情的箭“hold”住了双鱼永恒的逃跑。

关于水象星座，有人说巨蟹是涓涓细流，主宰家及情感；天蝎是静水深流，主宰灵魂和心理；双鱼则是混沌大水，主宰梦幻和集体无意识。我不知道这种迷醉最终会把我带到哪里，但我知道我离开的所有地方，都是我宇宙思乡症的源泉。而且，我还骄傲地活在我所创造的痛苦中……

双鱼式的追求崇高有时看上去像自虐，比如偏偏找狂风暴雨天去干最费力的活，他们喜欢在雨中出汗这种悲喜交集的英雄主义。但只是自虐，绝不受虐，只是因为骨子里太孤傲，非得与众不同。

娶双鱼做老婆等于娶了两个老婆：一个温柔慈悲，一个娇蛮任性。如果她爱你，跟你吃多少苦都不怕；如果不爱了，她也得安顿好你再走。

在所有的童话里，海的女儿是鱼儿们的最爱，我们可以以毁灭肉体的方式，去找寻一个高贵的灵魂，或保持自己高贵的灵魂。无论是谁，都不会使我们降低对灵魂的要求。

我和这世界保持疏离，但并不意味着我看不懂你。有一种奋不顾身叫作“无明”，有一种远离叫作“懂你”。梦，把分裂的鱼儿们拯救了。不必求索，糊里糊涂、混混沌沌的，我们就拥有了太多。感恩！

● 命相的中西结合

| **曲解词语·星座** |　星，是天象；座，是座位。其实星座更强调人与宇宙能量的关系，它让人尽量避免善恶判断，而是把目光放到对太阳和月亮的理解上，放到日月能量对我们产生的影响上，它试图打开我们和宇宙能量的神秘通道，放大我们对自我的认知。

十二星座不过是十二种天地能量，我们出生时的太阳能量可能在双鱼座上，但那时月亮能量可能落在处女座上，于是一个生命格局就如同一幅星象图，那一瞬间，五大行星对我们的影响就开始了，我们生命的秘密图像开始闪烁……我们行走在明与暗的变幻中，我们生命的光明与黑暗力量开始发挥作用，如果能够把十二星座的十二种能量修满，我们将强大无比。

｜**曲解词语·共性**｜　对于人而言，五脏六腑就是共性，眼耳鼻舌身意就是共性。共性产生共识。但五脏神是差异性，眼耳鼻舌身意的功能有差异性。所以，人是相同而又不同的。大众害怕孤独，所以总是找共性；而小众，那些引领人类精神和思想的人，自愿站在孤独的荒原，犀利地从这差异性中寻求人类精神的突破和辉煌。

为何以星象为例，而不以八字为例讲解人性？因为八字是个更复杂的系统，会把人弄糊涂，而星座概念，年轻人比较稔熟，易懂。而且这种说法比较好玩，要想弄懂“五运六气”，可以结合星座，以一种游戏的态度，先弄明白相同星座的先天差异性因何而存在，继而把“五运六气”也弄明白了。

中医有个“五运六气”学说，把一年分为六气，比如一之气（1月20日—3月21日，含四个节气：大寒—立春—雨水—惊蛰），其主气永远是“厥阴风木”，而每年的一之气的客气都会不同。西方在这期间定位了两个星座：水瓶座和双鱼座。因此这里便有了美妙的联想，虽说一个是风象星座，一个是水象星座，但两者都有厥阴风木的特性：春天的风略为冷酷、无情，“二月春风似剪刀”；春天的木还未“条达”，处在苏醒状态，柔软、待长；春天的水半开半融，气象仙气朦胧。从节气上看，水瓶得大寒和立春气，所以有理性和斗志；双鱼得雨水、惊蛰气，所以感性而柔情。再兼之每年客气的不同，人的多样性就更加凸显了。

比如，龙年、狗年，初之气的主气是厥阴风木，客气是少阳相火，那么这一年的水瓶和双鱼都有了热情澎湃，风火相煽，容易头脑发热、冲动的个性。而兔年和鸡年的初之气之主气是厥阴风木，客气是太阴湿土，那么这一年出生的水瓶和双鱼性格就偏沉郁、黏滞，想得多，但行动力迟缓。虎年和猴年，初之气的客气是少阴君火，虽说也是风火相煽的格局，但少阴比少阳更沉着，所以这些年出生的水瓶和双鱼更会借力打力。牛年和羊年的水瓶和双鱼因为客气是厥阴风木，性情更偏无情和直率。而鼠年和马年的水瓶和双鱼因为客气是太阳寒水，性情有些冷酷，更关注自我成长。蛇年、猪年，初之气客气是阳明燥金，燥金气代表的是冷静和严谨，且金克木，所以这些年出生的水瓶更理性，双鱼更纠结。

这一切的理论基础还是中医的“五运六气”理论。中医认为，人在母腹中，九窍尚未与天地之气交接，而只是依赖脐带保持与母亲气血的交换，出生的一瞬间，九窍俱开，与这一瞬间的天地之气（五运六气）形成一个固定的关联；而西方的星盘则明确指出这一瞬间你与几大行星气质的关联。你的这一刻所形成的一切，与以后天地自然的交换，便是一种秘密的瞬息万变的存在，说它是“命”也可，从这一瞬间开始，然后在某一瞬间戛然而止。眼耳鼻舌身意一动，人的系统就开放了，随着不断的开放，便有了不断的坍塌。由此，出生，即入死地，这，即是老子言“出生入死”之真意。

星座可以看性格，性格之偏又是致病的因素。对命相而言，中国有八字、属相、相法等，西方有星座等。中国的东西说起来太绕、太麻烦，不如西方的东西简洁明快。闲暇之余，我玩了下星盘，其实它也蛮讲究的，而且要是和中医的“五运六气”结合一下，那是相当有趣的，推起盘来，也能把人看个底透。这里先小小地说下星座和疾病的相关性，只是玩，不必一一对照，平时稍加注意即可，而且只是讲太阳星座，具体到每个人，就得把星盘都看了，才全面。

双鱼座，水象，情重，易膻中痛——膻中为心包经要穴，心包多为心血管病，老是忽冷忽热的，心受不了，心血管也受不了啊，还是神经大条点好。

白羊座，火象，总体偏单纯，但性格总是急急的，所以肝上要小心。肝木克脾土，水湿难化，易患湿疹。

金牛座，钝感而又重感官，谋深，进易出难，浅症在脾胃，深症在肠。

双子座，进化最好的星座，动物性少了，但人性的毛病就多了，用脑太多，易头痛。

巨蟹座，成天担惊受怕，防御性强，又热心、爱管闲事，乳腺、子宫易寒凝不化，所以要强肾。

狮子座，外表强硬，内心忧郁，注意肺的养护。

处女座，总想周到周全，成天干费力不讨好的事，思伤脾。

天秤座，选择恐惧症，不能决断，易生胆病。

天蝎座，思虑深、成天质疑，物欲、性欲都旺盛，防心肾病。

射手座，好动手动脚，防外伤；又好功利逞强，重点养护肺与大肠。

摩羯座，生于冬天，孤立无援，又要强，注意忧郁症的浅症，即肠胃病。

水瓶座，比较情绪化，但又超理性，注意肝胆。

总之，任何星座都有阴阳两面，但基本上是阴性的那一面会造成身体伤害。因为阳性的那一面是开放的、疏通的，而阴性的那一面总在紧张焦灼中，久之，便造成人体伤害。所以，我们要想少得病，一是要活明白，二是要改性格中的毛病。

这世上，只要双鱼不再做梦，摩羯不再奋斗，水瓶不再执着，射手不再灵动，天蝎不再探索，狮子不再掌控，处女不再牺牲，天秤不再犹疑，巨蟹不再左右，金牛不再占有，双子不再强硬，白羊不再冲动，这世界，就可以归零。

● 缘分，是命运中最隐秘的部分

《史记》说夫妇之际，是人道之大伦。就是以男女交往的稳定，来稳定人道的不稳定和不理性。古人活明白了，婚姻虽然不是人类的最佳选择，但它毕竟敦促两个没有血缘关系的陌生人在漫长的生活中学会善待对方、善待缘分，在无常中感恩家族绵延之有常。如此，便顺遂了天道，削弱了兽道的对抗，避免了草木道的飘零。

| **曲解词语 · 缘分** | 缘，“纟”代表脐带、丝线，因而“缘”表示一种具有生命能量同时又内涵丰富的隐秘联系。“分”，别也，从八刀，古代“刀”是用来分开事物的用具，而此处“分”读四声，是本分之意。因而缘分不过是指专属自我生命个体的那份切也切不断的隐秘命运。

有缘无分，是指虽曾有生命能量的聚合但又被分开的那部分，空有

情思而实落空位。

有分无缘，则是指个体拥有的那部分已与生命能量游离，虽有其位，但貌合神离。

人生就是这般，有缘有分者，又有几人？无缘无分者，何必牵挂？

网友跟帖："有缘有分结善果，有缘无分镜中花；有分无缘真亦假，无缘无分任随它。"

曾经以为牢不可破的联盟，如今已被时光碾碎。也许就在夜风中，风吹酒醒，旧朋新欢，已然时空挪移，飒然而悟——有些缘分竟然当下可了，有些缘分可以当下重启。如若有下一世，该是怎样的烟尘相续？

｜ **曲解词语·聚合** ｜　要聚得先取，而"取"字是用刀割下敌人的左耳。故，聚合是一种建立在残忍之上的重新组合。人必须经过命运的筛选，而选择自己的团队，否则就是乌合之众，没有共同的精神，就没有战斗力。

几天前无意间查星盘时见到下面附了个小游戏：查看你与他（她）是几世情缘。无聊之下输进生辰测了一下，发现与老公、儿子都是四世情缘；又随便输了两个友人的生辰，一下子惊着了，居然是六世情缘！虽说是游戏，但却惊醒了我，我们和一些人的缘分竟然有可能超过这一世的亲人！所以，人生在世，大意不得啊！比如我和我的学员，他们可能比我的家人爱我爱得更纯粹，只爱我的率真；而家人之间的情感，可能因过近反而复杂。所以，友情和亲情相比，因简单、因只爱你好的那一面、因不牵扯利益，而更为单纯深远。由此，更加对众生生出感恩！

我也曾遭遇过莫名其妙的分手。本来两人好好的，彼此爱惜和同情，又有深入对话、掏心掏肺，但对方突然就销声匿迹了。当然，除了反省自己是不是有什么不对的地方外，也不必去追问什么。世间本无常，缘来缘去，别太执着，再爱再喜欢，也不必天长地久。今日突然想起，才了悟中间有人挑唆，那也不必追究。人与人分开了，不说对方一句不是，也无怨恨，就是守自己的厚道，也算没白喜欢对方一场。

耳闻：触物皆有会心处，聆鸟语虫声，知春之盎然、秋之萧瑟；观山高水长，得道之恒常、恒变；见男女诸相，悟前世今生。触物时肠暖，会心时冷然。有情无情之间，是吾真心真颜。

人，为什么要谦卑呢？看看风云变幻的天，看看丰收的大地，便知自我的渺小，便没有理由不谦卑。争第一第二什么的，有那么重要吗？活着，得天地滋养着，得经典温润着，得伟大的灵魂浸润着，便是诗酒田园、快意人生。

古语："随缘消旧业，更不造新殃。"前者是该还的还、该收的收、该放的放，再度纠缠就会结怨更深，就是造新殃。后者才是今生的要点：不被熏染，先干干净净地活，行有余力，助人为乐，且胸无挂碍，诚意直行而已。所以人活，就是活三世：前世、今生、未来。

耳闻：身边总有一两个来"度"你的"菩萨"，让为师连个清福都享不了。

的确，要是大魔大恶来了，还可以舞枪弄棒玩那么一阵子，这等聒噪，没个眼力见，挥之不去，又没根性，度还度不了，净烦老人家了。

人与人的缘分，由无明的一方决定。缘分要结、要惜、要续，无明的那一方则因为自私、贪痴，每每去断、不惜、去减。所以，如在生活中遇此无明，就随他闹、随他搅，也叫"随缘"，只是这种随缘，任他闹搅到绝处，正好“了缘”。好比施主若一味施恶，正好助了受者的出离心。善哉善哉！

若你和某人结缘，诸事顺畅、身轻体健、心情愉悦，那就是补，就是结了善缘。若你和某人结缘，诸事不顺、身病心累、那就是损，要小心行事。如果你和某人结缘，想起来就心中小美，想不起来时也觉心中踏实充满，遇到大事只可托付于他，绝无二选，那真是人间美境，唯有感恩上苍，唯有珍惜爱惜，才不枉此缘。

晨起喝茶，犹喜大红袍。一想到人与茶尚有缘分，何况人与人乎？今生得各位亲朋的敬与爱，恐怕也有前世之守、望，不禁又一悲、一念。吾本性情中人，难免为此生恩、泫涕。合十感恩。

人与人之间喜欢有肢体语言的，偏本能，而且必是同类人，犹如动物之拥吻打闹。人与人之间没有肢体语言的，必不是同类，他们之间，心和身都抗拒并疏远。没办法，“缘分”这东西不可小觑。

有些话说了，情变后就会相憎；有的情求了，分离后就会伤痛。美丽的倾心在于不说、不求，远望天边；久之，惘然；再久之，相忘于江湖。

植物界的真诚是种下什么种子，开什么花、结什么果，而人类的情感却不是这样。有时，你种下的是玩笑，却收获了真诚；有时，你种下的是情欲，却收获了爱情；有时，你种下的是怜悯，却收获了嘲讽；有时，你种下的是无聊，却收获了美妙……所以，人生的微妙在于我们不知道有些化学反应会如何发生，不知道自己的莽撞会撞响哪座钟，慢慢等啊慢慢等，在收获的刹那，破啼、大笑、感恩、和解。然后，一定要记得，别留恋，转身就走。

| **曲解词语·慷慨** |　“人们总是爱放弃自己最需要的东西，我管这叫深层次的慷慨。”—— 王尔德

这种深层次慷慨，一定源于深层次的恐惧。但放弃，有时真令人开颜，因为不必再害怕了，因为安全了。

那么多人叫天使，可都没有翅膀。我管自己叫魔鬼，可整天在天上飞。

四

有常·无常

人生在世，贱者求富，富者求贵，贵者求雅，雅者求真，真者无求，和光同尘。

贱者求富——富，还是形式上的拥有。

富者求贵——贵，已然是内在的雍容。

贵者求雅——雅，是文与质的高度融合。

雅者求真——真，再次归于高度的内在。

真者无求，和光同尘——光来了你是光，尘来了你是尘。

人生三管理：财富管理、生命管理、心灵管理——先保值，再增值。其间要看有无办法，有无方向。

人生三自由：财富自由、生命自由、心灵自由。都自由了，就是主人；都不自由，就是奴隶。奇妙和令人悲伤的是，很多人在追求财富自由的路上再也停不下来，忘了还有更高的人生目标。

追求财富自由没有错，但错的是在拥有财富后没了自由，不知道还有更美的东西，比如生命自由，比如心灵自由，比如美感的诗意人生……能知道什么时候超越、怎么超越，才高级，才高贵。

生活中坚持信念很难，尤其在经济、金钱统领世界，而不是理想、精神统帅世界的时候。所以，在全世界都力求做大的时候，能淡然地只求做小，才牛——小而精粹，小而孤傲。因为小，才能坚持简单华贵的理想，才能既不媚俗又不引人注目地、安闲地活得长久。但曹雪芹的大观园再美再小，最后还是破灭了。如此，还坚持，就更美。

有财富并不是罪恶，但富者要防两大陋习：一是吝啬，积财不散，不从造物利益众生之性；二是奢华，暴殄浪费，不敬造物自爱之性。但此两者只是孽障，只需个人承担业力，罪不至死。如克扣工钱、欺男霸女、凌辱弱小、拐卖良民、掺毒造假、忘恩负义、冷漠残忍等，则是大恶，罪不可恕！

● 最终，无常会击败我们的所有梦想

我执，常常阻滞我们的一切前行。

我执——我见，我痴，我爱，我慢。

一般而言，科学家整天观察变异和无常，所以更珍惜稳定和有常。而且稳定的生活和情感，以及有序的思维，对他的事业极有帮助，所以虽略显沉闷，但婚姻稳定。激情才子就不同了，对多样性的渴求远远超越了对稳定的需求，无常与变幻给他带来的灵魂之痛，就是他创作的源泉，他们以其残缺、癫狂、破碎，来冲击普通人对世间幻象的固执和遐想。

常有人渴望有些清新跃动的东西能刺破自己狭隘枯燥、千篇一律的生活。当得不到时，当日子转瞬成月，月转瞬成年，年转瞬成多年，青春已悄然不再时，人就会强烈地依赖某些无生命的东西，比如石头、木头等，并且不许别人碰触。

人生在世，不怕认真，就怕看不破。通常太认真的人总是看不破；而先看破，再认真的人才得真果。所谓看得破，就是深悟一切“无常”：生命无常，爱情无常，婚姻无常，等等。所谓“认真”，就是尽自己的努力，让本质上无常的事物尽可能地有常，让一切无常停留在你手上的瞬间尽可能地真、尽可能地善、尽可能地美。为了绽放的这一刻，你始终认真地吃苦、负重，然后才能享受脱缰、飞升的大乐。

总之，一切，不过是有为地苦着，为了虚无的欢乐。

在信众中，有些人只是畏惧，并无信仰；更可恶的是，有些满身疥疮的人，只想披件漂亮的袈裟。

先要学会控制自己的身体，才能最终控制自己的思想，以保持圣人般的稳定。

水从来不会问：我的路在哪里？它只是肆意欢畅地流淌，它经过的地方，就形成了河床。

● 快乐短暂，痛苦绵长

我们，可以永远以快乐示人，因为快乐是肤浅的，它的肤浅像孩子无心机的脸，但饱含深刻的感染力，可以四处洋溢并感染他人。快乐之“快”，说的是这种愉悦在人生当中是短暂的存在，所以与别人的分享会使它得以延续，就像乐曲的余音袅袅，虽然微弱，但也可以使你脸上露出笑容。

钱锺书说法语的“bonheur”（喜乐）是“好”和“钟点”，与汉语“快活”“快乐”的“快”对应；德语的“langeweile”（沉闷）是长时间之意。看来既有客观之时间，又有心理之时间。心里难受则度日如年，心里快乐便杨柳飘瞥。

韩愈说：“欢娱之辞难工，愁苦之言易巧。”无非是说，欢娱是单纯而散漫的，想书写欢娱则难，就像心头的痒痒，可足之蹈之，不可说之。愁苦却是复杂而凝重的，千肠百转，眉头心间，诸般不平，细密绵绵。所以诗、词、曲写愁苦易，写欢娱难。

从生理上讲，快乐走四肢，愁苦走心底。从心理上言，欢娱快如飘风，愁苦度日如年。

| **曲解词语 · 喜欢** |　喜，乐也。“喜”字上面为乐器，下面为张嘴笑。所以喜是闻乐而笑。欢（歡），一边是鸟儿在草丛中欢歌，一边从“欠”，表音声之悠扬闲适。总之，喜欢比爱要天真——爱要用心，而喜欢是无心地自然雀跃；喜欢易手舞足蹈，真爱必默默无言。所以孩子之间无所顾忌地大声道着喜欢，大人却惴惴地不敢言爱。

欢喜和喜欢有区别。欢是天籁，喜是人音。欢喜是大乐，是中脉通彻，六脉和谐；喜欢是小感觉。一个是“六经注我”，一个是“我注六经”。

所谓法喜：不因外境变化而变化，时时、刻刻，绵绵、不绝，稳定而柔和。归根结底，这种喜悦，源自觉悟，源自清净，源自美好。

真正的喜悦不只是没有痛苦，真正的幸福感也不只是被别人肯定的快乐，而是感到生而有幸，你可以成熟、稳定、美妙地主宰自己的人生。

也就是说，无论你面前的人怎么哭闹，无论是爱的胁迫，还是恶的威胁，你都微笑着，让他最终畏惧的，是你的坚定从容和成熟。

● 身心一旦被捆绑，自由就成了梦想

大凡痴情基于识浅，冷肠源于情深。

| **曲解词语·关系** |　关（關），原指门闩；系（係），原指脐带之连接，引申为捆绑。所以，关系一词实际上非常微妙——门，连接内外，可进可出，门闩却断绝了这种进出的自由；系，则告诉了你，丧失自由的背后是捆绑。所以，“关系”特指人间的一种存在——人，因为孤独，依赖关系而自愿放弃一些自由；又因为渴望自由，而因此愤恨，并因为关系的复杂性而烦恼。

束缚即捆绑。往往是你被什么捆绑，你就会在哪里反弹——如被道德捆绑，你就会反道德；如被理性捆绑，你就会反理性；如被戒律捆绑，你就会想办法沉溺于享乐。一切只是时间早晚的问题。最初，你只是在脑子里做反抗的梦，当绳索已嵌入肉里，你会因为痛楚，而去找解脱。

曾有个神话说某神被罚擎天，所以一直在找下家，一旦骗了谁来帮会儿忙，他就可以永远逃之夭夭了。我们人生的境况多半如此，身心一旦被捆绑，自由就成了梦想。

据说陆地上的哺乳动物一般是雌性被捆绑，因为是体内受精，一旦怀孕，雌性就与胎儿捆绑在一起。而海里的鱼儿是体外受精，雌鱼甩了籽就可以跑，而把后续的工作留给了精子易于漂散的雄鱼。由此，陆上多好妈妈，海里多好爸爸。

中国人非常讲究关系，而且中国人的关系学不是纵向的（比如人与神的关系），而是重视横向的人与人的关系。

人与神关联了，不敢抱怨神，一切只当作原罪；人与人关联了，就有无数怨怼和仇恨。

一切温柔的表象下都隐藏着残忍。比如，在动物界，雄鸟会喂食给雌鸟，雌鸟做小鸟依人柔弱不堪状，以迷惑雄鸟。这场景很温馨吧？但对有些动物来说，这种行为隐含着自保，如果对方太饿，会饥不择食，把自己干掉。比如雄螳螂一不小心就会成为雌螳螂的食物。所以，“乖，好好吃，别饿着”。因此，对别人好，其实是对自己好。

● 微妙在于细节

| **曲解词语·细节** |　细，微也，本指丝线之细。节，竹节也，外有纹理，中直空虚，又指变化。所以，细节不过是从最细微处觉知变化、觉知真相。如果不把握变化，纵然细节再多，也是一堆垃圾，毫无用处。

精致生活在于细节，人的敏锐度也来源于对细节的捕捉，做医生尤其如此。其实病人一进门，诊疗就开始了，他的体态、面容、眼神、表情、对座位的选择、手脚的摆放姿态等，就已经有阴阳五行的道理在其中。但对细节的敏感也使得我每每对人性生出失望和厌倦，于是就越来越沉默。你一举一动背后的意识、无意识和潜意识是那么脆弱，有时让我哑然而笑，有时让我心中刺痛，但无论如何，你出局了。

再论细节：某才华横溢、以阳刚著称的男演员问诊时只坐了椅子的前边一角，目光向窗，就这么个动作暴露了他内心的温柔与腼腆。其实，人的豪放粗犷往往是为了掩饰内心的细腻害羞。凡才华横溢者必有多重人格，没有极纯真和极老辣的融合，是无法过极致的人生的；没有对生命根底的细腻探寻，是无法做到辉煌的。所以，别太相信人的外表。

其实看微博就能看出些人性的病。老老实实转发的，一方面尊重原创，一方面也体现了自己的朴实。其实，在机心重、剪贴方便的年代，越能保有沉静、本分的心，就越能彰显做人的品质。这，就叫自重。

● 书生气

某日被强邀去某女子 ×× 所讲课，惊叹管教人员与被管教人员各有其相。课后参观其宿舍，甚清洁，只是每人床柱上有一小标识牌：卖淫 ××、偷盗 ××，脸红地问可否换成 m 或 t（两个词的首字母），对方一笑了之。又参观菜园，盛赞，这个好，可让她们从春生、夏长、秋收等明白人生过程。所长说，人家只想一劈腿就来钱！顿时无语，脸通红。

我不想和这个世界有太多纠缠，我知道我们的接触只是飞鸟掠过水面与鱼接吻的瞬间，命中注定我们要深深相互吸引，命中注定我要高飞你要深潜，命中注定我要远离你要腐烂……所以，悲观时，常常想：我要不要飞向你，你要不要游向我？

我知道自己充满双面性，医家要求柔和与平衡，而文学却令人焦渴和不安。于是，这成了我的优势，前者可以让我温柔地平静地同情这个世界，后者可以让我冷酷地悲伤地拒绝这个世界。前者可以让我悠闲地走，因为勘破了生死；后者可以让我诗意地回，因为热爱着天地。由此，在我眼里，血脉不再是医家的血脉，而是沃灌生命的悲伤的或欢畅的永恒的感知的河流。

人，特别累的时候，会对周围有些冷漠。不是不要你的碎碎念，只是自己想沉默地待着，只是自己要的浪漫已然苍老：不过是要一阵沧桑的无意义的低吟浅唱、一隅的幽暗、一本小书、一小杯红酒，即使陪伴，也必须净、静——如同灵猫，在你合上书时它缱绻偎依，在你打开书时它离开，消失得无影无踪。

莫名地喜欢大西北，喜欢一切辽阔和沧桑之地。虽然也爱江南的旖旎和玲珑，但还是觉得西北的阳刚是大补，南方的温柔是小耗。在这边，孤独是美，流浪是美，这边的一切都在拒绝诉说、拒绝情调，这边，明月照大漠，把你逼在冷艳里骄傲地活着……而那边，只是悠闲而充满烟火气的生活，雨巷、细竹、软语，缠缠绵绵，无法解脱……所以，在大西北讲《老子》，既黄钟大吕，又天女散花，曼妙无比。

因为有爱，因为有朋友，因为年龄在发光，所以，你可以被夜空填满，如一颗不眠的星。

月亮那么白那么亮，我突然为我的黑感到羞愧。夜那么静那么黑，我为我的心那么乱那么软感到耻辱。你那么灵活那么沉默，我突然为我的笨拙和呢喃感到心碎……好吧，就这么黑黑白白地静默相守，就这么颠颠倒倒地梦幻人生。

第三章

◇

秋收

情趣、幸福、家庭、友情·亲情

原来，我的出生，只为与你重逢。原来，我炫目的成长，只为呈现你的恩宠。原来，一切饥饿，都是为了大地丰富的成熟。一切焦渴，都是为了山泉的奔涌。原来，爱是如此简单，你为我而活，我为你坚守。只为唤醒，只为延续，只为回忆，只为再牵你的手。

情趣

生命不可过于苍白寻常，人之一生，总要有些情趣。所谓情趣，不关乎利益，只关乎喜爱和心的牵挂——人妻关乎生活，梅妻关乎情趣。有白菜清蔬，也要有“疏影横斜水清浅，暗香浮动月黄昏”。总之，情趣，可以丰富你的生命，可以使你在生、老、病、死的无奈中，有些艺术或诗意的欢畅。

“人无癖不可与交，以其无深情也；人无疵不可与交，以其无真气也。”此语出自明末张岱，其曾撰《自为墓志铭》，坦言“少为纨绔子弟，极爱繁华，好精舍，好美婢，好娈童，好鲜衣，好美食，好骏马，好华灯，好梨园，好鼓吹，好古董，好花鸟”。其实呢，有喜好有嗜好的人自有一份情趣，自有一份执着，再说了，他喜好的哪一样不是好东西？

古人总是情不自禁地表达对闲适生活的追求和喜爱，以至于连名字都要有好多，名啊字啊号的，把所有的愿望都付诸名号，用这个来表达对现实生活的鄙夷或热爱。比如医家李杲，字明之，号东垣老人；苏轼，字子瞻，号东坡。武林中更有东方不败、西门吹雪这些雅号，令人无限神往。其实给自己起那么多名号，不仅饱含愿望，也饱含了很深的自审意识。最后，名号就是自己。

有时候，写点东西，读点东西，只是为了开解自己，只是为了救赎自己于昏暗的生活。那一时刻的独处，有时候会创造奇迹。

情趣，是对生命的彻悟和留恋。以梅为妻，以鹤为子，诵诗以养志，吟词以养心。有它们，生命就有欢喜，就有沉醉；有它们，就圆满了当下，也熨帖了未来。

● 不懂得休息的人是有罪的

依照《圣经》，上帝惩罚男人女人一定要辛苦劳作，但在第七天还是安排了安息日让人们来安享神的荣耀，所以，不懂得休息的人，是有罪的。

学习，是为了提升自己；工作，是为了证明自己；睡眠，是为了积攒能量；休息，是为了修复损伤；娱乐，是为了疏通情志。人生如此五等分，便是一个好的体系。

休息、闲暇、安息日，给自己放个长假，让生命得到修复，在未来的生活中越来越重要。有人会说，死，不就是个长假吗？——不是的，那个长假没有知觉、没有快乐、没有灵魂的提升。或者说，没人知晓我们死后的感觉，那，就活着时，美美地感知。唯有如此，死了，都不后悔。

| **曲解词语·休息** |　休，人倚木而歇；息，上鼻下心，指心灵与大自然的交通互享。所以休息不应以疲惫为前提，而是人主动地不再与自然对抗、与时间对抗。神都要有安息日，而人如能安享休息，就是在那休息中逃离了人愁苦的命运，而享受了神的荣光……

人在休息时，才有闲心去想自己真正需要的是什么。有的人需要睡眠，有的人需要慵懒，有的人需要反省生活的意义，有的人需要读一本早已买好却一直没时间去读的书，有的人需要享乐，像神那样，享受酒浆、美人、华光、海洋……总之，重新唤醒眼耳鼻舌身意，充分享受色声香味触法。

假期里，人很容易对“今天是周几”不敏感，时光开始模糊，人性也开始模糊。区别是今天还是明天已然不重要，区别白天黑夜也不再重要，你可以随时睡、随时醒，胡乱地吃些东西或不吃。总之，你已与世隔绝，并开始蔑视一切清规戒律，在超乎想象的自由里，孤独、无序，成了难以言喻的享乐。一旦假期结束，人们又一个猛子扎进尘世，开始在时间里分秒必争。

疼痛，疼是凝聚，痛是不通。疼痛是人类肉体和精神的阴性的巅峰。它不仅提醒你活着，而且活在从地狱到天堂的上升中。

对大多数人而言，只有躺下才能得以彻底休息。因为躺下后，人的身体就很难较劲了。站立，腿脚必须较劲，骨架也难以放松。反过来，四肢和骨架的放松会导致呼吸的放松。人体很多疾病都源于直立，直立开放了人的视野，而平卧则使人收回了自己。眼睛一闭，自身就变成了宇宙星辰的一部分，同呼吸共命运了。

身体健康并不仅是身体的问题，其实也还关涉心灵的自由：身体健康才能够有精力创作、研究，进行正常的、愉悦的交谈，表达同情心和倾诉爱情。总之，一副好身板，可以让我们有更多的时间去从事有意义的活动。 所以，有空就锻炼或休息，不瞎扯，少应酬，不碎碎念，不多管闲事，遇诱惑不起贪念，都是养。

小病用药，大病用功。小病的康复在于休息和疗养；大病的康复，在休息、治疗之外，还要剔除“贪、嗔、痴”。所谓用功之“功”，就是“功夫”——功夫有二：一是练功；二是“工夫”，即时间，用时间来消磨一切，包括我们的身体和灵魂之痛。

丨 **曲解汉字·工作** 丨　工，指工具，如规，如矩；作，起也。工作是人与物质世界的交涉，要么创造，要么毁灭。现在的人更是连创造和毁灭都不思索了，只是谋求在单调重复中获取利益，要么满足于糊口，要么满足于虚荣的享受。但真正的享受一定来自关系创造，或关系与自然的和谐，因此，无创造、无和谐，无异于行尸走肉。

何以解忧，唯有劳动。何以解大忧，唯有太阳下专注的、简单的劳动。沾濡汗出，神清气爽。

劳动的好处：（1）劳动可以开宣腠理。肺主皮毛，肺主忧伤。（2）劳动可以活动关节。关节是百脉的大通道，关节活动开了，利全身。（3）劳动可以怡悦心情。心情好了，也百脉畅通。无论走到哪里，都能随遇而安，都处处生出喜乐，便是个有境界的人。

我们为什么爱旅游？

钱锺书在《围城》里说，旅行最试验得出一个人的品性。旅行时最劳顿麻烦，叫人本性毕现。经过长期旅行而彼此不讨厌的人，才可结交做朋友。结婚和婚后的蜜月旅行是次序颠倒的，应该先旅行一个月，一个月舟车劳顿以后，双方还没有彼此厌恶，还要维持原来的婚约，这种夫妇保证不会离婚。

无聊琐碎的生活是缺少精华的。所以，我们需要一种象征性的生活——当我们感到生活被神性充盈，并饱含着灵魂的渴望时，无论是痛苦还是快乐，我们的生命开始被意义笼罩，我们可以开始寻找到“我”，等到“无我”时，便充满法喜。

更何况，现今所有的原始信仰，都在被强大的物质世界摧毁、扭曲，分崩离析，犹如石雕被风化，犹如金像落满尘埃。所以我们必须出发，到乡野和深谷中去，在甜蜜的不被污染的空气里寻找那些至简的、天真的东西。在那里，我们要重新唤醒对这个世界的美的感知，并和那些温暖的石头、山泉、微风，一起静谧地消逝，或缓慢地成长。

山居：住在山里，你会觉得离这个世界很远，你会像大山那样葱茏、延绵，像山泉那样叮咚、蜿蜒，这里只有昼夜更替、风舒云卷，而没有那城市里的不安和急促，那里的时间已把我们的人生按分分秒秒切碎，也把我们的感知瓦解。所以，回归真不只是心的回归，若无出离心和出离的行动，一切不过还是哲学的苍白。

四合院、老民居的好处是：你和历史霎时间没了距离。有天有地，棱窗映月。青春年少，窗下过西门时，你可以姓潘（金莲）；年老色衰时，你可以姓李（清照），守一缕暗香，听窗外笑语。也可以在天井月下独酌，除了月，无人晓你之寂寞。而高楼大厦，那俯瞰，那水泥的厚、玻璃的冷，也会让心渐渐地冷，渐渐地恐。

山再高，脚下也是土，土是活的，有呼吸，有气息则含变化。水泥丛林屏蔽了一切真实的沟通交换，你很难温暖它，它隔绝你、封闭你，当然，有时它也保护你，在你脆弱的时候。这，也是现代都市人越来越孤独的原因之一吧。

其实，出去旅游，一是见山，二是游水，就是主动在找寂寞欢喜——青山寂寂，海水寞寞，人心也就空了。空久了，心力弱的，就返回了。返回了江湖，烦恼啊，情欲啊，就都冒出来了。江湖和海水的区别在于：海水化境大，好与坏都化掉了，所得只是大而空；江湖化境小，好与坏都呈现分明。人年轻身体好时，会觉得江湖有趣，喜欢那种斗志昂扬；身体一旦衰弱，人心一旦淡泊，江湖就凶险无趣，反而觉出田园山水的无穷好了。

现如今，念经的多了，玩茶、玩香、玩玉的人多了，仿佛唐宋的雅士们在轮回。我呢，等待鸠摩罗什、王维、李白、苏东坡、李清照……我备好了酒，甚至备好了月光，等待鸠摩罗什、王维、李白、苏东坡、李清照……等大家欢聚时，一起喝，一起看那些美丽的女人舞蹈，听她们唱经。

如果说这一世是场旅游，那就尽量快乐地前行。如果一切都是老天给的，那它被收回去时也不必遗憾。

人嘛，为啥叫“行尸走肉”呢？因为必须“行”必须“走”，才可能从窒闷中“心随境转”，才能因为美和壮观，而从物化、异化的生物，重新被唤醒率真的人性；才能摆脱枯槁无意义的“尸”和“肉”。能够“不出户，知天下，不窥牖，见天道”的，是老子，不是我们。更何况，我们就是出户了、窥牖了，能明天道的又有几人？

其实，每个人的内心都有一点小疯狂、小浪漫、小伤感。而这些小小的隐秘却很难在无聊琐碎的生活中被满足，所以，人们就会有莫名其妙的黯然和惆怅。一旦到了大自然里，一旦到了简单纯朴的乡村，人们会突然地发觉自己内心的疯狂、率真和久违的宁静通通被大自然的璀璨、率真、美感，甚至那美之将逝、岁月将逝的伤感唤醒了。所以，如果你还能跳，就尽情地跳；如果你还能跑，就一定要尽情地跑，跑到天涯海角，来个穷途之哭，来个穷途大笑。

| **曲解词语·游山玩水** |　知山之厚德从不弃得，知水之圆融从随势得。知花木有四季之变，人生有旦夕祸福。

古语说得真好，游山、玩水，游可亲近山，玩可亲近水，人稀空旷才有静思雅趣！古语还说：“男人浪，满街逛；女人浪，倚门框。”真好，那时的浪子都腰有玉佩或刀剑，那时的女子都面有风情和桃花……开店的要么卓文君，要么孙二娘，要么诗琴，要么人肉包子蒙汗药，这跷跷板两头都刺激、都高挑。现在呢？唉！

那晚，在圣潘格拉斯火车站大厅，一个白发旅者在等车期间，弹起了我们耳熟能详的曲子，人们默默驻足而听。这，就是古典、优雅和安静的心。无论多么匆忙，都别没了悠然的心。

生活

中国人有句名言说："不如意事常八九，可与人言无二三。"世事多艰，却又说也说不得。又有句说："十有九输天下事，百无一可意中人。"人性多变，终归难觅意中人。

如果换不了生活，就换种境界活着吧。

｜ **曲解词语·人间** ｜　间，隙也，本意指门缝里透过的月光。如果人类始终深谋远虑，就不敢冲动和沉溺，总要为了某个假想的美好未来忍受当下的痛苦，但刻板戒律的生活又令人了无生趣。冲动和沉醉虽然甘美，但又充满危险。于是，我们无时不在自我交战中，一会儿天堂、一会儿地狱地活着，这就是人间。

一切自虐都源于自私，总是患得患失、犹犹豫豫的人，不配拥有美好。

这世界乱得越来越没有智商，更没有情商。丑恶越来越血腥，或戏剧化。

● 厚，是一种“道”

做人的基本准则是厚道。有本事没厚道，走不远。厚道就是本本分分做人。现在这世道，谁也不傻，但要聪明的会毁了自己，而厚道者，天佑之。

厚道就是人家替我着想了，我也要替人家着想。这不是世俗的交换算计，而是将心比心。有的人本来就缺乏信仰，再没了心，就更完了。

人，不是一个人活在这世上，所以不能太自私。厚道只是本分，跟受不受教育没关系。看好多人在谈高深的修行，其实呢，厚道也是道，丝丝善念就能让人活得踏实幸福。“慎终追远，民德归厚矣。”

人若太聪明呢，命就薄了，也就是“反算了卿卿性命”；人若太好看呢，命也薄了，也就是“红颜薄命”。所以，人，敦厚些，反应迟钝些，不是坏事，对事物太敏感了，会很痛苦。更何况这个时代变化太快，很多事情可能过程、结果都没有，就不了了之了，人若反应太快的话，不仅失落，还累，且没什么意思。

情绪大如天。一个冷淡的电话，也许能引发上百种的猜测和不悦的胡想，然后就“怒从心头起，恶向胆边生”，然后就是恶意的攻击谩骂，然后也许就有了世世代代的恩怨。其实呢，在硝烟的最底处，不过就是当时对方因为孩子尿裤子了而急急地挂断了电话。因此，过度情绪化，就是恶，就是害生。

其实很多事，无须妖魔化，也无须美化，就那么回事。迟钝点，好。

情绪对精力的影响：情绪糟的时候，精力会被抑制，人就会有无力感，就会冷淡而漠然；情绪好的时候，经脉通畅，人就精力充沛，并有勇气转变自己，并觉得自己的人生充满价值。但沉郁的心情并不是全无价值的:（1）它可以使人从自我膨胀中醒悟过来，重新评估自我。（2）它可以让人有重新振作的机会。

自嘲，是一种了不起的生存能力。不把自己当回事，较之太把自己当回事，算是活明白了些。有自嘲的能力，又不放任自己，保持骨子里的优雅和幽默，就活得更明白了。

看人的关键是看品格，而不是性格。性格有好坏之分，品格却是高尚与低劣之分。品格是天生的，性格则受颇多后天教养因素的影响。性格可以随境遇多变，品格却很难变化。跟品格好的人在一起，求的是心安靠谱；跟性格好的人在一起，求的是开心舒服。

| **曲解词语·麻烦** | 火上头为“烦”，因麻乱而火上头为麻烦。要想不如此，首先，不能乱。其次，肾精足则收敛得心火。

现实生活中，保持内在满足感的方法首先是先祛除一些麻烦。比如结婚可以消除来自父母的压力和别人的闲言碎语，而稳定的生活状态也使你乐于为保持这份契约而多做努力。一份稳定的工作和收入可以保障你的基本生存和相对自由。如果你明白婚姻和工作只是你安全宁静心态和个人成长的工具，你就会从对他人的依赖中解脱出来，而不去跟婚姻生活或工作中的不如意较劲，并对它们生出某种敬意和感恩了。当然，如果婚姻生活或工作大大恶心了你，且窒息了你最自由的呼吸，你完全可以重整江山。毕竟人生苦短，这一世没整明白的地方，

下一世还得重来。

如果你有剑，无论多标榜自己的心静，你也暗藏杀机；哪怕你死了，那杀机也蕴藏在剑中，在每一个黑夜的梦中铿锵作响、寻寻觅觅。

人，光明白了黑暗不管用，而是要学会如何游荡出黑暗，所以，关键是要学会自救。

● 活着

中国人信仰的是生活，或者说，活着。活一天，就与天地交换着能量一天，就供养和被供养着，就愤怒着，就感恩着。

｜ **曲解词语·生活** ｜　生，是草木之发芽；活，是像水流一样汩汩有声。"生"是因缘和合，而"活"要想亮丽奔腾，往往欲而不得。既然像草木，就有可能飘零；既然像水，就有可能随波逐流。活着，就会奢望大地的供养，就会依赖他人的帮助，而且会害怕和逃避任何形式的觉醒，因为任何改道都有可能引发剧痛或灾难。

有生法就有活法，生活不过岁岁天天。天生万物，就已经恩赐了活下去的方法，万物生生不息地供养着万物，万物也用春夏秋冬在告诉我们生老病死、"成住坏空"。

现代人最大的问题在于过着一种空虚、单调、刻板、固定而重复的生活，缺乏爱和创意。而我们有时会听到良心的呼唤，会感到时间消逝之痛，那时我们会为自己痛哭，但又有多少人敢于打破那份窒闷，敢于让所有的过去戛然而止，敢于到一个陌生之地重新建构自我？

由此，我敬仰那些在东西南北漂泊的人——能勇敢地活一回，也行。但我更仰慕那在中央坚守如如不动的人，坚守让大千世界自动浮现，让觉醒和反抗始终聚集在那曼陀罗花的中央，而和谐与炫丽不断地向四方绽放……

人生犹如弹钢琴，不可能把琴键同时全按上，这儿出声了，那儿就必不出声。生命亦如是，这儿动了，那儿就不动。一路温柔地走下去，奏出悠然的和谐音，就是好人生，就是条好命。

能和一些人拥有一些共同的回忆是件幸福的事，至少可以坐在一起默默喝酒而不觉得孤单。

胡适曾给人生开了三个药方：（1）总得时时寻一两个值得研究的问题。（2）总得多发展一点非职业的兴趣。（3）总得有一点信心。——善哉！无论生在幸福或不幸的年代，支持人活下去的，是信心、情趣和问题。有病，深究之，可百病成医；职业为谋生，但情趣却为乐生；而美好的起信动念和发心，更是大种子，长成大树可荫其后。

胡适说：“你要看一个国家的文明，只消考察三件事：第一看他们怎样待小孩子；第二看他们怎样待女人；第三看他们怎样利用闲暇的时间。”而现代人是这样的：第一，他们假装爱意地虐待着孩子；第二，他们假装多情地虐待着女人；第三，他们假装快乐地虐待着自己。呜呼吁！我深感这个民族急需的是：第一，救救孩子；第二，救救妇女；第三，救救自己。

● 常识不见得是真理

人，是靠常识活着，但，有时真相会颠覆我们的常识。

一夜风狂，念夏花初绽，当有落红无数。晨起清明，风儿未息，却惊见，花儿都在枝头，唯有叶落难数。于是悟，看似娇嫩的花儿，因其正当令，故得其全；看似强壮的绿叶，却尚青春，不堪风摧。所以说，人之念头有惯性，现实却总率性无情。

自然其实早就告诉了我们生活的真相，比如说我们的白像白昼一样刺眼，我们的黑像夜晚一样锥心，但我们非得要自己完成一段认知，我们非要给我们的白找到理由，给我们的黑找到理由。我们总是从夜里出发，走到天亮时已昏沉欲睡。于是，我们把白当成了黑，把黑当成了白，把常识当成了真理，把真理当成了谬误。

萨特说："意识的存在基础就是自己对自己的关照，就是自己与自己的分裂，就是自欺。"

而我说，都2012年了（现在应该说都2021年了，2021年要比2012年真切得多），为什么人还自己骗自己呢？为什么人还用一套冠冕堂皇的东西骗自己呢？既然萨大爷已把自欺上升到哲学层面，我就不必着急了。

处处阴谋论。现实没有实，真相没有真。唯内心平静，才真意，才踏实，才大美。

现今这世界，不缺聪明人，不缺虚伪的人，不缺沽名钓誉的人，不缺恶言恶语搏出位的人，不缺假仁假义的人，不缺卑鄙的人……就缺真人！

耳闻：世上只有两种事，一种说得做不得，一种做得说不得。——人对人，只有局限性认同。

人，没办法真正沟通——你跟他讲灵魂，他跟你讲肉体；你跟他讲命运，他跟你讲生活。人，不过都在自说自话，都在自己设的局里、画的牢里，意淫、呓语。

其实，人生的困境在于：我们心中最在意的事，反而不能在家庭里和爱情中说。家庭，是生活，可以讨论琐碎而不能太多地涉及精神。精神和心灵犹如树根，只能隐秘地发展；而生活是树干，把树根挖出来，树干就会倒掉。而在爱情中，必须呈现自己最好的那一面，尽可能地谈论美好而忌讳谈论琐碎，风啊雨啊甜美的空气啊柔软的心啊，怎么说都不过分，可一旦触及人性的真相和琐碎，最好沉默。

于是，一切不能说的，只能在心里沤着，有些发酵成营养，有些发酵成怨毒。由此，有两个新东西便产生了，一个是写作，一个是友谊。写作和交友又都是能力的体现，灵商情商智商都高的人，才能在家庭和爱情之外享受更高级的东西，才能完成对真理的倾诉，才能从自问自答，或彻夜恳谈中得到更深的满足。

● 如果没了时间，是否就没了因果？

看看《礼记》，看看汉代的服装，看看唐朝的夜宴，看看宋朝、元朝的生活，再读读唐诗宋词元曲，我们就知道我们现在活得多么粗糙了。

古人一闻空气中的味道就知道到什么时辰了，可我们的生活被无数钟表滴答作响地向前赶，却没了闲暇和悠闲。

我们是否一直在逆着时间之流移动呢？小时候我常遐想时空的对称性，比如我在这边黄楼跟小朋友玩耍时，在另一时空，也有个黄色的楼，也有个我，和小朋友，一切都一模一样……今天我却想到时间是否也有对称逆反，当我们在时间的左边变老时，另一边，我们是否在逐渐地变小……

｜ **曲解词语·时间** ｜　时（時），从“日”，“寺”声，四时也。古文“时”（旹），从“止”从“日”，即跟着太阳走。间，隙也，门缝里透出的月光，有“缝隙”意，有“闲”意。所以“时间”不过“昼夜”，而昼夜交替又会带给人心灵的压力——追日者易焦虑，望月者易抑郁。人生苦短，秉烛夜游者在青灰色晨曦初露的时刻会多么绝望、多么哀伤……

｜ **曲解词语·宇宙** ｜　四方上下谓之“宇”（空间），往古来今谓之“宙”（时间）。宇宙，是中国人对时空的界定。对每个人而言，时空都是有边界的。那“宀”字头（今称宝盖头）会让渴望自由的人压抑，但会给惊惶的人以安全感。

人生在世，生有时，死有时；爱有时，恨有时；播种有时，收获有时；战争有时，和平有时；欢乐有时，病痛有时；怀抱有时，放手有时；毁灭有时，建造有时……时，即道，即理性，即定数，逢毁灭时不慌张，逢建造时不张狂，逢生时勿喜，逢死时勿悲。我们在时光中，同时不过是时光的片段、碎片，在大光芒大黑暗中亦有些许熠熠之光。

时间，不是钟表（虽然钟表是表现时间的伟大发明），而是一切生物与天地时光的内在呼应，而且这种呼应是有规则的周期运动。在有钟表前，我们靠体内的生物钟来生活，该吃时吃，该睡时睡，靠太阳、月亮、星星来生活。有了钟表后，我们开始被时间操控，时间成为最大的理性，而且，冷酷无情，滴答向前。

天地万物都在一个自转周期为一天的星球上进化，万物都有自己的计时方式。中国人的造字太奇妙，“时”字跟日光有关；“间”字是指门缝里透过来的月光。古人通过光线感知时间，原本，我们的肉体有自然的时间，叫生物钟；如今，我们的夜因为电灯而亮如白昼，空调也模糊了四季的界限，我们的原始生物钟已经偏离了航道。

据科学家说，我们的身体节律适合“长一点儿的一天，所以，当你从东往西飞的时候，你在延长你的一天，而且是沿着（内部）生物钟所希望的自然方向在飞行；而从西向东飞时，你在压缩一天的时间”。于是，我明白了为什么我会喜欢西北，喜欢敦煌，并且感到精力无比充沛。

好友郑幅中（中里巴人）说：一只蜗牛从 A 点爬到 B 点，用了一小时。一个人，同时左脚站在 A 点，右脚站在 B 点。蜗牛的一小时没有了。一架飞机从北京飞到纽约，用了一昼夜。一个巨人，同时左脚站在北京，右脚站在纽约。一昼夜消失了。佛，左脚站在过去，右脚站在未来，哪里还有时间？“无所从来，亦无所去，故名如来。”

曲答：还需“我”之佛性，得此妙空真如。然后，作为人，当以蜗牛太阳之下的爬为喜悦，当以北京到纽约的飞翔为喜悦，当以佛之过去未来的跨越为喜悦……

再怎么说，一切痛苦，源于时间；一切喜乐，亦源于时间。如果没了时间，是否就没了因果？所以我们只是时间这个幻觉的俘虏。于是，用慈悲的澄静换掉不羁，用时间的柔滑洗掉风尘，让一切戛然而止，让一切脱胎换骨。

人以天地之气生，天地之气指阴阳；人以四时之法成，四时之法指生长化收藏。

阴阳是先天，四时是后天。时间完成一切。

时间如流水，空间如橐龠。

宇宙在跳舞，人生在振荡。一切不过是摩荡，最终，由振荡而塌陷……

每天我们的思想都在记忆中可怕地轮回，什么时候，我们可以一下子驱逐它们，驱逐那些让我们心神不安的野兽，让我们内在的时间终结于一瞬，而外在的时间依旧亘古绵长？

如果我们的错误、我们的失误、我们的愚昧等等，也跟着我们轮回了，那我们不过沉浸在可悲的回忆中。我们现在要做的，就是抛弃旧我，创造新我，并行进在没有过去的未来中。

如果你的眼还在用力，你必看不到真相；

如果你的听还在用力，你必得不到真知；

如果你的身还在用力，你必得不到安眠；

如果你的思还在用力，你一定还在抗拒；

如果你的心还在用力，你必得不到宁静；

如果你的爱还在用力，你的爱就还渺茫；

如果你的恨还在用力，你的恨就会深藏。

我们又有多少力量可以驱除它们，而其下覆盖的记忆累积会不会把我们拖垮？什么时候，我们可以一下子驱逐它们，驱逐那些让我们心神不安的野兽？令人伤痛的是，时间依旧亘古绵长，不是它们在流逝，而是我们，每天都这么毫无意义地流逝着。

耳闻：不近人情，举足尽是危机；不体物情，一生俱成梦境。——人情，有己之情，有他之情，有旁人之情，情情相叠，不如淡而处之，伺机而动。物情，有时间之变，有空间之变，变变无定，莫若静而观之，以不变应万变。

用"假如还有十天，你最想做什么？"这个话题问一些人，有人说"回家"，有人说"谈一场恋爱"，有人说"结婚"，有人说"生个孩子，让他感受下世界的美丽"……所以，在生死考验前，还是人类最卑微、最美好、最简单的情感占了上风。也许，太大的空间、太长的时间恰是消磨和淡化我们情感的利器，使我们把许多不重要的东西当作了本真。

● 情商 智商

人类的婴儿也许是动物婴儿中最无助的，且哺育期最长的。快速成熟的动物仰仗本能多于依仗学习，而慢慢成长的动物则更依赖学习，为了学习，则必然要发展智能。所以人类成了万物之灵。作为群居动物，如果一味地依靠本性的自私，得到的好处并不比因"利他"而得到的多。

所以人为了安全也要发展情商。

人生，没有过程，便没有结果。如果没有春天的怒放、夏天的花红柳绿、秋天从鼎盛而衰荒的惊变，哪里有冬天雪一般的素净与空寂？但，现在的人，总想超越过程，直接拿到结果——不思经旨，直接拿到袈裟；不问医，只求药；不吃苦，只拿钱；不温良恭顺，只求好夫；不勇猛精进，但求良妇。天下哪有那么多好事，擎着等你白拿！

做中国人真难，要有多大的力量，才能不负疚地活着，才能没罪恶感地活着，才能本真地活着；要多么克制自己，才能吞下那些冲动和愤怒，才能咽下那些假仁假义，才能忍受这无聊而窒闷的生活……忧愤难平四顾茫然，焉能不嗓子痛、胃痛、肝痛、肠绞、背痛……？大智慧如曹公也不禁感慨：“何以解忧，唯有杜康。”

人生观固然重要，但仅有人生观还是不够的。人，如若再有宇宙观，才会真正地走出自私，才会从渺小中升出真正的悲悯，才会对自己和别人有真正的宽容。因为宇宙观会告诉你一切的一切——生命、情感、财富、疾病、痛苦、战争……不过是过程。

夜读《中庸》：“天之道，不勉而中，不思而得。从容中道，圣人也。人之道，择善而固执之者也。”世界有可思议处，有不可思议处。天道不可思议，便不思议。人道既从分别心起，择其善，坚定地去固守就可以了，也不必思议，太多思议，太多质疑，伤脾。君子之道：宽裕敦厚，中正刚毅，足矣。

有品质的生活，不在于金钱的多少，而是在于稳定、不惑的内心。

中国文化讲阴阳，就是提醒我们，我们必须全面地发展自己，而不是只发展一面的力量，而所谓“至善”，就是“阴阳”在我们精神和身体里的高度和谐与势均力敌。

苏轼有一首诗：“龙丘居士亦可怜，谈空说有夜不眠。忽闻河东狮子吼，拄杖落手心茫然。”这首诗真牛！写一居士彻夜谈“空”，忽然听到妻子大声呵斥，顿时手杖脱手、眼神茫然……嘻嘻，不明真空，不明假有，在现实中会头破血流。

每个人心中都有一段愁苦，而这段愁苦一般与亲人有关。好比可以统率千军万马的大将军，回到家见到娘亲和悍妻，也一准儿噤若寒蝉。没有办法，在亲人面前，我们必须示弱，因为他们无理性地爱我们，我们也应无理性地爱他们。这种无理性，中国人称之为“缘分”。我们必须在这缘分里共享最憨厚的宽容。

人生三大境界：

大道至简——知其要者，一言而终；不知其要，流散无穷。

大智若愚——聪明不等于智慧。聪明，会使人更纠结；智慧，是让人不纠结。

大德不显——低调地活个自在。见人说人话，见鬼说鬼话，也得先有明鉴的能力，能悠悠于三界，又一副乐呵呵的人模样。

人生三大道性：

高高山顶立，深深海底行——有巍峨之气势，又要有沉潜之行道的能力。

龙含海珠，游鱼不顾——承认人的差异性，坚决地行自己的高远，不必在意鱼虾。

时时可死，步步求生——不畏肉身死，但求灵魂生。

人生四大法则：

天上不会掉馅饼（多干事，少做梦）。

羊毛出在羊身上（世上没有免费午餐）。

锦上添花不如雪中送炭。

熊掌与鱼不可兼得（别妄，别贪，知感恩，了大义，人，就平和、自在了）。

｜　**曲解词语·困难**　｜　　困，是树木被囚，难以生长；难（難），原本指一种鸟。此鸟可能是不能飞的病鸟，所以是哀叹（歎）的鸟，是鸟里的诗人吧。所以，困难，指不能生长、不能飞翔的窘困愁苦状态——仰天长叹，不能奋飞。

爱因斯坦说："简单淳朴的生活，无论在身体上还是在精神上，对每个人都是有益的。"

人生最大的遗憾，便是总能全身而退，从未伤痕累累。

没有伤痛的青春不叫青春，没有伤痛的人生不叫人生。

人生，是不断地筑围墙，还是不断地脱解蒙了尘垢的衣裳？ 关键是，前者要有足够的自足，否则就是懦弱；后者要有足够的无畏，否则就是自弃。现世的人，筑围墙者多，故“宅”成风景；脱衣者虽多，只求风骚，不谙解脱。

平生三不争：一不与俗人争利，二不与文人争名，三不与无谓人争气。俗人见利忘义，做事无底线，他一定会为“利”出卖你或牺牲你；文人贪名忘情，做人易虚伪，他一定会为“名”打压你记恨你；无谓人熙熙攘攘，不过是过客，与之争气是自己愚蠢，怨不得别人。

| **曲解汉字 · 贫、贱、穷** |　贫是分钱，所以“贫”不是没钱，而是钱一分则少，所以古代不分家。贱是小钱，若饭都吃不饱，人恐怕就没什么高致，则卑。穷是在穹窿中出不来，是被憋，是无前途。所以，做人最怕穷，穷寇不可追，逼急了他就反。因此正向的引导是：给穷者以出路，给贱者以工作，给贫者以教育。

愤怒，为什么愤怒？因为压抑。压抑的解决办法——流血，或者性。现在的问题是，血无色，多脓；性无精，多空。于是乎，都先左，终乎右。头上左，脚下右。寻乎中，没得中。唉！怎一个“唉”字了得！

特蕾莎修女说：“我不参加反战游行，但我会参加倡导和平的游行。”嗯，请大家细思其中之奥妙。战争不会因为反战而减少，愤怒的情绪会加剧人们的对抗；而关于和平的想象会唤醒我们的爱和美好。疾病亦如是，过分关注会让事物持续存在，甚至变得严重。

| **曲解词语 · 战争** |　战，是用刀戈来划定地盘；争，是两人用手抢夺棍子而僵持不下。所以，从造字之初，人们就界定了战争是由人的自私和贪婪导致的，带有凶残的性质。

都说人类文明了，进化了，可还是有没完没了的战争。每晚听军事专家分析世界战争形势，就感觉这世上的人还没有长大，还是好战的血腥的孩子。每场战争都叫嚷着民主和正义，而内里却无处不是邪恶和利益。当萨达姆从地窖里爬出，当卡扎菲被乱枪打死，一代枭雄尚且如此，百姓的无助和战栗就不用想象了……

对抗会使经脉气血更纠结，而美好和爱会洗心洗髓，使气血焕然一新。换一种境界活着，结果可能会很不同。

狩猎一族，歌着舞着，男欢女爱，不太着意于以往，也不太在意于明天，择善而居，流连于山水之间，追逐于野兽荒蛮，一篝火、一草棚、一猎犬、一爱侣、二三娃，嗅四时之花，荡春潮寒波，美矣哉！这边修来修去还是奴，那边不修不养已是仙。

人类总在追求完整——生理的、心理的、个体的、社会的完整。因为破碎无所不在，因为破碎才是真相。

纪录片里有个农妇坐在阳光下哭泣，为不能做想做的自己，为不能过想过的人生而痛哭。她从小跟父亲学唱，18 岁嫁人，成为三个娃的母亲，为糊口而养猪，从此不再唱。在别人眼里她是幸福的，但这不是她要的生活。很多人都有类似的隐痛吧。在这世上，恐怕，做喜欢的自己，做自己的主人，最难。做不了自己，最痛。

其实，遵从约定俗成的公众原则和制度并不需要勇气，而且人顺从惯了，生命力和勇气一定会减弱。而反抗，则需要生命力和勇气。而且，人在表达这种反抗时有时采取的手段很本能、很孩童，比如当众脱裤子，撒尿。这是从重度焦躁和疲惫中突然释放出的孩童式的恶作剧和行为艺术。

夜读红楼：由贫困而悟苦难，易入世；由鼎盛而悟苦难，易出世。处境不同，故事不同，所得境界亦不同。故《红楼梦》胜却无数。

● 论食物

体现人与自然关系的，莫过于食物。丰盛的食物可以平息人的日常焦虑，而使其专注于精神生活。古代的献祭风俗即源于感恩上天给予我们丰盛的食物，反之，我们也由此学会分享和施予。因得到而知感恩和分享，并因为有能力分享而喜悦，这种朴素情感的极致、这种由肠胃直达心灵的平静，也是宗教情感的一种。

对食物有欲望的不仅仅是胃或身体，精神的空虚和绝望，也会投射在食物上。比如，一般夜里睡眠不好，又有点孤独寂寞的人，早晨起来喜欢吃点甜食，一方面抚慰犒劳下自己的脾胃，一方面满足一下对甜蜜感的需求。越临近年末，节日越多，人就越寂寞、越恐慌，就越喜欢用美味甜食来满足自己空落落的心。

中国人用词很有趣，食欲——肯定了食物与欲念的关联，食欲不单是饥饱的问题，它有时源于我们深层欲念或无意识的空虚，有的人吃的是寂寞，有的人吃的是孤独……这时的“饱”也不是满足的“饱”，而是深深的自怜自艾和占有了某物的安全感。而有的人没有食欲，并不仅仅是胃寒导致的脾胃水谷不化，而是源于对现实的厌恶和恶心。

东坡曰:“人瘦尚可肥，人俗不可医。”这句真好。苏东坡一直是我的大爱，他儒释道医皆通。据说他年老时回乡行江上，沿途百姓向他欢呼，他抱病回应，最后累得说了句:“看煞老夫也！”此句亦妙。

| **曲解俗语·茶三酒四溜达二** | 喝茶是雅趣：一人得神，二人得理，三人得趣。喝酒求闹趣：三人总有人落单，无人怜恤，易悲易怒；两两相对醉话，相对醉眼看，相扶不寂寞。溜达是蜜趣：最好俩人，或把臂，或牵手，或心惕惕各走各的，但步伐、心思可融于景，随景而动，随景而叹，因而同想，继而同情……

所谓“药食同源”，不过在说，药与食物的目的都是激活和唤醒人生，让不实的充足，让过实的松懈，让“空”鼓荡。

冬天树木都光秃秃了，但叫藏，不是死。藏，是生命的一个状态，该藏时不藏，生命就处在危险当中。藏是什么？藏是蓄积能量。做人的藏，就是韬光养晦。不是说把粮食收到仓库就叫藏，而是把粮食化成精的过程才叫藏。也许 1000 斤粮食才能化 30 斤精，所以生命是一定要有浪费的，不允许浪费，也是一种纠结和想不开。因为化精，还需要火力，所以大家别以为吃的东西全部都能化成精，若想把食物化成精，也需要自身的元气啊。总之，藏就是化精的过程，精足了，才有春天的发陈。

● 论年龄

国家的事由气数管，人的命由元气管。

越讲孔子，越为孔子那么汲汲于教育而心痛！如果没有自省，教育是一件多么徒劳的事。

所谓“吾十有五而志于学”——古人8岁入小学，学书写、算术、洒扫、应对；15岁入大学，学做人的道理和谋生的本事；从15岁到30岁，这十五年要寻师、觅友、周游、自学、自娱、自苦、自悟……在春光里，在秋雨中，在身体的生长痛中，还要努力绽放精神的自由之花或罪恶之花，无论黑色白色，都只为形成那唯一的自我。

所谓“三十而立”——古人所谓“立”，是成家立业。三十而娶，所谓独立，就是有勇气和一个陌生人开始人类亘古如是的生活，一切不再是传说和遐想，一切都将细碎而真实。上帝说你要汗流满面，才可以维持生计。你要辛劳一辈子，直至回归黄土。天下什么最养，情最养；天下什么最伤，情最伤。有情就有了业，这业连缀三世，前世今生来生。

我始终认为，28岁到32岁应该是一个女人最好时光，不太青也不太熟，身躯光泽柔韧，眼神清新柔静，已无少女的青涩与慌张，又无对未来的恐慌和绝望。但这一切，必须建立在成熟而健康的爱情之上，必须建立在稳定而沉醉的生活之上，必须建立在自信与欢喜之上。否则，内心会更为焦灼不安。

当然，女人的另一段好时光是“五十知天命”后，把握好了，那会是很长的一段好时光。无论如何，只有少数女人会一直好着，这种女人的关键点不只是成熟稳定，而是有一颗永远不老的少女心。

男人最好的时光大概是 34 岁到 46 岁吧，成熟、稳定、沉雄、克制。46 岁以后，有些病就渐渐地找上来了，男人在身体方面一直逞强，一旦病了，就有无限慌张。50 岁以后，男人的心倒柔和了许多。所以，女人可以等待，等他的好胜心弱下来后，看见你、依恋你、珍惜你……

所谓“四十而不惑”——惑，乱也。人到中年，就该知有所为有所不为了，能放弃、能拒绝，其实就是定力。那些无意义的、浪费生命的事就该淡出了，比如无聊的应酬、虚假的调情等等。此时该形成自己的风格，喝自己喜欢喝的茶，穿自己喜欢穿的舒适的棉衫，沉醉于自己的爱好、兴趣，做自己喜欢做的事。

人到中年，还未老辣，还未纯真，还未发现自己，还不能坦诚地对自己对他人，还不能安守岁月，还不懂观风月而无言的玄机……就，一定会痒（因为此时气还旺，但血已略不足，气到血不到则痒），一定会有“中年危机”。

所谓“五十而知天命”——如果 50 岁了还怨天怨地怨社会怨命运，那真是没活明白。此时，你的天命经由你先前的挥霍折腾已经彰显得差不多了，四个生肖轮回已经完成了你的游戏、你的追求、你的实践、你的积淀。后半生该怎么过，过得好不好，都是自己的事了。

所谓“六十而耳顺”——烦恼都从眼耳鼻舌身意来，五十知天命后还有可能不平，还不甘心，还要最后一搏，兼之老之将至，内心恐慌，于是仓皇之中抓青春、抓稻草，故有贪的，有闹离婚的，但过了十年，发现一切皆虚妄：贪的有难，娶小的有苦难言。于是始知顺遂之道，此时岂止耳顺，眼耳鼻舌身意皆顺遂了，顺遂后，反而有新境界——不要了，开始给了，人生也许就美了。

不是人人到四十就不惑了，而是不惑时，你心理年龄四十了；不是人人到五十就知天命了，而是知天命时，心理成熟到五十了；不是人人到六十就耳顺了，六十岁还听不进逆耳之言的人现今大把，但也有三十岁就耳顺的，那一定是老灵魂。人生在世，有有形的坎儿，也有无形的栅栏，没事儿远望青山，拍拍栏杆，足矣。每天都有一睡，每天都有一醒，自己睡自己的，自己觉自己的，谁也别说谁。

所谓“七十而从心所欲，不逾矩”——此时不从眼耳鼻舌身意了，从心，从内，不再受外界干扰，而只从心之欲了，而且这个自由是有界限的，是欢乐的，心已圆融，矩已方正，何患之有？老之将至，胡不归？在生命的尽头，人们要安享这最后的人之荣光，居处安静，无为惧惧，无为欣欣，婉然从物，不亦乐乎！

| **曲解词语·顺遂** | 顺，从“页”，从“页”者，多与头脑相关。所以“顺”不过是先开心智，你要先明白对方的心意，才谈得上如何去顺。比如天暖了，地也就蓬勃了，绿了、粉了给你看，如此天地合德，彼此感恩赞化。“遂”不过是路通人和，在人生路上快意地奔。不顺遂则拧巴痛苦，你伤我怨。故，男女顺遂，则温柔敦厚。

● 一切都是气血问题

愿不愿做一件事，看心气，喜欢就有精气神，不喜欢就萎靡；要不要干一件事，看胆气，胆主决断；能不能做这件事，看肺气，肺主治节；能不能有序地做好这件事，看肝气，肝主谋略；能不能持续地把事情做下去，看肾气，肾主作强，是意志力的源泉；能不能善始善终，把事情做圆满，看脾气，脾主运化。

生活的可怕在于，原本两个自由的人，在一起久了后，渐渐地生了根，再也无法移动。你会因为害怕无法适应新的土地、新的风、新的雨水，甚至害怕再一次生根，而宁愿忍受当下那并不如意的生活。

习惯、极度的熟悉带给你的无所用心和舒适感，会让你关闭心扉。因为一切“新”，都有可能带来新的激动或新的沮丧，兼之年龄渐长和体力的衰颓，你会因心力交瘁而厌倦。更何况，新未必如旧或超越旧，于是，你不由得想：勇敢地活，勇敢地抛弃旧生活，是否真的有意义，是否值得？

平庸无奇的生活多么令人厌倦。还有那些长篇大论、那些灯红酒绿、那些呆板可厌的媚俗的脸……其实，你不必如花似玉，不必温文尔雅，我真正渴望的是你身上那隐秘的、纯粹的，而且激烈神秘的、攫取万物的欲望激情。

| **曲解词语·孝敬** |　孝，是搀扶老者；敬，是尊重年轮的力量。不见得所有的老者都值得敬重，但他们的弱、他们内心的脆弱和孤独，值得同情，因为，我们也有老的那一天。我们老的时候，有年轻人在身边，

会生出对生命的喜爱和眷恋。

| **曲解词语·乾德** |　自强不息。原本宇宙可以一片荒芜，但老天也有好生之德，它也要人类脆弱而又坚韧的理解和想象。所以，繁复的宇宙里诞生了地球，诞生了地球上的能思考、会表达的倮虫——我们。也许宇宙还有更高的智慧，但我们对它的解读，也能算作它的一份荣光吧。

| **曲解词语·坤德** |　厚德载物。所谓“厚”，言其足，精足者才能承载、生发万物。为什么我们的星球如此繁盛，而别的星球一片荒芜？是因为这个星球的“坤德”独厚，而且能和“天”、能和“乾德”发生感应。所以，也只有这个星球如此看重“爱情”……

所谓“厚德载物”，不是光承载世间的好与坏就成了，而是要有化丑恶为美丽、化邪恶为神奇的能力。就好比大地，给它种子，它能催发、养育；给它粪土，它能化粪土为春泥。这，就是德之厚。德不厚，自立都难；德厚，不仅能载物，还能化物。

幸福

其实，不是某个人或某件事会让你幸福，因为人和事都是有变数的，他 / 它们所呈现的东西并不稳定和持续，而是这个人或这件事在某一瞬间所呈现的爱与美，可以让我们获得幸福感，因为人类关于爱与美的感觉是相对稳定而持续的。所以，幸福的真谛在于超越人和事，在于你对爱与美的感知和领悟。

无论如何，我们每个人都应感到一种幸福，白天，毕竟有坚实的大地支撑着我们的一切支离破碎，还有天空；黑夜，只要你还坚持守望，群星便为你闪烁。

意外发现大医家陶弘景有诗：“山中何所有？岭上多白云。只可自怡悦，不堪持赠君。”（《诏问山中何所有赋诗以答》）这，也是医家自证吧，人生，有些东西只可自感悟、自怡悦、自消受，所赠非人也许还自招其辱。

| **曲解词语·幸福** | 幸,《说文》说“上夭下屰”,避免夭折为“幸”。按现在的写法,为辛上再加一横,“辛”原本指枷锁,固有“艰辛”义。那一横应该意味着打开枷锁吧,所以,从枷锁中逃离当为“幸”。“福”是给神明供上美酒。所以“幸福”是指自由地活着,并愿意与神分享这份快乐。

如若那“辛”上的一横代表扣上枷锁之意,那么,幸福就是戴着镣铐的舞蹈。而“宠幸”就是在枷锁之上又盖了泥样的红红的印章,从此你是我专属的奴隶了。真悲观,越来越觉得那种哲学意义上的“自由”是根本不存在的,能有心灵上的自由追求已然了得,更多的时候,人的“自由”不过是一种幽默感,或可怜的“阿Q精神”。

幸福无非要甘于平庸,不必在意平庸,而要在意是否“甘”。这世上,平庸的人要比成功的人多得多,就像精子上亿,而能与卵子结合而成人的就一个。即便如此,也要把人生咂巴出“甘”味来自娱自乐。人生不过是戴着镣铐舞蹈,不要把时间浪费在抱怨镣铐的沉重上,而是要尽可能快乐地舞蹈。

有人说:“我们觉得不快乐,是因为我们追求的不是‘幸福’,而是‘比别人幸福’。”此言甚是。世界因比较而存在。如果我们过度地对外比较,自然会有痛苦,中国人对这问题的阿Q式说法是:比上不足,比下有余。看不足就痛苦,看有余就高兴,这就是人性。所以,简单的生活就是不比较,或比下有余。

耳闻:幸福感等于手里的除以心里的。你能掌控和拥有的越多,而内心的欲望越少,你的幸福感就越大;如果你拥有的极少,而欲望极多,就越发感觉不幸。

别把幸福过多地寄托在别人身上。就像女人，要是总想着一个男人会给你终极的快乐，你一定会有失望的时候，因为他是人，不是神，他也有玻璃般脆弱的时候。终极的幸福只在于给予，而不在于索取。

当一个人慢慢地体悟到岁月的残酷，幸福总会被根本性的生之痛苦所取代。所以说幸福总是暂时的，而孤独与痛苦才是根本的，我们无处逃遁。

从内心深处，我感恩幸福，但并不信赖幸福；我沉溺痛苦，但我深知痛苦的极致是极乐。

有种人被称为自虐狂，似乎喜欢沉溺于苦难，而害怕幸福。其实，这种人不是害怕幸福，而是深知幸福一旦失去，将有更大的灾难。在痛苦中，人是容易认知自己的；而在幸福中，人容易迷失自我。

如果生活中因为某人的存在而感到安全自在，真是值得庆幸的事。其实，如果细想，我们的生活中都有这个“他”，他是我们生命里不动的根基，正是他的存在，保证了我们任性的高飞。等我们懂事的时候，我们必须怀着一切尊崇和敬畏回归“他”的怀抱，并对他给予我们的缤纷四季表示最高的敬意。

有时候，互惠互利并不是出于爱，而是出于深度的不安全感和脆弱。越是敏感的人，越担心不被人喜欢，于是，只得牺牲自我来换取别人的欢心。心力强大的人往往以精益求精的付出谋取了成功，而春风得意又成功地掩盖了早年形成的这种不安全感；而心力弱的人则一生都战战兢兢地活着，最终成了一个病人。

其实，一切不安全感都源于少年时的受挫。比如不被父母重视、小朋友的嘲笑、老师的蔑视、好友的抛弃、初恋受挫等等。有一种人由自卑而自傲，于是就故意脸皮厚，故意满不在乎，故意横冲直撞，最后忽然发现这个世界原来很怕痞子和流氓，于是便真的厚起脸皮和满不在乎起来，倒也如鱼得水般活了个自在。而有些人却一直活在不自在里，自卑自伤自残，越怕被伤害越有伤害，越贪爱越被抛弃，越被抛弃就越贪爱，死不撒手，如此恶性循环，不仅自己活了个没劲，更逼得周边的人“怒从心头起，恶向胆边生”。因此，用好与坏来评价人性是不公允的，要求别人善就是承认自己弱，这世界，终归还是弱肉强食。

关于幸福，有一种幸福最单纯，就是活在自己的世界里，而不和外界发生关联，比如童年。相对复杂一些的幸福，是自己的内心得到外界的肯定，能爱，能被爱，比如青春爱恋。再成熟一些的幸福，是有能力帮助他人。再老一些，人就又回到那儿童般最单纯的幸福，只是外界已与自我合一。

| **曲解词语·澹泊** |　澹，安也；泊，无伪也。二者都从水，所以澹泊是静水、白水，静生慧，白为纯，干干净净、自自在在，为澹泊。愉悦、静寂、不慕荣利，是为澹泊。人我不生，安闲自在。

| **曲解词语·欢乐** |　欢（歡），一边是鸟儿在草丛中欢歌，一边从哈欠之“欠”，表音声之悠扬闲适。乐（樂），是木上有丝竹缠绕。前者为自然之天籁，后者是人为之心声。自然之天籁源于春秋气息之扭转，人为之心声必取之“金克木”，从克制自我中谋得欢乐，谋得治愈，故“药”（藥）亦从“乐”。

《冲虚经》曰:“生无一日之欢，死有万世之名。”

不得不对曰：这个欢不能没有，这个名可以不要。这个世界尽管是梦幻泡影，但还是让我们感受到了梦幻之美、泡影之变。无论如何，感官之盛宴也应在圆满和幻灭之中享受，否则我们也无从体会那万世精神之巅峰。

每个人都渴望幸福的生活，但幸福生活一定有对庸俗生活的默许和顺从，所以，要幸福生活，首先要看你对庸常的容和忍。而对有些人而言，他可能更看重一种英雄生活——这是要高贵、悲剧，以及绝俗的，是一种逆风而飞、惊涛拍浪、与世隔绝的生活。从相上看，前者会有心满意足的微笑，但后者的微笑里写满高傲。

| **曲解汉字·笑** |　指竹叶被微风吹拂而婆娑的样子。很美，很自然，很愉悦。“喜悦”二字也含嘴之上翘与心之欢乐。佛像上最引人注目的就是微笑，所以，心灵的宁静、通透和美好，不过是微笑。

不会笑的女孩是很吃亏的，好多事你做了，但因为没有好脸色，别人也不领你的情。而性格开朗的女孩，哪怕笨手笨脚，人们也会因为喜爱而原谅你。

男孩子敦厚为上。总有人说怕敦厚会吃亏，其实，培养男孩子剑拔弩张、争强好胜、尖酸刻薄的个性，早晚会让他吃大亏，且易命运多舛。所以中国古语才说:“吃亏是福。”唯有敦厚踏实幽默（不是𡎚和窝囊），才是家族绵延、长远之道。这世界，女孩子反应快点是自保，男孩子反应慢点也是自保，而且才能活得快乐。

| **曲解词语·哭泣** |　“哭”是像宠物那样张大嘴，孩子式地任性放肆；“泣”是优雅地、垂眉低眼式地释放。无论怎样，哭泣都可以使负面或正面的情感不再淤积，一切顺流而下，无所顾忌。

康德说：“哭是以爱的能力、同情的能力和想象力为前提的。”是这样的，往往痛苦不会让我们哭，但爱抚会让我们哭；为自己的命运，我不会哭，但从中窥到了人类的命运，我会哭。所以，我理解阮籍的穷途而哭，我视它为一种崇高的同情，它可以洗涤心灵。

泡了一天温泉，泡着泡着就流泪了，暗中思忖：必是温水有暖肝之效果，所以，流泪之于女人，不完全是伤心脆弱，有时更是一种理疗，是她的自娱自乐，或精神之洗礼。

眼泪，咸了喉咙喜了心。

易顺鼎说：“人生必备三副热泪，一哭天下大事不可为，二哭文章不遇知己，三哭从来沦落不遇佳人。此三副泪绝非小儿女惺忪作态可比，唯大英雄方能得其中至味。”

而我要说，人生还必备三笑，一笑天下大事天下为；二笑文章可以付之一炬；三笑沦落恰逢佳人老。此亦大英雄之大悲凉中化出的大胸襟。

| **曲解词语·忍耐** |　“忍”是心上一把刀，怒而被憋之象；“耐”是用刀剃拔胡须——古代认为身体发肤受之父母，不可随意毁之，故“耐”是古代最轻的惩罚，但也很疼，所以要“忍”。因此“忍耐”是指受刑罚时怒而不敢言的样子。

| **曲解汉字·苦乐** |　苦，是一种草，是一种通过舌尖直逼你感官

的不舒服的感受。而“乐”又是音乐之“乐”，是木架之上金属之弦的和谐之音，是金克木而产生的谐和。它作用于人之神明，并由此带给你身体曼妙的终极感受。究竟，爱是苦，还是乐？也许，苦，是自溺于尘埃里的挣扎；而乐，是天国般的解脱……

关键很多人不知何为苦，何为乐。比如，爱情是苦，还是乐？而且人之念念如波相随、颠倒无常，所以，在此岸，放下、自在，何其难也。

夜读王羲之《兰亭集序》：“向之所欣，俯仰之间，已为陈迹。”感慨良多：人生多少事，莫不如此，我们过去那么喜欢的，那么热爱的，只在俯仰间、回头时，便衰颓不堪，不忍再俯仰、再回头……陈迹，尚有痕，不如沉寂，冥然无声。

看破不说破——此句难为了我等率性人，读了你心，读了你神，读了你嘴唇的微颤，读懂了你每一条皱纹，却不能说，只微笑着，微蹙着眉，然后挥挥手，送你走……就这样吧，看破，别说破。

遇到不愉快的事，深呼吸几下。其实，任何事，一年以后看，都不是事。

一个贫穷的人是无法体会一个吃饱喝足养尊处优的人的痛苦的，同样，一个吃饱喝足养尊处优的人也无法理解一个没吃没喝没老婆的人的痛苦。所以，所谓“修”，都得以自己的当下为基点，去“修”。

想不弯腰、不低头也能拿到地上的东西，需要的不是技巧，而是有别人弯腰和低头为你拿。所以，人要想活得干净挺拔，就要感恩生活周遭的人为你的付出。

毛姆说："满地都是六便士，他却抬头看见了月亮。"一个成熟而坚定的追梦人，不光要看他坚守了多少，也要看他抛弃了多少、牺牲了多少。过于在乎世人的目光，过度在意浮世的荣华，会使人的生命失去真正的价值，会为一些小名小利而浪费了才华，会悔恨终生。坚持仰望星空的习惯，就会时常感到幸福。

| **曲解词语·是非** |　"是"，直也，从"日"从"正"，应为太阳下人的影子，因此有"这"和"正"意。"非"，相背也，像鸟儿飞时两翅膀外翻，所以声音也发"飞"。

| **曲解词语·闹腾** |　闹，门里有心事为闷，有市场为闹，你来我往、你争我抢、不见天地之大、拘于一己之见为闹。腾（騰），从"马"，"朕"声，随马飞跃颠簸为腾。故闹腾的结果是伤害和自伤。

生活不必分分秒秒都是狂欢，心灵也不必分分秒秒都是孤寂。你可以高级而有趣，也可以低级而有趣，总之，不能无趣。因为大脑前额皮层有个"笑话中心"，你的生命喜欢愉悦，也喜欢释放愉悦。动物植物，还随季节欢腾雀跃呢，何况人乎？

| **曲解词语·迁徙** |　迁，是为了一个更高的目标或未来而游走；徙，是步履艰难地奔走。鲸鱼可以绕过半个海洋去找寻交配的场所，鲑鱼能穿越千山万水，准确地重回其出生之地，鸟类穿越整个大陆找寻食物和产卵的安全地带……我们的祖先也曾有过长途的迁徙。能勇敢地为未来活着，真累，也真好。

| **曲解词语·优雅** | 优，乃人中之尤，妩媚之魂；雅，如玉雕之野雉，神秘宁静。无论一颦一笑，还是静默悲伤，都不失大气和端庄。

古典精致的优雅已然不再，人们对女人的赏识正在慢慢地下移，从玉簪，从秀发，从蛾眉，从凤目，从明珰，从皓齿，从香唇……跨越了美颈、酥胸……一路顺流而下。

| **曲解词语·重逢** | 重，就是曾经有过；逢，就是今世又遇。总在蓦然间，恍惚曾亲密无间……世间所有相遇，都不过是久别重逢。

故地重游——一是可以唤醒沉睡的记忆，二是可以深度地享受曾经美好的东西。和美好的人交往亦如是，一回生二回熟，以后见与不见，心中都会有默默的小美。

新人和新地方，未见时难免惴惴；而故人和家乡，因熟悉而放松，因放松而愉悦。

| **曲解词语·书信** | 当下人们不再写情书——不再用钢笔尖来诉说心曲的婉转，不再懂得“您”和“你”在心中天壤般的区别，不再用舌尖轻舔信笺的封口，不再有路过那绿色邮箱的忐忑，不再用细细的皮筋把所有书信勒住、收藏……一个优雅的、性感的时代从此一去不复返，现在是重口味、短平快、龙卷风，之后便是没有印记、碎片纷飞的坍塌的黑洞。

| **曲解词语·等待** | 等，齐简也，上“竹”下“寺”，寺，法度也。所以“等”就是做好一切准备，有如平整齐刷刷的竹简。待，也从“寺”，也是“等”的意思。所以等待不过是有备而等。准备得越多，等待的心理就越焦灼：因为已对未来事件充满了遐想，但其迟迟地沉默，会使等待者

一面焦渴，一面又渐渐地失落……

世界本来有许多美好的等待，可惜我们总是行色匆匆。

在生活中要坚持一些东西是很难的，尤其在经济金钱——而不是理想精神统率世界的时候。比如创建元泰堂，我的初衷只有两点：一个经方的净土，一个经典的讲堂。前者是后者的实证，后者是前者的积淀。其间总有人跟我大谈如何发展甚至上市的宏图，我总是一笑了之。第一我怕累，第二我明格局。我知道中医的现状，也知道中医的未来，我所做的，只是保存一个小小的火种。我知道，人，若不受教育、不修为自己、不遭遇灾难，是很难从无明中觉悟的。于是，我像爱护大观园那些才华横溢、美丽年轻的女孩子那样爱护着我小小的元泰堂，在全世界都力求做大的时候，我安闲地、淡然地只求做小——小而精粹，小而美丽，小而华贵。因为小，才能坚持简单的华贵的理想，才能既不媚俗又不引人注目地安闲地活得长久。所以，在全世界都求理解的时候，我不求。幸好，家人虽然不理解我，但容忍了我；志同道合的师长们也支持我；大批的学员也因为喜欢我而陪伴我；还有那些莘莘学子也愿意来此接受教育；还有几个兢兢业业的员工也帮助我……使得我们至今尚能坚持。我只是尽自己的微薄之力，在感知这世界之美的同时尽可能地保持分享。

四

家庭

世界之大，不是人人能亲近你，你也不可能亲近所有人。故，人与人的缘分也很殊胜。无论怨、亲、善、友，皆善待之吧。

一切皆缘，凡遇，你要么得到一个人，要么得到一堂课。

《诗经》说“靡不有初，鲜克有终”，意思是凡事都有开始，但少有最终有结果的。一般呢，走着走着，初心就忘了。

确实啊，更何况有些事的开始就是莫名其妙的，若有结果反而惊心。最好是以妙有始，以妙无终，人生那么多事，哪容你记那么多？到头来，只有默默淡淡守了你一生的，才铭心刻骨。

最近常会思索一些问题，比如人的完整性、人的罪恶感之由来、人对生命的深度恐惧等等。在一切自我分析中，我们不可避免地会沿着两条支脉来溯源和整理我们的当下——一支是我们的父系宗谱，一支是我们的母系宗谱，我们试图从以往模糊的、混杂的印记里找到一个新我。就如同著名的女作家乔治·桑，在她的祖上，有王侯与修女的结合，有将帅与女伶的成亲……从这个强健而粗野的家族，乔治·桑获得了她体格和性格中的某些重要特征：生命力的粗野顽强，不同凡响的勇气，敏感通透的灵性，以及攫取大千的贪婪和野心……哪怕就简单到我和父母，只要细思，就会感到，我生活当中的母系经常左右我的情绪，而由于我父亲从未表现过父权的强势，反而使我对父权文明有了深刻的怜悯和同情，反而使我具备了他们的阳刚和温和。但母亲却时常使我有罪恶感，让我尖锐而痛苦地活着，因为过于感性，我有时会控制不住自己的愤怒和气馁。

● 亲子教育

我们中国家庭通常有如此温馨的一幕：大人教育小孩一定要礼让大人，有好东西时要先让老人吃，但这时老人通常欣慰地婉拒，这会给孩子一个错误的认识——可以让一让，但东西是自己的。某次，我未满周岁的小儿得美食又如是让，让姥爷，姥爷说谢谢宝，你吃；让姥姥，姥姥说真乖，宝宝吃；让他爹，他爹说宝宝吃吧；让到我，我吭哧一口吞下，小儿大吃一惊，立刻扑过来，两只小手掰之撬之挖之，显虎口夺食之相……其实这一瞬的表现，才是孩子的真性情。而且如是做，也是生活的真相——这世上，不会有人总领你的情、总让着你。前者会让孩子产生错觉，以为全世界的人都会因为他虚假的礼让而礼让他；而后者至少会让他知道虚假会让他付出代价，至少他会从震惊中感受到什么。

当然了，孩子还是厚道孩子，而且聪颖，后来他还会礼让，但面对我时，他会大笑，并先吃一口再礼让……而我呢，依旧会接受他的美意，我会跟他说妈妈愿意和你一起享受美好。更重要的是，他长大后，喜欢分享。

● 做孩子的心灵后盾

中国人对考试的过度重视，会加重孩子的焦虑。看到那些家长又是穿旗袍又是手拄甘蔗的样子，真是平白增加了孩子的压力——这个年龄段的孩子正是要里儿要面儿的时候，父母这样做，只会让孩子更紧张。记得当年我高考时，坚决不让父母接送，并且放下狠话：如果你们这样，我就交白卷！也就是说，如果此时家长不正常、老师不正常，孩子就会不正常。

家长和教师作为成人，在日常生活当中已经可以熟练地运用自我防御机制了，比如，他可以把引起焦虑的观念和冲动压到潜意识中去，或者用阿Q精神来安慰自我。也就是说，家长可以“好死不如赖活着”，他们把一切负面的东西都慢慢沉淀在身体里发酵，靠得病的方式来固化这些不良情绪。

而孩子跟大人最大的不同是：他们没有“来日方长”的概念，他们分分钟活在当下，幼儿时期，得不到的东西，会让他们大哭，在他们的小脑瓜里没有明天的概念。青少年呢，更是由旺盛的气血支配着身体，而不是由深思熟虑支配身体，他们血气方刚，没有人生负担，父母虽然会让他们有所顾忌，但当父母成为他们痛苦的根源时，他们也会置父母于不顾。

那怎么让孩子有“未来”这个概念，并为了坚守未来而珍惜生命呢？老师要教育孩子们要有志向。青春期的孩子尤其要有志向，否则，没有目标的生活就是没有船桨、没有风帆的小舟，随波漂荡。有志向这个事，可不是简单追求学习好，考上“985”“211”这些事，而是想当文学家、科学家这些事。一个爱好文学的孩子，会把一切痛苦、一切屈辱都当作人生磨难；一个爱好科学的孩子，会把坚忍不拔当作一种品质，这些品质会让他们坚定而单纯，因为在他们心中，有“未来”。小孩子心中一旦有了未来，就意味着心智的成熟。

一个美好的志向是“成人”的基础，可惜我们现在太强调“成功”和“成材”，忽略了孩子首先要“成人”。一旦现代教育把考试成功当作志向，就会有大问题，因为考试成功是压力，不是志向。所谓志向，是要为之奋斗终生的。学习和考试，对于志向，只是辅助，而不是目的。

每当有厌学的孩子被父母强拉着来看病的时候，我知道孩子没有病，是父母不正常。但还是要解决掉孩子厌学这个问题啊，所以先跟孩子交流。

我会问孩子：你是不是想要自由？想去街上和那些“自由”的孩子们混？孩子说是。那你知道怎样才能自由吗？假如你想跟小混混们混，你的父母就会不放心，就会对你严加管教，你会更不自由，最后就有可能你死我活。你能自由的唯一方式，就是考上大学后远走高飞，而且你这样高飞后，你的父母才心里踏实，才不会管你，你才能有真正的自由。所以，当学习出现障碍时，你一定要想清楚，不能让这点学习的艰苦成为阻挡你奔向自由的障碍，你，既不是为父母学习，也不是为老师学习，你只是在为自己的自由学习。

这，就是给孩子一个好的心理暗示，告诉他自由与未来都要通过自己的努力来实现，当他为美好的自由而学习和努力时，就跟父母和学校都无关了。

然后再跟孩子的父母，尤其是母亲谈。

你意识到自己的焦虑了吗？你知道父母的焦虑是孩子焦虑的第一根源吗？你知道你的过度凝视会让孩子窒息吗？你知道你从没有关心过孩子的心灵而只是关注孩子的成绩吗？你知道如何做好的家长吗？你知道你对孩子的态度就像一个暴君吗？你知道你要跟孩子一起成长而不是严加管教吗？你知道社会险恶，自己都无力应对，你怎么能要求孩子完美应对呢？你知道你和你的女儿颠倒了吗？你女儿更像隐忍的母亲，而你其实更像任性的女儿，你真的了解你的孩子吗？你知道你的女儿想当街头混混，让自己强大起来，以便不再像你在婚姻中那么失败吗？你知道女儿用逃学来吸引你们的关注，试图以此来不让你们婚姻破裂吗？……诸如此类的问题，父母又了解多少呢？当父母把这些问题都想清楚时，也许，一种新的家庭模式就产生了。

我真的欣赏一个孩子在高考后对父母说的话：高考结束了，我的青春结束了，你们大大方方地离婚吧。

这孩子，不再怕牺牲自己了，他成熟了。他比你们坚强，他希望你们也坚强。

之所以谈这个话题，我还是希望父母能做孩子们的心灵后盾，不要让他们在外面无处归依的时候也得不到父母的支持。

● 论孩子与父母

《诗经·小雅·小弁》说:“靡瞻匪父，靡依匪母。”这是说，不让你敬仰的不是父亲，不让你依恋的不是母亲。父亲以其意志、德行来提高儿女对世界的远瞻力；母亲以其温柔、智慧来供给儿女悠游于世界的温度。

别人说了太多母爱的伟大，我就说点母爱的问题吧，因为我也是母亲，所以我必须有所警惕。比如母爱太感性，所以难免任性，一不小心的偏心，就可能导致手足相残。

再比如，母女关系的微妙复杂，也可能导致相爱相杀。母亲爱挂在嘴边的一句就是：我都是为你好！可她也许并不知道我们要的“好”是什么！她所谓的好可能是世俗偏见，可能是媚俗，可能是从她的人生之痛中总结出的鄙陋的经验。所以，《诗经》里有女孩子会说父母不体谅人啊。当我们做父母后，我们要警惕衰老带给我们的无能，我们要学习倾听与参与，让我们的孩子别被我们逼疯。古人教育女子，为人父母要先有一颗悠然的心，你悠然了，孩子才能快乐成长。我们现在太讲究让孩子成才，而不讲究让孩子成人。

常常梦想：如果每个母亲都略通医药，孩子能少遭多少罪啊。而不是孩子一不舒服，家长就往医院送，遇到好医生还好，遇到卖药的庸医，动辄上 50 味中药材，不把孩子脏腑吃乱才怪！真让人心痛啊！其实看病花钱还是小事，吃错了吃坏了才可怕。孩子正在生长期，保证正常的一日三餐，每天有一小时的户外活动，别有太大的学习压力，少吃冷饮、少吃零食，一般不会有啥大毛病。

我母亲曾经说过一句令人开悟的话，她说孩子的事情你不用太着急，其实每个孩子都是带着自己的口粮来的。如果天下的父母能参悟这句话，恐怕就不是“可怜的心”了。父母在孩子的生长阶段，只用给予恰当的帮助就可以了，至于最终他自己要做什么，是由他自己先天的根性来决定的。

人生最大的纠结可能是孩子与父母的纠结，夫妻还可以离婚，但孩子与父母，血浓于水，不是说分开就能分开的。即便分开，人生也就此会有隐痛。

父母，其实是你人生的第一堵墙，有时是你撞的最后一堵墙。尤其对中国人而言，你不能绕过他们。他们就像长城似的，无论你走了多远，哪怕到了世界的尽头，也能发现他们横亘在绵绵山脉之上。

作为父母，一定要明白：

自己也有个性，也有人格不成熟的地方。

对孩子的某些不满其实源自对自己人生缺陷的痛恨和迁怒。

自己最可笑的行为是不自觉地强迫孩子无条件服从，但从不敢强迫别人服从，所以有欺压弱者之嫌疑，事后安慰自己的理由总是“为你好”。

爱本身是无条件的，但父母有时在潜意识里附加了太多的条件。“为你好”的深处其实是满足自己的虚荣心。

想通过掌控孩子来掌控生活。

作为孩子，也要明白：

要接受父母的不完美。他们是父母，不是圣人。

要体谅他们的人生苦楚。他们也许不相爱，甚至彼此怨怼。他们的人生也是有缺陷的。

孝顺是必需的，因为要报答生育恩和养育恩。但在原则问题上要有独自成长的沉默力量。不说，是为了不让他们为自己担心。

越有个性的孩子可能跟父母的冲突越大，其实有些冲突有利于成长和独立。而乖乖崽也未必无怨言，尤其当乖孩子的婚姻或生活失败的时候。他（她）会恼怒一直被“好心”地掌控，始终不敢有自我。他们谁都不敢辜负，只是辜负了自己。

你年龄大些后，要学会带领父母成长，因为你会越来越强，而他们会越来越弱，你看到他们变弱时会满心悲怆。不要期待一个乖戾的人会慢慢变慈祥，除非大病或灾难改变人性。在他们60岁时，要勇敢地鼓励他们，生活可以重新开始。

有些亲密行为是从小建立的。如果爸爸妈妈很少拥抱你，你要养成拥抱你小孩的习惯，否则长大以后再建立这种行为会不自然。

| **曲解词语·孝顺** | 偕老为孝，不忤逆为顺。其实就是不忘本，是说人要记得自己这条命是父母给的，父母给的都是精血——父亲给精，母亲给血，所以人不忘本——就是孝。真正的“孝”是要爱护身体，不可因贪嗔痴而轻易损伤元气。

父母的存在于我们的意义，不是单纯的孝敬，而是让我们更好地认知自我。容貌、性格、血缘、精神取向等都如暗潮涌动，如同无法回避的命运。一切初始选择都是意味深长的，我们的精神成长取决于子宫环境、家庭环境、社会环境、学习经历等，而我们的终身目标则在于超越，而超越的第一步往往是背叛。

网友问：超越是为了更好地继承与发扬，我觉得用“质疑”会不会更好些？

我回答：质疑不如背叛有力，也不如背叛彻底。有时候，所谓的“爱”会模糊了许多界限，会让我们活得过于“乡愿”。其实，子女对父母的无条件听话和顺从，有时是在侮辱双方的心灵——既纵容了父母的绝对意志，又伤害了子女的自由意志。

其实，有些事真的让人感觉内心孤独。大人的许多心事无法跟孩子说，正如孩子的许多心事也无法跟大人说。于是，大人和孩子虽天天生活在一起，也只是彼此应对着寻常的生活，却极少有那种心灵对话。夫妻之间也大都如此，大家不过都眼睁睁地固守着各自的沉默。幸好，还有朋友。没有朋友，还有微博。没有微博，还有纸和笔。人这一生，孤独地生了，就不必怕孤独地死。

据说有三种情形最温暖人心：（1）兄弟之间的和谐。（2）邻里之间的友谊。（3）夫妻之间的难分难离。这，是不是太传统了？反正我喜欢，天天看着他们哥几个在一起我就高兴，一想到没先生管了就有点天塌地陷的感觉……总觉得现代人最可怕的是世界观已然混乱，都搞不清楚什么是好的、对的了。

● 七夕是夫妻节，不是情人节

中国的“节”若从阴阳气血上论，情人节当是“三月三”，一个咸卦把年轻人情欲初萌之战栗写尽。“七七”，不仅年已过半，人生也过半，当为“夫妻节”，有儿女有情感，不以激情胜，而以淡淡的欣苦各半胜，卦象取其“恒”也——能守恒久坚持，才可完胜。简而言之，前者所重在“情”，后者所重在“恩”。而且，恩，比情重。情，是飘忽不定的，而“恩”，是明白了生命因果后的沉重心念。

都说“百年修得同船渡，千年修得共枕眠”，同船渡还有上岸的时候，共枕眠可是死要同穴啊。这份情远远超越了爱情，能相陪相伴走到生命尽头，其缘分深重不同寻常。知感恩，念对方的不容易，牵挂、体谅、关爱，尽可能地成就对方，才是夫妇之圣境。

一老妇说，身边人疼你才叫幸福，儿女将来都有自己的家，是指望不上的，所以，人人都想找个好老伴。所以，好好珍惜身边人吧。

最近总有人提倡简约生活，其实一切简约都要源于心的简约。比如夫妇关系的紧张，通常与人性的复杂有关，与社会关系的复杂有关。如果一对夫妇，人性单纯，家庭关系简单，就会生活得安然、恬静。

| **曲解词语·父亲** |　父，查过《说文解字》，吓了一跳，原来“父”字像一只手举着手杖的样子，原来父亲是个威仪的象征——“家长率教者”，一家之长，而负责教化的人。在母系时代，“圣人无父”，而在父权文明的开始，人类就要为自己寻一个精神的父亲，他要足够强大，并承担起人类的未来。

在潜意识里，我一直觉得自己是父亲生的孩子，我的一切刚性都源于他的孱弱和善良，我的一切无畏都源于他的安静和无语。父亲去世时，我在太平间里抚着他的手臂像小孩那样独自哭泣，当我擦干眼泪走在阳光里时，我知道再没有什么可以阻碍我的进程了，父亲走了，我不必再

担心他为我担惊受怕，我自由了。

很多人是因为对父亲的畏惧与反抗而了解这个世界的。而我父亲对这个世界的沉默与忍耐，一开始就成全了我与这个世界的疏离与和解。直到另一个与父亲截然不同的男子深入我的生活，不仅我的女性被唤醒了，而且我与这个世界的世俗联系也彻底解脱了，我能够如此诗意地活着。感恩上苍，感恩一切善男子。

| **曲解词语·母亲** |　　母，《说文》曰“牧也”，指母亲给孩子喂奶的样子。其实从象形上看，就是在突出母亲的乳房，它们是如此地贴近心脏，它们是人类安全感和爱的源泉。

母亲的伟大不只在于养育了优秀的孩子，而更在于忍受了许多苦难。

做母亲是伟大的，之所以说她伟大是因为她对自我的牺牲。但未来的儿女不要再要求母亲牺牲，而是要鼓励她、帮助她去成就自我。这样，不仅她会快乐，而且也蠲除了她因为过度牺牲而表现出的对生活、对子女的怨怼。这样，我们和母亲都能从心理上相对轻松些，而不是一味地沉重和内疚。

从小，我就仰慕母亲的威仪，无论长大后多么叛逆，对母亲的畏惧始终在心底。她，不仅是给我生命的人，她，就像无所不在的天空，是我春之绽放、夏之狂野、秋之丰硕、冬之秘藏的启动者和守望者。无论如何，母爱都是我们生命当中最隐秘的和最后的温暖。因此，所有从女儿到母亲的成长，都值得赞美！

| **曲解词语·孩子** |　　孩，为小儿笑声。照相时要想样子憨傻，发“孩孩”声即可。“子”，指种子。孩子，是快乐的种子，无分别心，无执着

心，是被人类呵护敬慕的神仙。

（放假了，我和90后的孩子在一起，惊异地发现他们是“外星人”。他们说的，我都不懂；我说的，他们却都懂。好吧，爱他们就是了，不必懂。）

不要一味地满足孩子，一定要让他明白这世上南墙是客观存在的。有的权利像墙壁一样不可穿透，你可以去撞，但你要有撞过南墙后对痛苦的忍耐。一切情绪失控造成的不舒服感，都会让孩子学会如何与别人和平相处。

望子成龙、望女成凤，固然是个美好的愿望，但如果孩子不是龙、不是凤，再逼也没有用，等逼出病来就后悔不及了。无论孩子是成“龙”还是成“虫”，最大原则还是：大人快乐地工作，孩子快乐地学习，一家人都快乐自在地生活。这才是人生的真谛。

在这世上，男人有个姐姐很重要，这就好比给男人驿动的心安了个家，而那人又不是不能反抗的妈。大两三岁的是小姐姐，大十多岁的是大姐姐，大三十多岁的通常是大姐大。

同样，女人都希冀着有个兄长，因为他可以带你去远方。所以，一切不过是惰性，人生太短太混乱，谁都想少走弯路，谁都渴望温暖熨帖的正确指引。

好夫君：他为你遮风蔽雨，同时又有雷峰宝塔般降妖除魔的威力。他娇宠着你，但又默默赞许着你的精神成长。他是你的墙，但那墙上总有为你量身定做的窗，满足你对这个世界的好奇与凝望……

别人的缘分竟然说结束就结束了，可我和你一起走了那么多年，却好像从稀薄走向了黏稠，而且甜得有点齁嗓子。我们到底是靠境界走到的今天，还是靠不忍之心？

好妻子：她为你生儿育女，她为你守候家园，她有些欢喜、有些苦恼地顺着你的任性，她嘘寒问暖、担惊受怕，她还得花枝招展，做你屋里的芬芳……

可现在，还有谁，愿意为谁守候？

年轻时，他拿你当女神，你以为你驾驭了未来。渐渐地，你会明白，你驾驭不了的是鸡零狗碎的生活，真实的、庸常的人性，和反反复复的时光。

是要更弱、更柔、更慢，还是更大、更强、更快，其实跟哈姆雷特的“生存还是死亡”是同样的问题。但又有多少人明白呢？

● 论婆媳关系

我怕我妈，但我从未怕过婆婆。我对母亲总是小心翼翼，唯恐冒犯，越紧张就越无法表达，而这种紧张情绪也会感染母亲，所以我和母亲始终没有轻松的交流，索性话很少，因为言多必失；而和婆婆却口无遮拦、斗智斗勇，反而成了无话不说的朋友，这也是母亲最嫉妒的一点。

母女之间，尤其是都充满个性的母女之间，总有暗中的较劲吧。母亲头脑犀利，为人端庄，到老了才脆弱一些，而你一直景仰的恰恰是她的不脆弱和坚强，所以她最后的脆弱无理反倒让你厌烦和不安，你宁愿一直怕她、景仰她至死，而不愿你的神明突然弱了，这会让你对衰老产生畏惧。

婆婆就不一样了，婆婆外号“孙上清”，取“牛黄上清丸”之意，头脑那叫一个清楚明白。婆婆一生有帅老公呵护，更得三个儿子的孝顺，虽然对侄女们严加管教，但毕竟没有女儿，我是婆婆的长媳，性情又比较大条，所以捡了个便宜，很得一家人的宠爱。二儿媳进门时，婆婆特意嘱咐我，你是老大，要做榜样了，不能像过去那样啥都不干了。我说谁爱做老大谁做，我可以让位的。婆婆一甩手说随你。其实我很懂事，只是眼里没活儿。但我大气豪爽，以我男女老少通吃的快乐品行，把妯娌们的关系都处得很好。在我眼里她们都没缺点，我在她们眼里自然也就是神仙姐姐了。我儿子比我还会笼络人心，话还说不利落的时候去婆婆家，二婶一喂饭就唱“世上只有二婶妈妈好”；一见三叔的未婚妻就说“将来我也娶三婶这么漂亮的”。于是乎，全体拿下。

儿子嘛，一般认知的第一个女人就是他妈，所以关于女人品性的许多认知也来自“妈”，再加上中国讲孝道，所以也畏惧“妈”，所以他在觅偶时，会在潜意识里找“妈”那样的；在家庭关系里，也会不自觉地以父母的行为方式来处理夫妻关系。因此，和男人相处初始，就要细心观察夫家是否和睦温暖，往往以家庭为重的，比以事业为重的家庭要温暖。

儿媳嘛，一般年龄越小越容易和婆婆处好关系。现在人都晚婚，人大心大，再加上是独生女儿，母亲娇惯，容易任性，自然和婆婆难处。其实女孩懂事不懂事，母亲是否通达很重要，过于依赖母亲的女儿很少有跟婆婆相安无事的。要想跟婆家处好关系，我认为有几条必须注意的：

（1）逢年过节，主动给公婆孝顺金。这样便免去了夫君偷偷给公婆钱的畏缩劲儿，反过来，也教会了夫君孝敬丈母娘的好品性。（2）不参与夫君兄弟间的事务。给足夫君面子比什么都重要。（3）要明白婆婆没义务对你好，她做的一切都是为她儿子。她要她儿子幸福，而她儿子想让你幸福，那不结了？更何况，你和婆婆和平相处，你夫君心里就踏实。（4）和婆婆说话最好率真些，别装，也别太隐忍，否则自己难受。将心比心，让她也别装，大家都不容易，也就没事了。

但人与人相处，总还有个命相合不合的问题。有的婆婆很强势，总恨你夺走了她儿子。所以，婚前一个重要的考量是见双方的父母，母亲太恋子的或儿子太恋母的，都不能嫁。如果第一次见面，未来婆婆就强硬或虚伪，你的正气镇不住她，你也别惹麻烦，或者坚决地坚持独立生活，惹不起就躲远点。

第四章

冬藏

修炼、精神、灵魂、有限 · 无限

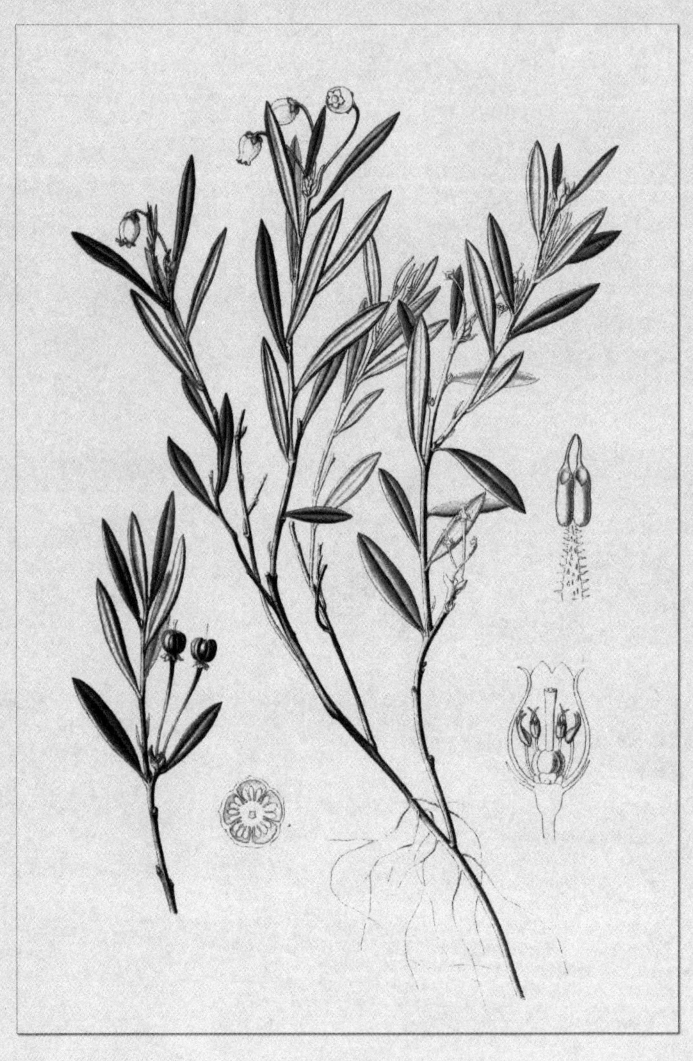

人有闲心，无丝竹而体自弦；
人有真境，无烟茗而身自仙。
天性澄静者，谈禅便是累赘；
欲念深重者，处处总说修行。

修炼

论慈悲

慈悲、悲悯、仁慈三个词，看上去很像，实则有大不同。

｜ **曲解词语·悲悯** ｜　悲，《说文》曰“痛也”。恫，为痛之专注。悲为痛之上腾也，如鳏夫不得其妇。悯，为交配期而不得其匹配，故伤痛异常。故“悲悯”，指的是阴不得阳、阳不得阴之阴阳不和而致心痛之象。

从这个意义上讲，“悲悯”是个人的伤痛，是一种由分离而导致的痛苦，是一种因不能自我圆融而导致的自我怜悯的伤痛。所以，任何情感的发生其实都源于内部，是各种欲望得不到满足后的结果。因为得到满足后的结果只有一个，就是愉悦。而正是不满足，创造了情感的丰富性。渐渐地，人们开始把各种情感运用起来，人与人的所谓“懂”，不过是“同情”。

| **曲解词语·仁慈** |　仁，二人，他人；慈，心系于兹。所以，仁慈就是以己心度他心，不是做作的伪善，而是因相对的感同身受而同情哀怜。毕竟，人不是一个人活在世上，也不是永远活在世上，惜缘和善待他人，不过是为了蠲除自己的孤独……所以，仁慈，不过是源于自私的无私罢了。

《申命记》说："当你在田地里收割庄稼并把一捆稻穗遗落在田地里时，不要再回去捡，那些东西该属于陌生人、失去父亲的人和寡妇……"不要以为只有捐款才是仁慈。其实，我们在生活中，不把事情做满，也是一种仁慈。

其实，仁慈和正义是相对词汇，仁慈的本性是生发，正义的本性是杀伐。光有仁慈和光有正义，这个世界都不完整，只有这两个东西都存在时，世界才不偏颇，才得以长久。

| **曲解词语·正义** |　正，是脚趾停留并保持直立；义（義），繁体是公羊为捍卫利益而持戈战斗。所以，坚持正义就是坚持正见，并为之而奋斗。五德（仁义礼智信）中，"义"最难得，其光明正大之武士勇猛，在国人品质培养中最被忽视。呜呼，读《史记·刺客列传》，每每击节唏嘘，易水壮士不复见，久矣！

| **曲解词语·慈悲** |　一个从"兹"，即剪断脐带缠绕而落入人世；一个从"非"，像鸟儿展翅之形，所以又发"飞"音。所以，"慈悲"二字内含心的落下和起飞。如果你想在世，则用绵绵之心布施你；如果你想离世，则用绝世之情度化你。《说文》曰："悲，痛也，痛之上腾者也。"

慈，上为兹，是缠绕在一起的脐带，是生命之先天和后天的连接。剪断它，你就入了世，就再也没有母亲子宫里那种混沌的温暖和自足；

剪断它，你就无法再回避风霜，只有勇敢向前，而且要时刻面对死亡……悲，上为非，它必须以否定和拒绝为前提，当你不再留恋、不再彷徨，你才能生出对另一个世界的新的想象。

心在此间，便有慈悲。

● 身子，比脑子明白

在诗歌产生之前，在宗教产生之前，生命已然存在了很久很久，生命的进化和修正也已经很久很久，由此可知，生命本身蕴含的力量无比伟大。正是顽强的生命意志在天地自然的恩赐与打击下，产生了爱、敬畏、诗和宗教，所以，我们真正要做的是重启生命的原动力，重新建立起生命的抱负。

人，有眼，可以欣赏这个世界；有耳，可以听闻这个世界；有舌，可以品尝这个世界；有心，可以感知这个世界……所以，我们不能在肉身之外去完成对这个世界的认知。人体，是造化精品，我们必须用这一次肉身，感知这个世界的一切美感。在人类的基因中，除了对性、对食物、对恐惧、对伤害等的遗传，也一定有对肉身、对爱、对美、对造物之伟大的无限依恋，所以，我们要先建立起对肉身的尊重，才能进一步往前走。

其实在这个娑婆界，我们能拿出来的就是这个肉身，由这个肉身的眼耳鼻舌身意产生欲望，欲望又消伐这个肉身，所以表面上我们在修整欲望，在平息欲望，但欲望的根底由肉身而起。于是我始终认为研习《黄帝内经》才是修炼的基本功，我们先要明白气血，明白气血与思维意识的、与五脏神的关联，才算找到了修炼的门径。

之所以始终坚持生命哲学的路数，始终强调医道，是因为我认识到传统医学的生命力在于它的思维方式，以及对疾病和人体的看法，它始终灵肉合一、知行合一的特性让人着迷。我的前两本《生命沉思录》，一本谈人类的情感、情绪对人生命的影响，一本谈生命系统在现实生活中的辗转腾挪，不过都是在说：人类医学和疾病史记录的不只是人体的历史，更是人性的历史、人心的历史。一切伤痛、一切糊涂、一切贪嗔痴、一切妄念、一切虔诚与不敬，皆在其中。如果不先建立对肉身的尊重，我们前行的步伐就始终没落到实处，既然没有实处，便也没有空处。

在《野兽之美》中看到一段，说脑垂体荷尔蒙影响雌性行为，比如鼓励女人热情而友好；而后叶加压素会刺激雄性恪守一夫一妻制和增加父爱。其中脑垂体荷尔蒙比后叶加压素要高一个级别，因为后叶加压素同时刺激爱心和攻击性，而脑垂体荷尔蒙却只与交配以及关心幼子这样一些积极的群居行为有关系——真若如此，好些问题需要我们重新审视，比如天性与气血的关系、人类善行与气血的关系、孤独冷漠症与后叶加压素的关系。

说到底，人性的复杂性源于人体的复杂性。在渴望与失望、厌倦与满足、激动与恐惧之间可能只有模糊的界限，就好比脑垂体荷尔蒙：在某一时空节点稍右一点，就引发了你的性贪婪；而稍左一点，也许就彻底带给你全然的性满足，而对任何异性全无兴趣；稍前一点，就激发了你对世界的热情；稍后一点，就激惹了你对万物的憎恶……由此说来，你最终的行为，不过都是你身体气血在那一时刻、那一空间的生化平衡。

这真的令人惶恐，我们被肉身奴役着。所以，我们必须先平息它，先“知止”，先取消行为，然后，用一些技巧，比如用“不净”观来抑制性贪婪，然后让自己保持在相对较长时间的满足与宁静、洁净中，然后，再把“戒律”上升为“习惯”和“本然”，先“思议”，再“不思议”，再“不可思议”……

用有形来说有形，总有局限和不尽意；用无形来论有形，就有了格局。

今人修行，尚一己之所得，于是境界就小了，气势便不开，能量亦生长得慢。其实，修行讲究先“造势”，即先立境界，境界一大，气势便开，天地能量皆为所用。所以，能立“为天下人造福”之境界，对天下有贡献，必得大果位。此乃老子“上德不德，是以有德”之本意。

世俗的做法是，越没有越要；而更高级的，是越有越要。没有而要，源于匮乏，会饥不择食，且贪婪；有而要，源于自足，源于知道什么是好，绝对精挑细选。前者是生活，后者是修炼；前者是查遗补漏，后者是积精累气。

细想下，人略微能做些主的，都是外部的动作。而内部的，如心脏的跳动、肠胃的蠕动、腺体的分泌、精卵的和合、胎儿的形容……哪一项我们都不能由自己的性子做主。所以，“做主”这件事真是天下第一难，自己尚且做不了自己的主，也就别奢望做他人的主了。

生命律动的相对恒定性使得我们在解读经典时不会偏离得太远，这大概也是古代先哲选择从医入道的出发点吧。但中医所强调的内证体验却让我们活在科技时代的今人有些一筹莫展——躯体如今成了被过度使用和磨损不堪的机器，而非古人那种“蓄之”“养之”的精品，而科学实验又把我们灵魂的变数排除在外，这一切增加了我们理解医道的难度。孔子讲究“述而不作”、老子“行无言之教”，可我们做老师的又不能不讲课，于是只好采取一种绕行的方式，在中国文化这个医道产生的大背景中兜着圈子，试着在历史表象的背后挖掘出一些有价值的东西来与学生共享。无论如何，中医不仅是医人、救人之术，也是解决人类生命困境之道，医者，意也、艺也、易也。如果能让这一代的青年，包括自己，对自己的历史有足够的自信和信仰，对传统有一种仰慕和爱护，对未来有一份慈悲与信心，足矣！

● 修炼强调次第

法无定法，随立随破。实无法可说，是名说法。

修炼是一定要经历一些苦难的，真正的修炼因为静、净、定，会越来越敏感；越敏感，那无形的、人们称之为鬼魂的，越找你。你要真修到浑然一体就不找你了，你半修不修就会老找你。要么是“病”，要么是“魔”。总之，越修，考验越多。

修行的人如果忘了“道高一尺，魔高一丈”，就一定会有沮丧的时候，就一定不明白为什么越修行受的伤害就越多，有时甚至比不修行的人失落得还厉害。所谓修行，不过是先练就跷跷板上的平衡能力，如果没有对“善”与“恶”、“道”与“魔”的深刻认知，是无法得到最后的解脱的。

｜ **曲解词语·修炼** ｜　“炼”字从“火”，不从“纟”。火，有烧炼、锻造之意，可见修炼是个艰苦卓绝的事，不是念念经、磕磕头就可以的。火，有大火、文火，炼金术说，修炼要用慢火，要耐心地等待事物从量变到质变，这个“变”，也许不是能让你看到或理解的“变”，而是飞跃式的突变，就好比卵虫变成蝴蝶。它令你目瞪口呆，不敢置信。所以，人除了保持信仰，添火加油，还要再加之耐心的观察及等待……但，最最令人心痛虚妄的是，不是人人都能等到突变的时刻。

很多事，真不是单纯靠量变就能实现的，就好比水再多，达不到一定温度，也永远无法沸腾。

医家也讲究“传药不传火”。药和药方你随便拿去，但火候、剂量才是上医之要害，才是明医之手眼。

● 生活禅

毒日头下狂走、饭桌上傻笑、找人喋喋不休等，均属于忙得无聊。忙到无聊应有觉知，知道“忙”不过是心亡。

发呆发傻、拈花惹草、做白日梦、默默无语等，都属于闲得无聊，闲到无聊始有境界，了悟“闲”原来是出离。

《洗髓经》偈曰：“口中言少，心头事少，腹里食少，自然睡少。有此四少，长生可了。”第一开口神气散，鹊桥任督离；第二意动火功寒，难修有漏体；第三少食多进气，妙谛少人知；第四睡少觉时多，星与灯相继。终归是，趁此色身健，精进以用力。借此心之灵，包罗天与地。

儒家一气贯三才，道家一气化三清，佛家一气成三宝。

人生境界有几层？普通人追求的是“得失”，在“得失”面前往往不冷静、不理智；比普通人高一点的追求的是“动静”——开始顾及社会规则或定理；再高级一些的境界是追求“善恶”——但这还没有彻底摆脱“得失”的观念；更高级的境界是“阴阳”——他已经明晰天地的变化，有常及无常，得即是失，失即是得；最高级的则是“太极”——跳出三界外，不在五行中……

关于人生境界，只满足生物本能者，为自然；满足私欲者，为功利；在满足自我之后能约束自我欲念，并遵守公约的，为道德；能摒弃贪嗔痴，忘我而利他的，为觉悟。

| **曲解词语·拯救** | 拯，上举为拯。救，左边的“求”虽为发音，但亦指有求才可施以援手。所谓“求”，就是你要先发愿，先确定方向，只要是正念正行，必得天助、贵人助、时运助、自助。如此才得以上升。

● 生命需要“知止、定、静、安、虑、得”

《大学》中几句话把生活禅说尽了：“大学之道，在明明德，在亲民，在止于至善。知止，而后有定，定而后能静，静而后能安，安而后能虑，虑而后能得。物有本末，事有终始，知所先后，则近道矣。”

其中，次第分明。

知止——在万物的恒动中，能怔愣的那一瞬，能停下匆匆的脚步的那一瞬，也许就是得救的开始。止，原本指大脚趾触地的那一瞬间，脚趾，虽离大脑最远，但离大地最近，从这里开始觉知，开始醒悟，恐怕是最美妙的一瞬。

而后有定——定，上“宀”，下“正”，像人在屋中站立。这时，脚后跟站住了，这是一切平稳的开始。但还要受其“正”，正思维、正心念、正法、正途。不正，则一切还会如大厦之倾。

定而后能静——静，从“青”从“争”。青，是指颜色的有序变化；争，是指二人争抢相持不下的凝固状态。于是，“静”是一种绚丽而凝固的状态，没有心态的凝固、静止、干净，人的修行便是“乱”，便无法走得更远。它比“定”又上一个层次，它把行为的“定”引向了心灵的“静”。

静而后能安——安，上“宀”，下“女”。此时，重心移到了中盘、海底轮处，此轮为三脉七轮之力量与精神的供应处，在情志上，此处是生与死、恐惧、不安全感、疼痛、混乱和忠诚的交集。当此处受冲击时，人会极度不安，有对生命根基的恐惧，和对上天恩宠的渴望。所以，此处安和祥瑞是生命的最佳状态，它已经不仅仅是心灵的“静”了，而是身、心、灵三位一体的和谐和安宁，是生命的一种觉醒和新生，充满法喜。

安而后能虑——虑，这个字《黄帝内经·灵枢·本神》篇解释得最好，“因思而远慕谓之虑”，妙哉！安和过后即是广大，广大即是远慕。远，是长远；慕，是又有一颗心从昏暗的暮霭中、从大地的深处升起了，这种高远将你的生命扩展了，你感到从海底到梵轮的贯通与超越，如果说“醍醐灌顶”是由上而下的被动，那么，此时，你的感知是自我的由下而上的飞腾。

虑而后能得——得，乃收获。得道，光远虑还不是最高的自由，最高的自由是能控制这份自由。所以，中脉虽通畅、欢快还不行，还要能收敛、精选和运用，才是“得”。对普通人而言，深谋远虑并能落到实处才叫作“智慧”。

这，就是本末，就是终始，就是无限地接近——“道”。

其实，就生命而言，正常，比不正常容易得多。中医讲五脏的五行生克制化，就是在讲生命这种自足、自治、自愈的能力。尽管我们的贪嗔痴给它造成了很大的负担和阻挠，但它们依旧努力工作着，并含泪等待着我们幡然悔悟，等待着我们的觉知。哪怕我们稍稍放缓脚步，一“知止”、一“定”、一“静”、一“安”、一“虑”，它们就在这喘息的瞬间，给我们无数之“得”，给我们一个和谐安宁的享受。

现在的生命和生活过于浮躁和慌乱，所以生命需要沉思，沉思可以使我们避免对外在世界的过分指摘和依赖。人可以死于疾病，但不可以死于对生命的无知。从某种意义上说，医学源自人对生命的哲学思考，最终它还要归于哲学。

总之，沉思，可以让一切恢复本源；沉思，可以变复杂为简单；沉思，可以打破现实这堵墙；沉思，可以超越时空。

一切都有次第的问题，心，也有。渐渐地，就大了，自己也随之放大，以至于无。

对大多数人而言，修行不在顿悟，而在于每时每刻修正，用行动不断地杀死那跳起来的老虎（欲念）。当有一天，忽然明白那些老虎会走一个又来一个的时候，我们就要沉思，如何灭它们于无形，或如何转变它们而成为自己内在的正向能量，我们就离那个目标越来越近了。即，如果丢掉那个镜子，就连擦都不必擦了。

圣人之用心若镜——圣人的心像一面镜子，来了，就来了，咱盛得下；走了，就走了，咱乐得干净。死活拽别人来，或死活留别人不走；人来了跟人较劲，人走了还猛惦记人家，都是无聊的自私。

● 生活禅之一：观

| **曲解汉字·象、像、相** |　象，大象之象形，此象，是活动的、变化的、真实的。像，指人模拟出的东西，如画像，是死的，或只是在某种程度上接近事实。你像他，但你真的不是他。相，用眼睛看到的景象，但眼见未必是“实”，甚至有可能全然是假象。“相对象”这个词有意思，翻译过来是：看对方的真实。

观天地：人，主要是昼行动物，是陆地动物，所以对人最重要的是天光和土地。

一个人，是对光明和黑暗有同等期待的。因为，如果你不够强大的话，光芒有可能刺瞎你的双眼。你足够强大，才能融入光芒。对黑暗，亦如是，不够强大，会颤抖；够强大，则哪怕行走在黑暗中，人也可以勇敢向前。

| **曲解汉字·日** |　日，实也。太阳之精不亏。对地球人影响最大的宇宙能量是太阳和月亮，太阳的火性影响我们的思维，月亮的水性影响我们的情绪。我们的生命就在潮汐涌动中努力保持着水火既济的平衡。

| **曲解汉字·月** |　“月”字像不满之形，因此为“阙也，太阴之精”。

月出一日为“朔”，三日成“魄”（为“霸”），八日成“光”，十五日为“望”，十六日为“既望”。月明为“朗”，照临四方为“明”。

月亮，大概是人类最长久的朋友了，皎洁、温柔、脉脉无语，听了人间上万年的话，无论多重复，无论多骚多闷，它都不烦，就这么忍受着，看尽了沧桑和悲欢。

最喜欢的两句唐诗：（1）星垂平野阔，月涌大江流。（2）野旷天低树，江清月近人。那种从黑暗中涌出的光明能量如此强大，如此静谧，每每唤醒我生命深处的美感。

| **曲解汉字·春** |　春，蠢也，物蠢生乃运动。虫，乃精虫，虽小而主生发。虫虫相动，得绵绵春雨之润而濡而沤，得细细春风而化而生。人亦“倮虫”，精不足则春困，慵懒眼饧；精大不足，则虚火上飘，烦躁佯狂。故宜水边轻歌游荡，女人亦似水，可近之怡情，不可涉水伤身。春之妙也，在绵绵无语微醺中。

| **曲解汉字·夏** |　夏，假也，四肢赤裸，散漫放松，如在假期中。金文里的“夏”有蝉（夏虫）形，以喻万物在长夏中的成长及蜕变。凡蜕变者，皆耗精损精，故不能不乏（夏乏），自然减肥如披蝉羽华服。至五月而龙舟竞渡，男子显其阳刚，女子露其欢畅，男欢女爱，促其华美之变。夏之妙也，怎一个“欢”字了得！

| **曲解汉字·秋** |　《释名》曰：“秋者，就也，言万物就成也。秋者，愁也，愁之以时察守义者也。秋者，敛也，察严杀之貌。”甲骨文的“秋”

字有蟋蟀之形，突出的是秋天虫鸣凄楚。现在写作左“禾”右“火”，意为秋天在原野中烧植物根茎之行为。

初秋的美好在于它展现了玻璃般透明的凝聚，至深秋，就是沉甸甸黄金般的富足了。爱春天的细腻温润，也爱秋天的富足丰饶，一切都是上天的荣耀，一切都是对我们身心的恩宠。

古代称一年为春秋，而不是冬夏，其意在于春秋气机平均。

｜ **曲解汉字·冬** ｜ 冬从“仌”（音“冰”），“冬之为言终也”。又曰“藏也，言万物闭藏也”。天地茫茫，万物敛藏，“冬”字又像用绳子拴住两个冰锥扔向冰雪之地，捕捉着偶尔出来猎食的小动物。

《灵枢·本神》曰：“智者之养生也，必顺四时而适寒暑，和喜怒而安居处，节阴阳而调刚柔。如是则僻邪不至，长生久视。”

四季养生之理就是“因天之序”，就是顺其自然，就是明白人生如四季一样跌宕起伏，春生，夏长，秋收，冬藏。理财就是要先明白这个天理：春生就如同发财的创意，夏长就是投资和消耗，秋收就是收获，冬藏就是把收获变现，变成精，把这“精”藏在骨髓里，该用的时候它能调出来，为你生育一个可爱的宝宝，来延续你生命的精彩……

冬天节日多，一是冬闲，人们借机犒劳自己和重续情缘；二是冬天日照少，人的情绪会出现季节性低落，过节可以相聚开怀，叙杯酒之欢，载歌载舞，活动关节，兴奋血脉。汉人不是一个肢体语言丰富的民族，喜欢活动小关节和动脑子，比如打牌、下棋、做饭和观看，所以戏多，看别人疯，笑自己傻，但庆幸自己安全。

人心为何是天心？一念之喜，星灿云舒；一念之恶，电闪雷鸣；一念之慈，甘露和风；一念之恨，雾霾霜毒……天心有四季，人心有喜怒，能随起随灭，能运化有度，暴雨不终日，飘风不终朝，来去无障无碍，便似虚廓天心。

自己的五脏六腑就是天。外界环境和心情会把脏腑弄乱，把天弄乱，乱经，乱脉。先是有形的乱——动武，或伤人；久之便为无形的乱——造反，就是导致变天。长期糟蹋脏腑会变天，乱吃药也会变天。

回头是岸。身处何境？苦海。若不知回转，怎样？永恒的苦。登岸，得法喜。时时刻刻，不离不弃。海与岸，就在回头的一瞬间。原来一辈子，修的不过是“回头”。潸然潸然，回头大如天，先回头，再会登临意。

| **曲解汉字·树** |　树，可以群居，也可以是荒原上孤零零的一棵；可以枝叶繁茂，也可以被风吹得倾斜；可以在悬崖上倒挂，也可以在河岸边风流。它们有皮，有干，有根，有枝杈，和我们一样，在世间醒目地活着，在深处，用痛苦和欢乐书写着一圈宽一圈窄的年轮……

我是荒原上的一棵树，一方面因为爱恋和仰慕，枝杈拼命地伸向天空；一方面因为恐惧和悲怆，根茎深深地扎进大地。除了这两个方向，我别无所去。

| **曲解汉字·竹** |　苏轼说“士俗不可医。士俗，坐无竹耳”，妙语。心量窄，竹之虚心而医；行为偏，竹之正医之；思绪乱，竹之节医之；待物乱，竹之文理医之；心卑贱，竹之直上医之；意志不坚，竹傲冰雪医之；情呆滞，竹之潇洒医之……由此，窗外有竹，院内有竹，食饮于是，坐卧于是，吟咏于是，体飘然而风骨，意释然而无垒。

人救赎自己的方式很多。可以闲竹几枝，香茗一杯。男人厚爱，女人娇嗔。也可以面朝大海，春暖花开。不必窥假胸展，不必坐真豪车。关键要有真风骨、真才情。哭笑也是自娱，嬉笑怒骂也能利他。这世上，有知己，有真爱，活得清清爽爽，纵然多病，纵然短寿，纵然胖身有加，纵然骨瘦如柴，又有何妨！

| **曲解汉字·玉** |　　玉，石之美有五德者。“润泽已温，仁之方也；䚡理自外，可以知中，义之方也；其声舒扬，专以远闻，智之方也；不挠而折，勇之方也；锐廉而不忮，洁之方也。”其五德为仁、义、智、勇、洁。君子爱玉，也是用其五德来熏陶自身，激励自己。

| **曲解汉字·石** |　　石，坚硬、顽劣，无所不在，在西北为戈壁，在海底为沙砾。作为土地的弟兄，它们把生育的荣耀给了土地，而自己一味地沉浸在风的呼啸和海水的冲击中，以犀利、尖锐或圆润的姿态来坚守自己的顽硬与孤独。

| **曲解词语·回归** |　　回，像水、如环、无端；归，原本是女儿出嫁，嫁后回娘家亦为“归”。所以，回归不过是先分离，然后再融合。世界的本质，人的本质都有这一特性——我们的痛苦源于分离，灵肉的分离、自我的分离、亲密的分离……我们的欢喜就是失而复得，就是重新找回自己，重新融合为一。

爱黎明的出走，也爱黄昏的归来。

天黑了，游戏的孩子要回到母亲的怀抱，喧哗的白昼要回到寂静黑夜的怀抱，魂要回到肝的怀抱，魄要回到肺的怀抱，神要回到心的怀抱……一切，在回到怀抱的那一瞬间，都通过降服而得其归属，都通过舍弃自我而获得平静，在黑与白融合的刹那，我们自我的最终目的终于达成，终于得到万物和谐的柔和。

● 象征

花儿，象征短暂与再生。

莲花，象征纯洁与分娩。

兰花，象征高贵与孤独。

牡丹，象征富贵与多产。

花园，象征富饶和母性的丰硕。

风，象征无常。风中有虫，虫乃精虫、种子。风情、风韵、风骨等，也是无常。

瓶子、杯子，象征生命的虚无与女性的子宫。

静止的水，象征女性和生命起源，象征卑微与至高的善。

流动的水，象征沉溺、温柔，或欺骗。它可以清洗你，也可以用暗流拖你入深渊。

权杖，象征繁殖力与权力、稳定。

车轮，象征太阳和横行天下的权力。

螺旋，象征人体潜能和上升。

正三角形，象征三位一体和男子气概。

倒三角形，象征隐私之女性生殖。

珍珠与贝壳，象征子宫般的秘密生长和富饶。

蛋，象征宇宙、太阳、月亮和不可抗拒的兴旺。

鸟，象征性灵的引导、勇气和自由。

闪电、火，象征烧去一切污秽，并使有价值的东西更为精粹。

树木、树林，象征迷失，但在压抑迷惘中人可以秘密地成长。

土地，象征信义和秘藏，浇灌必有收获。

金属，象征凝敛和坚不可摧。

● 生活禅之二：感

所有的“感”，一定是私密的、自我的，所谓同感，只是相似，未必完全一样，任何东西都有个消化的过程。所以，凡事不可强迫别人。中国现在的一切时尚都纤细而脆弱，还有以道德胁迫别人的阴险。当我们的自我过分顽强时，我们可能被命名为魔鬼。

总是强迫别人接受自己的喜好和想法。所以，还要修——别人不欲你之欲，也欣欣然。

| **曲解汉字 · 禅** |　禅，从“示”，为祭台，音从“单”。故“禅”不过是个体的精神觉悟，是个体觉知的猛醒，是以自我为牺牲、为祭品，并在这种献祭中使自我与人类最高的精神同化。

人生是一场禅修。禅修，会使你跳出庸常，会使你体验超越之美。是“神”把他的生命能量吹进你的肉身，那气息就是魂灵，就是“良心”，良心的发动就是感而动，哪怕小小的一念，也可以使你就此与众不同。

| **曲解词语 · 放心** |　放心，心放何处？人悬心，不过贪生怕死，

故心为生生死死轮回之根蒂。不得道时，死是死，生也是死；得道，生是生，死也是生。故庄子说“死生一也”，孔子云“朝闻道，夕死可矣”，不过都是说得道即以生为顺，以死为安，以生为乐，亦不以死为苦。生如夏花之绚烂，死若秋叶之静美，生死都如凤凰之炫，无畏无怖，法喜长在。如此，心便放下了。

基耶斯洛夫斯基在电影《十诫》说：“深情是存在的，而且深情不可亵渎。情不深，意不切，或虚情假意，就是亵渎。”

| **曲解汉字·悟** | 悟，觉也。字中“五”是关键，“五”是阴阳交错拧巴。人，就得先拧巴颠倒、胡说八道，突然有那么一天，心就跳出来了，自性就跳出来了，人生所有的纠缠拧巴都烟消云散了，如同大梦醒来的人，觉出原先的昏蒙愚钝了。

所谓觉悟，就是睡醒来的那个感觉。从一个梦中醒来，从一个混沌中醒来，从死寂中醒来……总之，一切都已改观，一个新世界，生命也随之变新。有时候，这一觉可能很漫长，有的人，可能一生都没有醒来。

凡臣民，都要求君主平等而公正的爱。但君主为“天子”，无论如何要遗传些天道的特性，即他的意志并不需要他人的支持，他要绝顶的自恋，只相信自己而不去依赖他人。他的精神要素不是“爱”，而是“天道的任性”——不仁。其实，人类的仁爱是一种让人变软弱的东西，它会使人失掉判断力，失掉对这个世界的绝对掌控。这也是君主与宗教为世界之两端的意义所在。

自下而上的爱源于畏惧，自上而下的爱源于垂怜。如果真有平等的爱，那就是自爱，把这种自爱投射到他者身上，这需要能量的对等，否则就会幻灭。对强者而言，这种幻灭、这种不满足时时发生，哲学与宗教便诞生了，要么绝对明白，要么绝对服从。

只有一种爱是无私的，就是对天真的爱、对自然的爱，因为自身不具备那种完美，而不得不产生赞叹。

什么是爱？对普通人而言，就是能相对持续地对另一个人保持温柔的注视，因为能些许地战胜无常，所以可贵。能坚持十年、二十年以上，所以伟大。对不普通的人而言，能将温柔的注视施与众生，无论你怎么任性，无论你多么苍老，他都视你为孩子，肯定你先天的灵性，同情你后天的绝望。他如太阳，温暖照耀生长万物，而且从不希求万物的回报。

| **曲解汉字·恨** |　　恨，从“艮”，为山，有不听从之意，故而有行难之意。所以当人们停留在“恨”上时，就如同无法跨越门槛，你的生命就此滞住。而且，恨，有时真的比爱更长久。其实，一旦跨越了这“恨”，人生便可打马向前。

这世上，最难的不是出离“恨”，而是出离“爱”。否则，跟这个世界还是没个了断。

食物抚慰肠胃，爱抚慰灵魂。在无爱的世界里，人只好用甜美的食物抚慰灵魂，灵魂吃了它不该吃的东西，于是，灵魂开始变酸、变腐，开始哽咽、打嗝和躁动不安……

| **曲解词语·忏悔** |　　忏为自陈，悔乃悔悟。忏悔，就是反复告诫自己“永不再犯以往之过错”。而有的人精亏血少，忘性极大，屡犯屡忏，不可救药。

| **曲解词语·恍惚** | 认知得过分清楚，都光芒万丈了，为恍；看得太清楚，以至于看都不看了，为惚。世人以“恍惚”为懵懂、为未觉，差矣！惚兮恍兮，恍兮惚兮，老子之高境也，妙境也。如是观，恍惚观，得也，德也。

| **曲解词语·甜蜜** | 甜蜜，是舌上有可回味之物；一般人的舌尖和边缘对咸味比较敏感，舌的前部对甜味比较敏感，舌靠腮的两侧对酸味比较敏感，而舌根对苦、辣味比较敏感。

慢性的无力感是会腐蚀人的。总会有这样的中午，饱满的阳光、静谧的院落、甜蜜的回忆，静静地腐蚀着人生，让人昏昏欲睡……偶尔只有喜鹊飞过。

| **曲解词语·女子伤春** | 女子为阴，故与初春之阳相亲相感，故女子春天心曲绵密、细腻，虽伤感动情，但好女子不会失却正思坚强。如剩女可思春，但不会轻易言嫁，至秋花凋秋草黄时，才会感叹人生苦短、秋夜绵长。而那时男子正金戈铁马、意气苍凉，也不愿束缚身心，所以人生诸多不乐、诸多错过，可感可叹。

伤春：独在异乡为异客，守着灯儿，听得花语，听得雨诉，独独不解人语，更无处得你消息。人生总是，嗟叹处，欲说还休，纵说了，也不尽我心，更不得你意。不如就这般，如星星月华，隔着光年，递些凌乱消息，随你往好里猜、往坏处想，反正春不见秋，冬不见夏，各活一段光华。

所谓伤春，是贞女不得志于情；所谓悲秋，是壮士不得志于心。春风荡漾，足软头昏；秋风猎猎，拍遍栏杆。随境而动，便是人情；和光同尘，便得法喜。

悲秋之一：世上最绝望的爱，是百般用心对了一个无心；是千般柔肠对了一个冷肺；是万般辛苦，只得一场空。前者虽贱，但了了愿；后者虽酷，但也了了缘。

悲秋之二：金风之飒，天之高远，令我们开始厌倦庸常。而昼短夜长，虫鸣啾啾，年之将末，又令我们恨人生苦短。如此这般，便有了出离心。

一切出离，皆缘于现实这堵墙，既有四季的变幻，又有凝固的美和沧桑。

人有九损：喜极损肺、怒极损肝、哀极损肠、惧极损胆、饱极损胃、饿极损脾、情极损肾、动极损阴、静极损阳——凡损，皆由“极”而来，情志极端损五脏，生活习性极端损阴阳。守中道，何其难也！人生百年，如白驹过隙，能悠然冲和，已然了得。过去曾极极，亦损极。今已悠然。谁得我极极，谁遇我悠悠？

从苛严的苦行僧一改而为平静的享乐主义者，是堕落，还是升华？

唯有钻石能永不受伤，哪怕在密闭的宝盒里，它都得永远熠熠闪光，真硬、真累啊。不像花，开一季、落一季的，有痴者护，有骚人叹。

有些东西古老得你永远无法确认其年龄，比如星空，比如魂灵，它们带给你的沉静，与那些转瞬即逝的东西带给你的哀伤，同样意义非凡。人，最好是左手把玩永恒，吟月诵风；右手把玩无常，夏冰秋虫。如此，便以一种疏离的高贵水墨了时光。

● 戒律、仪轨，不得不讲

戒律，首先是对肉身的约束，然后才是对思维念头的约束。

其实，任何戒律、仪轨都是先正身，再正意。

能量，是一个人真正的身份。人，有先天能量，有后天能量。

如果人不能汲取宇宙能量，就只能汲取自身能量，而自身的能量，永远是有限的。

| **曲解汉字·拜** |　拜，两手平铺地下之形，或两手合于胸前之形。（1）表示手中无利器。（2）表示以身相托，任对方处置。这可能是中国保持最久的礼节，一种完全臣服和卑微的表现。（3）单手为利剑，主杀，百战百胜。双手合十，以圆融之气势收受天下，不战而胜。（4）合于胸前，微含胸，表示降心魔和用“心”来敬万物。

中国的寺庙格局通常是一进门就是笑呵呵的大肚子弥勒佛，这一笑可是了不得，你若跟着展颜，便在去往西方的路上先得了胸怀。然后是风调雨顺四大金刚，这是一个农业大国的最根本的愿望。然后才是大雄宝殿，才是三世佛，才是韦陀和大慈大悲救苦救难的观世音……中国的寺庙一般都在山上，而且一层层地递进着。

至今为止，国内最让我感动的是两个寺庙——一个是五台山北台之上的一个苍凉的古庙，它使我潸然泪下；一个是河北某山壑之上的一个烧掉一半的皇家寺庙，它使我心旌摇曳，仿佛我曾经在那里多世，对着那红色的山崖，诵着诗一样的经……

曹雪芹说:“天地生人，除大仁大恶，余者皆无大异，大仁应运而生，大恶应劫而生。”思忖：此界，是运是劫?

大能量不见得都是正向能量，有善神就有恶神，人们祈愿前者给自己护佑，同时也要祈愿后者不给自己捣乱，其实他们都是自身能量的变现，我们的两面时时刻刻都在纠结、战斗，直至死亡，一切归于天道。

一切心理疾病的根底并不是他人的压制，而是我们自身能量的不平衡和自我抑制。

有智慧无毅力，可见道而不能成道；有毅力无智慧，易无明而入旁门。唯夙具慧根且苦心孤行者，再有大势、大环境相助、相佑，方有见道成道之可能。勉夫!

夙具慧根，是悟道的根基。不由得想起爱迪生的那句名言:“成功是百分之一的天分加百分之九十九的努力。”那百分之一，才是最难得的。

● 生活禅之三：信

当雷声不再是天神的脚步，闪电不再是复仇女神的眼神，蛇不再是智慧的化身，我们已经和自然失去了对话，我们的情感开始变得孤独。神话可以让我们回归本性。

哪怕是假设，因果也得存在。如果没有更高级的存在，我们便没了追求和依傍，我们便会成为什么都可以做的自由的人，但这种自由会因为毫无约束而没有意义。所以，“神”是人给自己定的至高标准，“魔”是人给自己定的另一标准。

当你离神灵近的时候，你开始远离人类社会。

古人，离神更近，离自然更近。神力与性力相仿，都有创造或毁灭的能力，所以在神职生活中，总有纵欲与禁欲的纠结，但其根底是传种问题——传精神的种，还是传肉身的种。因此，性力作为一种奇异的力量，且因为它直通心灵的途径既短又强烈，不仅在原始图腾里占据高地，而有生殖崇拜和感生神话，而且也始终是宗教修炼的一个要点。说实话，没有爱欲的体验与感受，对神明的爱也不会生动。

人与自然的关系，系于食物，丰盛的食物可以平息人的日常焦虑，使人能够专注于精神生活。于是，便有了一系列的风俗，比如年终献祭，食物的丰盛要依靠天意，所以要感恩天意，要把最好的那部分献给神，人也由此学会了分享与施予。图腾即源于对食物（动物或植物）的情感。由此说来，肠胃直通心灵的途径也极短，但跟性力不同的是，这条路平静。

这，大概就是“食色，人之所大欲存焉”的真正内涵吧。它们都因与心灵相关，而充满意义。

当觉得食物不足以表达感恩时，便有了音乐和舞蹈、绘画，也就是艺术。当“酒”（食物之精华）这种神器出现后，人便享有了神之“酒神精神”，渐渐地以自己为“神”、为万物之灵，便越来越少敬畏。

今人，离人更近，离物更近。离人近，则缺少神性，性力便也低级。工业革命后，人不再像过去那样依赖土地、依赖天意，而是距“人造物”更近，则越来越自大，则不感恩天、不虔诚、不敬畏、不分享。网络信息时代以来，人们可能会觉察到“无形”的事物正在改变我们的生活，新一轮的宗教信仰可能即将兴起。

尼采说，上帝死了。从那个时代起，人不再有对神明的信仰，人开始没有敬畏、没有约束，人开始胡作非为。

福柯说，人死了。从那个时代起，人开始忘掉灵性，开始物质化、动物化。人对自己都不敬畏了，人的肉身开始对人蔑视和报复。

奇哉！奇哉！一切众生皆具如来智慧德相，唯以妄想执着不能证得。若离妄想，一切智，自然智，即得现前。

我说过：人类需要两套相反的装置——发动机和制动装置。如果科学技术是发动机，那么文化和宗教就好比制动装置，是科学技术的消极性。没有文化和宗教，科学技术的疯狂会使它的发明者陷入万劫不复之境地。

● 信仰从何而来？

人，什么时候最容易产生信仰？

年轻时。《黄帝内经》把“天癸”的启动视为人体生命节律的要点。由此而言，信仰是由气血充足而冲顶时的灵光闪现，这也是大多数宗教领袖从 30 岁左右开始传教说法的原因。但任何信仰都有要求信众恭顺的特性，所以，年轻人偾张的气血也会让他质疑以前诸法，并创立自己的学说，成为革命者。

在遭遇重大灾难或重病后。由于惊恐和气血的衰弱，他对生命、生活产生诸多的疑虑和不安，急于寻找精神的支持，这时一般是因缘而皈依某种信仰，以求庇护。

真正夙有慧根者与盲目信仰追随者的不同是：前者有超级的精神和心灵稳定性，他可能隐于闹市，但从不被世俗所迷惑，他知道自己要什么，并知道自己能得到什么；后者则时时惶惑，不停地追道、问道，喜欢依附他者，喜欢尝试各种方式，但就是没有内心深处的淡然、坚定和担当。所谓盲目，就是蒙住眼睛，谁叫跟谁走。

信仰不是信“教”。信仰是在大千世界的面前保持着犀利的痛苦、冷静的爱和激情的对真理的认知；是一种独立的精神，而不是对他人的依赖；是让自己变大，而不是让自己跪下……一切对于从他人处得到救赎的依赖，都有可能使自己被套牢、被绑架。一切信仰都应该源于自性的觉醒，而不是去搂那些所谓的“师父们”尚在泥潭中的大腿。

| **曲解词语 · 经典** | 所谓“经”，与“纬”相对，南北为经，东西为纬。必先有经，然后有纬。“经”是指永恒不变的真理，“纬”则指变化，因此古代有经书、纬书之差别。典，上为“册”，竹简；下为“手”，两手捧竹简。这是学习态度。学经典，就是以一种虔敬的态度学并习宇宙人生根本的东西。

不抓紧，就错过。错过的不是学问，是人生。能安享经典，是我们的福分。

执着于“放下”，等于执着于“拿着”。好吧，生活没法格式化，但也不要垃圾般地堆积、叠压，把一些东西打打包吧，然后寄到不知名的远方……然后，简单、干净地活着，既不想拿，也不想放。白天，把翅膀敛藏，夜晚，让自己飞翔。

先有了，才能谈“放下”。

大脑和身体纠结时人就得病。身体只需“放松”，头脑的固执才要“放下”。

觉悟，跟学识无关，跟专业无关。如果没有灵光一现，如果没有觉悟，所谓专业学习，只会增加你的分别心和倨傲心。生命是对整个世界敞开的，无论是中医还是西医，都不能解决生命的全部问题，它们只是帮手，帮我们更好地理解生命，但不可以现有的一切执见阻碍你认知生命的步伐。一切好与坏都和知识局限有关，所以，无须争辩，一切但作长远看。

有人问：这世上是读经的得道呢，还是抄经的得道？

于是七嘴八舌，唯有一农民答：行道的人得道。现下更有人用重金购得四库精版图书供于四壁，光耀门面，而从不曾指读半页。更多的人是四处上课，今儿只言，明儿片语，全无系统和章法。更简单直接的，是奉经书珠宝直接让所谓上师开光。故，得道者，寥寥无几。

所有的祈祷都源于你坚信神的存在、奇迹的存在，你坚信在你拥有的世界之外，有一个更高级的、不平凡的世界，在俯瞰众生。

信仰，决定人生的高度。先看支撑你活于此世的信念，然后看你为这个信念努力的程度。念力在钱，还是在儿孙满堂，还是在教育，还是在救世……这些，会让你的今生后世完全不同。

在生活中，我相信雷峰塔下镇着白蛇，我相信山林里有仙女，我相信树窠里有小魔鬼，我相信天上每颗星都是神明……只要我还相信这些，我就是处处有惊喜的永恒之少女，我就永远不会变老，哪怕死亡，也不过是一次神秘而有趣的约会，是众仙子、众飞天的一次优美的簇拥……

精神

万物的愿望和自私不过都是求自我基因之传递，所以动物界之角、喙、爪、尾等的进化皆为更有效地传递基因而备；植物也以其香、态、色、味等来谋蜂与蝶，而求基因更广泛地传播。唯有人类在基因之外发现精神、思想等亦可作为“基因”传递，故在肉身进化上不再努力，甚至摒弃和封闭肉身欲望而专攻精神之立功、立德、立言，以求不朽。

精神和灵魂是两个概念。打比方说，精神是要有物质基础的，其物质基础就是“精”。精足，神就定，思考问题就灵动而不失逻辑。灵魂的要点在“灵”，属先天，不生不灭，它的物质基础有点像“因果”。灵魂大多是蛰藏的，需唤醒、鞭笞或绽放。精神的苦和纠结会让人生病，灵魂的痛苦要的则是解脱。

精神的本性是外显，灵魂的本性是内敛。所以一个从眼耳鼻舌身意彰显，一个由静坐、瞑视、冥思而安详。精神是要与这个世界对接，而灵魂则要出离、默守孤独。

所谓“灵魂伴侣”，在世间真真难觅，找到了，也是一种危险的存在。因为元神对接会产生巨大的能量，人的肉身会因无法承受而瓦解，不如坚守灵魂的孤独。所谓“精神伴侣”，属于识神对接，识神的自我表现欲太强，虽然二者有彼此的懂，但可能出现征服与被征服的问题。同时，由于“精”和“神”的不稳定性，兼之现实生活的庸俗性，这种伴侣关系也会瓦解。所以，世间的婚姻走的是朴实、平实之道，重要的是找一个适合自己的人打发日子，用平庸来收敛精神，用宁静来安抚灵魂。

神经病是中枢神经的不稳定，精神病是五脏神明的不归位。一个是人体有形的那部分链接出错，一个是人体无形的那部分开始张扬。所以，精神病要高级和神秘得多。

精神要求的是静、定及稳定地发挥作用；灵魂要求的是灵、动。精神要对付的是庸常，灵魂要对付的是超越。

我们思维的最大误区在于，以为精神都来源于高处，来源于气，来源于火。我们习惯于向上去抓那火焰。其实，精神的源头恰恰来源于水，它深潜在人体的下部，犹如水中之珠、水中之龙，是蒹葭环绕的墨湖中的光……它可能出来，腾空于世，也可能终生都沉溺在原始的黑暗中……

从无到有，须“生”劲儿；从有到无，须“化”劲儿。前者靠先天，两精相搏谓之神，靠神力无中生有；后者靠后天，化境足，则能化有为无，化境不够，则无精粹。唯有精粹，才有精微变化。前者像春天怒放的花儿，后者如秋天的果儿，里头秘藏着来春的种儿。

我喜欢精神分享这个词，所以，我愿意与你分享微笑、缄默、平静的语言和梦幻。我喜欢精神洁癖这个词，所以，我愿意孤独，在海边发呆，写最干净的文字，它们一行行地，以我内心的诗意，跃动如纯粹的、金属般亮晶晶的音符。我不怕走肮脏的没有表情的街道，也不怕暗夜独行，因为，无论在哪里，我的心都亮堂堂的，有柔和的光。事实上，我始终生活在别处。

人间，有美感空间，有快感空间，有道德空间。前二者是一种个性化的隐秘空间，后者是呈现给众人的。所以，把快感空间示人则骇人，且总有难以启齿之处；把道德空间示人虽凛然，但难免有虚假之嫌。唯有美感空间，人、神、鬼可共享。

天上一日，人间一年。人间一世三十年，不过是天上刚满月的娃。鬼言三年，人间三日——中国的这说法大概是从人体悟出来的吧：上焦如雾，如天，瞬息万变；中焦如沤，如人间，慢慢熬；下焦如渎，如鬼界，度日如年。

● 痛苦，是生命的净化剂

天地视人如蜉蝣，大道视天地亦泡影，怆然。

痛苦，无论身体的痛，还是灵魂的痛，都是我们每一个人修行路上的第一课。痛，在身体，是经络气血的寒凝与不通；在灵魂，是窒息和绝望。苦，在身体和灵魂都是心味的沉降，无法上行、无法言说，只能自嚼其心、颠倒其心，任凭这苦弥漫全身，雾露凄惨。痛，是抱病而坚韧地在甬道迷宫里找寻出路；苦，是沉降沿途的风霜泥淖而凝聚成生命的原浆。

为什么患病经历更容易使人“自我觉醒”？因为患病经历会使你更关注自我，会使你从滚滚红尘中开始思索生命的意义。这时不需要别人告诉你这个世界是“苦”的，是惨烈的，假如你体尝过得病的痛苦，你对痛不欲生的认知可能比那些关于地狱之苦的描述要真实得多。如果你认为这个世界是“美”的，当你从病痛中恢复，而重新呼吸大自然的那一刻，你知道那就是天堂。强壮的人并不是缺少感知，而是因为精力旺盛而更在乎经历。

人之一生，有诸多欲——有物欲，有认知欲，有被肯定欲，有长生欲，有爱欲、性欲、占有欲……凡欲念，都苦，要么身痛，要么心痛。挣扎的人，要么醉酒，要么放歌。解脱的人，从索要变给予，从忧苦变悲悯，从人变神。

其实，无论我们写什么，都是在写自我精神方面的自传。诙谐的时候，我们的精神是轻松而自嘲的；写檄文时，我们的精神是偾张而激愤的；微博、微信则把每个人的精神自传袒之于众，人们的自言自语终于变成滔滔洪水——每个人都是听众，又都是发声者；既是治愈系，又是被治愈系。这种声波在空气中的震荡，早晚有一天，会风卷残云、摧枯拉朽，由思想的暴乱引发身体的暴乱。

思想妄动、身形妄动，气血就妄动，神明就妄动，久之，人病。所以得病后，第一要务是静（安神），然后忏（明因果），然后改，然后净，然后虚无，然后，病入无何有之乡……现在，人得病，第一慌（神乱），然后恐（伤肾，免疫力下降），然后悲切（不求因只求速果），最后束手绝望。

对待身体，不轻慢，不乱来，就是“养”。又不可用心太过，用心太过则被条条框框拘泥约束，失却了生命活泼潇洒之本意。

头脑可以被格式化，但身体不容易格式化。这就好比人脸可以整容成一个模样，但肉身要想变性，就得全身打激素。

｜ **曲解词语·容忍** ｜ “容”是一种境界，而“忍”是一种心态。现在大多数人只是向内忍，而没有向外容。“忍”要么出于畏惧，要么是奢望对方改变，但毕竟是心上一把利刃，忍久了，人就会有病，就会生出杀气、怨气。而“容”，却抱有对人性“动静等观”的态度，好与坏都是人性，有山谷的空灵，必能化万事污浊。

光能“容”还不行，还得有“化”劲儿；光能“忍”也不行，还得有把刀子插进去和拔出来的“蛮”劲儿。

● 精神之内涵

本能

｜ **曲解词语·本能** ｜ 本能，是上天神明给我们装的程序。

｜ **曲解词语·理性** ｜ 理性，是我们通过后天学习，自己给自己设计的程序。

人和动物的区别在于，动物根据本能决定取舍，满足即止。而人的意志和贪欲会破坏人的感官，满足后，还要。最后，他竟然遗忘了最初的感官需求，哪怕会于自己不利，或已伤害到自己，他还在要。

我有一友，家财百亿，珠宝满柜，我说你又不戴，买那么多干啥？她说：可以不戴，不能没有。

任何本能冲动的受阻都会引发愤怒。只不过这种愤怒在婴孩和动物身上会不加掩饰地表现出来，而在成人身上，则会因自我控制力和生活经验而表现得极为隐蔽和细腻，其反扑也更加残忍。这类情绪在身体内部酝酿越久，对身体的伤害也就越大。所以，修身的根底说来说去不过“寡欲”——不是没欲望，而是减少欲望。

无聊和焦虑的交替发生会像传染病一样蔓延。但少年发病者以折磨自己居多，大人则以折磨周边人居多。不必讲“空”，这世界已然太“空”。

人最原始的感情是对自我存在的感情，人最原始的关怀是对自我生命的关怀，人最原始的恐惧是对死亡的恐惧，人最原始的崇拜是太阳崇拜。

求知欲

｜**曲解词语·求知**｜　精神之内涵在于“求知”，灵魂之内涵在于“求悟”。求知，是为了活得好；求悟，是为了活得明白。求知，靠外缘，比如教师、图书馆等；求悟，靠内省，靠的是自身。

人世间，有大道，有小道，任何东西都有“次第”，而传人和被传者又要看“根基”，所以“传道”这事也看个缘分，不可乱传。传乱了，既毁了“道”，又毁了“人”。

｜**曲解词语·智慧**｜　《大乘义章》说：“于境决断，为智；观达为慧；见识通明，为慧。具智慧根，得大圆满。”慧，在《说文》中有“快”

意，就像彗星、慧眼。其实，智慧二字也是在说阴阳，白天，日最大；夜晚，星空最大。勘破阴阳，即智慧。勘破宇宙阴阳，即大智慧。

《黄帝内经》:“因志而存变谓之思，因思而远慕谓之虑，因虑而处物谓之智。”

此句翻译过来就是：肾精足而且能生发就是思索，能够思虑长远就是远虑，因远虑而能落到生活的实处叫作智慧。

智慧有很多种：有世间谋生智慧，有佛法究竟智慧，还有肉身生命智慧。生命细胞也如恒河之沙，每时每刻上演着爱恨情仇、生老病死、有常无常，也是一胞一世界、一息一菩提。

| **曲解词语·思维** | 思，上“囟”下“心”，是心念一动而上脑；维，左“纟”右“隹”，心念如鸟羽般密实成线，连缀不断。所以，思维不过是密密匝匝的心念，如鸟儿飞过天际，在空中结了无形的网，说有，但又没有，唯有落于行动，方能窥其一二痕迹。

灵魂

形者生之舍，气者生之充，神者生之制。积形以全气，积气以全精，积精以全神，积神以全道。从道是对道的顺从。

｜ **曲解词语·解脱** ｜　用刀剖牛为“解”，肉消骨现为“脱”。一切解脱，都要先明形质——知皮之性为包裹，知肉之性为懈怠，知骨之性为坚强，知血之性为流窜，知气之性为飞扬，知筋之性为反弹，知膜之性为黏着……一层层地把自己剥蚀，把自己交付，把自己消解，并在忧伤中把自己灭于无形。

｜ **曲解词语·死亡** ｜　死，指肉体之无生命信息；亡，指灵魂之迷失。所以中国人用两个字来表明生命的二元。死亡是对这一世肉体的终结，是灵魂出窍，再寻它途。

所谓尘世生活，其实由不得我们，而是上天安排的：昼夜交替，四季轮换，万物生老病死。我们所能做的，是跟上这个天——晨醒、夜寐、春种、秋收。山川动植物的意志就是顺应这个天，完成自我，所以痛苦甚微。而人类所自诩的意志，就是对抗这个天，对抗不过时，叫痛苦悲伤；有些号称能偷天的，叫修仙。

“随神往来者谓之魂，并精而出入者谓之魄。”神，无形，与先天有关。人与人之相同在于五脏六腑；人与人之差异在于五脏六腑之神明的不同。人，相同在有形上，不同在无形上——随无形而飘忽的是魂灵。精，有形，与后天五脏六腑运化能力有关。有积累，也可耗散，故言“出入”。随有形之阴精而出入的是鬼魄。人体，像个房屋，既芳香四溢，又藏污纳垢，所谓修炼，就是启动觉知，然后大扫除——不是把污垢赶出去，而是认清它们是自性的一部分，仿佛在光芒中看那些微尘，然后把它们化掉，依旧作为自己能量的一部分，就像高大的佛像脚下，有无数的丑陋、凶狠的鬼怪。

如果把身体比作房屋，元神原本是房屋里的神明，但人一出生，识神就挟持着物质世界占据了这个房屋，他用虚假的理念和概念玩弄人于掌上，渐渐地，人忘记了元神的存在，被识神带着冲向了世界。待生命耗散殆尽，他便离开你，去另找一个房屋。这么说来，人的一生也挺耻辱的，因为一直在认贼作父。

若以心灵论，我们每个人都像站在有无数镜子的房间里，有好多个自己，随便拿出一个，都吓自己一跳。而在那个房间外，我们的那个自己，讨了别人的喜欢，却常常令自己不满，甚至厌恶。但有时“假”的用久了，自己也会当真，就像做了一个漫长的梦，直到某一天，忽然醒来，禁不住放声大哭。那一瞬间，就是觉，就是悟。

｜ **曲解词语·觉悟** ｜　觉，是从混沌中醒来；悟，是由心的感知而知“道”。你要先醒来，才能悟道。可现在大多数人还在昏乱的梦中，从何感知，从何悟道？

人，当从不变处用功，不要在变化处用功。容貌与心灵、性情相比，是必然要变的、要衰老的，而心灵可以保持永远年轻灵动，因为，灵魂的本质在于神性，而容貌肉体等，不过遵循“成住坏空”。所以，在不变处用功，善护念真性情和心灵，才是人生根本。总之，有真，才有善，才有美。

｜ **曲解词语·心灵** ｜　心，是火；灵，是火焰，是光芒。心灵向上的特性在于超越、在于追求神性。心灵的意义在于，它可以让人超越动物本能之上，并保持精神的最高目标。正是心灵的美与卓越，让人类以神的姿态彰显了神的荣耀。

在造人神话里，神用泥土造就了人形，但赋予了这泥土灵性的是他吹给我们的气息。所以，我们终其一生，不过是把泥土还给泥土，把灵性的呼吸还给神明……

神和鬼之不同：神是雷火闪电，是创造，和永恒；鬼是封闭在肉身里的东西——魂与魄，魂求生，魄求死，都是欲望的鬼魅，是导致死亡的东西。人的一生就是在借鬼杀鬼，累得苦不堪言，就是浮士德。

灵魂，是我们生命中的独立存在。它，超越善恶，不增不减，不垢不净。既然是独立的，它就随时有可能背叛和背弃我们的肉身。

心灵，不过是丹田之下的地下河，是丹田里从虚空中来的种子，在发芽之前，它用自己的水沐浴自己、养育自己，这就叫自净、洗髓。这先前锻炼远比那最后的升华要重要得多。

梅特林克说:“口开则灵魂之门闭，口闭则灵魂之门开。”

这世上，没有谁能真正地审判谁。现在所有的审判，只涉及事件，而永远不涉及心灵。凡不涉及心灵的，都谈不上拯救。

● 灵魂之内涵

人类惧怕死亡，对彻底的毁灭噤若寒蝉。所以，如果相信人有灵魂，相信人有死后的生命，则对死者和哀痛的亲人，都是极大的安慰——它使我们的凭吊因一个灵魂的存在而温暖。从这个角度讲，死亡、灵魂、信仰等不是哲学，而是情感学，情感学的极致，就是宗教。

灵魂，是人类全部情感之集合。轻盈的、温暖的、柔和的，就晶莹，就美丽，就飞升；凝重的、冰冷的、坚硬的，就黑暗，就重浊，就堕落。所以，生命的最后，或之后，都是自我的选择。行为即目的——无论天堂的彩虹还是冥界的暗河，都不过是自我灵魂的自然选择。

元神

关于人的神明，在中国的道教文化里，有着更为详细的论述。在《黄帝内经》里魂为肝神，魄为肺神，是具体而实在的东西，不像西方人以灵魂二字概述一切。在道教文化里，灵魂的要素是指元神和识神。

元神，是先天，是道，是真种子，是主宰生命的本原。

识神，是后天，善于表现且能力高强，是人心的统治者。识神掌权，元神退位。元神好静，识神好动（耗费元精）。人死——识神离开，元神虽在，但已被污染。

一个男人与一个女人的元神对接，犹如闪电的正负极。元神对接，是大欢喜、大痛苦；识神对接，又是大无聊、大无奈。人生终归是个“苦”啊，能“离苦得乐”方是大智慧。

消伐元神有三：（1）心有所动，也就是欲念。（2）疾病。（3）劫难。

元神的“道”，即“中脉”。此“道”唯有老子得其正解，将来我在《曲解道德经》一书中会有详解。

上丹田，识神所居，为道德天尊；中丹田，本神所居，为灵宝天尊；下丹田，元神所居，为元始天尊。

儿童无损，故内循环自性调和，为“天真”。大人，外泄外露甚多，出去的回不来，久之，腿脚发沉。内循环已然受损，故自性不调，为“假”。

修行的要点在于能够回光返照。元神居方寸（两目之间，黄庭），识神居心下。

回光返照：如镜之无心而照，如水之无心而鉴。庄子说“圣人之用心若镜”。

在我看来，对女子而言，名利权欲等都不足挂齿，唯独破“情关”最难。如此看来，女子修行比男子易。但此一关，往往拖累了女子一生。呜呼！

人体机窍：

开窍——“南海之帝为倏，北海之帝为忽，中央之帝为浑沌。倏与忽时相与遇于浑沌之地，浑沌待之甚善。儵与忽谋报浑沌之德，曰：‘人皆有七窍以视听食息，此独无有，尝试凿之。’日凿一窍，七日而浑沌死。”这是个经典的寓言，对应上文，人在母腹为浑沌，居南北之中间，机窍开而亡。

人体的天门、地库：天门是百会，阳气汇聚之所；地库是会阴，上善之地，督脉发于斯，任脉发于斯，冲脉发于斯。天门当常开，地库当常闭。该生发的生发，该封藏的封藏，这就是人生。收敛到极点就是藏。

关元：是精与气的枢纽。精聚于此，也气化于此。生命的底线受到威胁时，生命的本能必然激发，此时，下丹田会跳动。

舍利：男女情志不遂，北方肾本性为“腐”，如阳气不足以化“腐”，则有腐味。各个脏腑若有瘀血，则人死后躯体易腐。练功的人三焦尚通，无瘀血者，则能“肉身不坏”，但这还未达到彻底修成的标准，因为很少有“舍利”；功夫更大的修行者“舍利”多，表示收敛的功能大，而且能把它们变成坚固不坏的东西。

关于性命双修：

所谓“性命双修”——性功必须自悟，与语言文字无关，而与天赋觉知有关。命功必不能自悟，后天需要唤醒、作为，方见其妙。

悟：觉也，就是睡醒来的那个感觉。从一个梦中醒来，从一个混沌中醒来，从死寂中醒来……总之，一切都已改观，一个新世界，生命也随之变新。

性命双修：性，指灵性智慧；命，指生命气血。人之在世，须性命双修。所以中国圣人之学，就是——存心以养性，修身以立命。就是修为，也要在身体好时修才好啊。古代说“性命双修”，北宋张紫阳主张“先命后性”，因为他修行时已80岁了，生命的房屋千疮百孔，所以要先从命功入手。金代王重阳讲究“修性为先”，因为他修行时正当壮年。

现代人一是脑力活动多，精神压力大，传统文化教育又缺失，易出精神症状；二是锻炼少，营养高——所以，必须性命同时修。

不动声色，表面看是修为，实则是气血。声，是五脏情动，肝呼肾呻，五脏动，则声动。色，是五脏之外显，肝青肾黑。故，肾气足，则能气沉丹田，声色不动；肾精肾气衰，则不能忍；再衰，则认㞞；衰极，则认命。

电脑的虚拟幻境用的是芯片，人脑的虚拟幻境用的是人的脑细胞。因此，神通属于每一个人。

人之“灵能”的开启注定是痛苦的。所谓“道高一尺，魔高一丈”，是说你的德行增长一分，你的自大、你的分别心也就会随之增长十分，你将因此而受更多的苦。你反复磨砺的，不过是左手莲花般的轻盈和右手利斧般沉重之间的巧妙的平衡。如果没有心灵的撕扯，而号称直入了平静，那只能说明一切还不曾开始。

唯有暴风雨后的平静才是真平静。

不懂阴阳之动静，怎得身命之转机。

宁静，从来不会凭空而降，而是基于生活沉甸甸的富足，基于逐渐的成熟和自在的、懂得节制的禀赋。而且，最深邃的宁静，一定是安享了广大而从容的孤独。

灵魂求“尊”

生存不只是生存，不只是残忍，还有从容和尊严。

| **曲解汉字·尊** |　孤独、自信、慈悲，有能力利他，然后才有“尊”。尊，上为酒器，下为“寸”，寸，有法度之意，故“寺”也从“寸”。天人求“尊”，百姓求“福”。“尊”是自性发出来的，“福”是外求的。修行人最终得修法脉，才有“尊”，有的人修了一生没修成，是因为没修出“自性”和“尊”。悟“尊”比悟“空”更有意义。

生命能量的大小就从此定。

人之尊严就是自主性，凡被他者主宰的生命都没有尊严。

天人都孤独，都寂寞。做人最耐不得这两个词，做仙最享受这两个词。所以要想做仙，先要求孤独、求寂寞，然后享受孤独和寂寞，然后大乐孤独和寂寞。

耐不住孤独，做不得“神”。

有种人，一直以顺从、屈服行事，这种表面上的温和与谦逊具有强大的麻痹和催眠效果，你仿佛越来越高大，但实质上，只是下面的水越来越多，这种漂浮的高大渐渐地就会让你失控。而这时，你才会发现那一向顺从的、你眼里的低贱者，已凌驾于你之上。这就是很多强者并不是毁于强者，而是毁于弱者的原因。

之所以会有这种事的发生，是强者的内心往往忽略了“求尊”是每一个人的内在需求。对于低贱者，这个内在需求是雪藏在心里的黑暗当中的，它只是蛰伏，而不是没有，他只不过更善于等待、更有耐心罢了。所以，真正有修为的人从不以强者自居，而是内心有对万物的尊重，但又淡淡的、疏离的，挤干了生活中的水分，让自己活得精粹、明白、干净。

很多时候，人之出局可能只缘于一句话、一个眼神、一个细微的动作，所以敏感和敏锐总会带给人失落和烦恼。所谓糙人看细处，细人看糙处，人活在世，不得不战战兢兢，但最终留下的人，一定是真性情的人。

个人灵魂的觉知只改变个体命运，而集体灵魂的觉知注定会改变集体的命运。所以，我和我们，都要努力前行。

修行对人的要求首先是要回归自我，要独立，是要“自救”的一种努力。

我们始终认为自己居住在空气中，其实，在我们与周围空气之间，一定隔着一层惰性的物质，比如皮肤表面的角质，否则我们就会被灼伤。所以，无生命的东西、惰性的东西是用来保护我们称之为活着的东西的。越灵性的东西越需要保护，越激越的灵魂越要有硬硬的壳，不容窥探。所以，你可以保持你探寻的能力，但我必须抱有不被探寻的权利。

人的差异性源自诗性和神性，那么人与动物的差异性源自语言和思想。而书籍是对人类这一特性的记录，所以阅读延展了人的生存空间和时间，给了人类更大的自由。总之，阅读，可以让我们永不媚俗。

任何一本伟大的书，都有以下的特性——预言、启示、说教、默示……它更像一个图书馆，涵盖极多，又至简清晰。它不只震撼你的头脑，更让你的身体地动山摇。

生活，总有现实这堵灰暗的墙；而读书，可以让我们超越时空。

| **曲解词语·终结、终始** | 终，从“纟”从“冬”，冬表示四时之尽头，所以终结是用丝线来打结，把一切终止之意。而“始”从“女”从“台”，表示女子月事初来，表示女孩子到女人的一个开始状态，所以“终始”就好比女子之天癸促发了卵子的成熟，一个生命的新管道重新开启，生命又开始新的企盼和成功。

五明

曾有神界，一片光明，无形无质，寂寞非常；亦有人间，半明半暗，有烦恼有欢乐，上升少下堕多；更有冥界，一片黑暗，百般挣扎，绝无前途，或称法界、人界、魔界。

在大的宇宙法则下，无须动机关，无须耍聪明，更无须算计，一切都将随风而逝。

聪明不等于智慧。聪明，会使人更纠结；智慧，是让人不纠结。说白了就是，一个不上道儿，一个上道儿。如果越聪明，就越纠结，反而没能过好，那就叫“聪明反被聪明误”；而智慧，能让你无论好坏，都游刃有余，自在地、快乐地活着。由此，智慧一定有一些重要的前提，就是：不贪、不求、不怨、不悔、安静、稳定。

常常有人说：瞧，你又被人算计了！我赶紧拦着说：别，别告诉我。我不知道的话，就一直快乐着。他算计过，他累；我不想这乱七八糟的事儿，我不累。其实，有人是假厚道、真算计；而真厚道者不算计。我的想法是人算不如天算，所以把一切交给老天就好，自己只需做好自己能做的事。再说世上哪有那么多亏可吃啊，只要四肢健全，没饿着，没冻着，不就挺好吗？更何况，小风吹衣袂，随手写诗书，忙着高兴还来不及呢，哪儿有空想吃亏占便宜的事儿！

学传统文化、学中医，重在领悟，领悟的要点是关联，即把天地万物、生理心理、人类情感等，都关联在一起。具体的关联有点像学佛者通“五明”，五明分别指：

（1）声明，即语言学。声音是人类的情感表达，所以洞悉音声、音调，将使我们了解他的欲望所在，甚至是疾病所在。中医曰：“闻而知之谓之圣。”

（2）因明，指因缘法，是我们认识生命根本的一种方法。有了这种根本方法，我们便可逃离生命的车回轮转。在语言学就是要弄明白承、转、启、合；在中医就是要明白“因天之序”，就不会造病生病。

（3）工巧明，指工艺学，指动手能力。学中医者也要明白西医和现代科技。

（4）内明，指宗教学。有了这门学问就会明白医药并不能解决人生的全部问题，除了身体的选择外，人还有灵魂的选择。

（5）最后就是医方明，指医药学。了解关于人身体的问题，在世间可以用来布施慈悲，在个体修炼上可以更勇猛精进。

其实长生不死才是人类最不可思议的欲求，但很少有人相信这个，祈求这个。而且道教的修炼对人来说代价太高，所以道教衰落了。

道教也曾找到简单的长生的模式——金丹。但不同的丹药只是人修炼到不同阶段的辅助品，所以对金丹的误解又让道教文化式微了。

实修要看几本书

中国有几本书是要精读的，一是《黄帝内经》，因为“从医入道”是捷径。这本书读好了，别的才能真正看懂。所以我很感恩今生得此经典。

然后是《道德经》《易经》《诗经》《西游记》和《红楼梦》等。有人说，你怎么不说西方的书和佛经呢？我的原则是，一切翻译都会有歧义，都无法显现它原本的精髓，可看、可读，但要保持一种审慎和疏离的态度。

文字一旦写就，就可能被篡改、被误读、被断章取义，所以古代大法是“法不传六耳”，只口口相传。为了防止被篡改，它以口诀的形式传递着，真传一句话，假传万卷书。但语义甚简，内涵过大，了了者便少之又少。

《黄帝内经》曰:“知其要者，一言而终。不知其要，流散无穷。”

我的梦想就是大家都学《黄帝内经》和《伤寒论》，有点小毛病就自己在家煮点小药，让屋子里除了孩子笑、女人娇，还有点药香。别动不动这儿拉一刀那儿缝几针，对不住老天给的这肉身。

真正的传统医学爱好者，纯为明道，纯为自娱，纯为助人，并不以谋利为目的。所用不过天地百草、山川河流，所借不过节气风月、阴阳气血。传道收束脩亦正当，孔子当年一视同仁，贫者交束脩才能明自尊自力，富者求道更须花费，才彰显道之难得可贵。

现代社会的高度发展，实际上使得我们越来越依赖外部环境，依赖他者，而不是自我。但在身体上我认为还是要学会“自救”，医学虽在发展，但它毕竟不能解决我们的全部问题。身体不是机器，它还包含着复杂的人性。更何况，我们精神和心灵更为曲折和高级的追求，也在影响着我们的肉身。

● 中国人为什么尊崇“祖宗”，而非“神灵”？

因为在中国人眼里，祖宗与我们血脉相连，他们对我们的庇佑和厚爱是实实在在的，譬如中国有《黄帝内经》《易经》《诗经》……他们从方方面面对我们循循善诱，抚慰着、指导着、诗意着我们的生活，他们的要点是让我们深入生存之美感，赞化、顺应，而非解脱。

这就好比中西医之不同，西医可以把一个人的器官修整得很好，让他无知觉地维持着呼吸，但传统医学的要点是让一个人活得更美、更好。

记得当年看《西游记》时一直有个问题弄不懂：孙悟空动不动一个筋斗就到西天了，那他背着唐僧去不就行了？或者他直接取回经书也可以啊……直到学习了中医经典后，才慢慢明白了一个道理，取经的过程就是修道的过程，九九八十一难就是人生修道途中必须要经历的心路历程。孙悟空代表意念，可以一下就到西天，但无法取走真经；唐僧必须一步步地走，一个一个磨难受着，才能取回真经。这其中，持戒如同积精累气，不断培补正气；而那些磨难就如同祛病去寒，如同在生活中不断地抗击心魔，勇猛地改毛病。只有这两种行为兼备了，才能最终成佛。

| **曲解西游** | 唐僧师徒共有四名，玄奘、悟空、悟能、悟净，又法号三藏、行者、八戒、和尚。前者为道之体，后者为道之用。道体为玄，为大，为悟，为净，为空。而行道还得经律论，得行，得戒，得修。另有道名赤子唐僧、金公悟空、暗藏木母八戒、黄婆沙和尚，隐喻木金土三合，以龙马精神保赤子归太极。由此知：名可名，非常名。单一个猴儿，法名孙悟空、混名行者、道名金公、人名猴。哪个是你，哪个是假，哪个是真？

悟空刚被唐僧解救就杀了六个贼，此六贼分别叫：眼看喜，耳听怒，鼻嗅爱，舌尝思，身本忧，意见欲。悟空笑道，六毛贼！不知我是你们的主人公。——妙哉，心猿乃六识之主，修道之初便要斩此六欲（此六欲非妖非魔，只是可笑的人欲。解决了他们，以后猴儿便只与妖魔斗法了）。唐僧怨他杀人，心猿曰：我若不打死他，他就要打死你哩！——真真棒喝也！

这些年接触的人很多，偶尔心中有些难过，觉得有些人白那么聪明了，有些人白那么漂亮了，有些人白那么有钱了……这两日翻看《西游记》，看到猴在欢喜时都有远虑，猪在欢喜中都有忧伤，他们不管怎么闹，都想取个真经。哪怕是妖魔，在无忧无虑中还惦记着唐僧肉，可那么聪明那么漂亮那么富足的人，却日复一日地任自己老着病着耗着，不起明心不起道心不起出离心……不过，一想到一切不过因缘、不过因果，心也就了然、淡然、漠然了，倒真觉出些无意义来。

穷莫穷过未闻道。闻道，悟道，行道，得道，真真重要。

四

有限·无限

一切所知，即所执。知有形者执有形，知无形者执无形。

繁星，之所以迷人，是因为它以无限、神的命运的永恒和不可穷尽的繁多，使我们强烈感受到自己的生命是有限的、宿命的和孤单的。繁星使我们渴望和遐想，生活在别处，多么美好。我们之所以会一夜夜地仰望星空，是因为我们想超越有限，而渴望得到那无限的极致的——美。

所谓高度的自觉，关键看你是站在有限的这边，还是站在无限的那边。肉身是有限的，享乐是有限的，情爱是有限的——凡有限的，都依准某种现实，都源于自私。而无限，是对有限的反抗和超越，是把自我融于空，从而得到恒久稳定的喜悦。这种法喜不会因人、因时代、因种族而变化，它勘破大千，照耀好的，也照耀坏的——好与坏也是有限，它以无限来包容一切有限的存在。

关于世界有两种假设——科学和宗教，都是人的假设。只是科学能被人证明，但宗教不能被科学证明，信仰只能被个人体验证明。

| **曲解词语·科学** |　“科学”一词是外来语。《说文解字》说：“科，程也。”荀子曰：“程者，物之准也。”所谓“章程”是为百姓立的权衡准则。“科”字从“禾”从“斗”，禾为谷穗，斗为称量之器，所以“科”有标准之意。“学”，上面是两手持爻，指孩童学算术。所以古文“科”“学”二字指学习标准化的东西，现代指“分科”的学问。

西方的学问讲“科学”，科学不过是分科的学问，皆从“有”处着眼。人生在世，格物固然有趣，但格到最后，还是个“空”。相较而言，科学精神，比如质疑或否定的精神等，还算高级。而中国的学问讲“究竟”，一开始就抓住了“无”。“究竟”求其本源，“有”因人性而“有”，“无”因人性而“无”。既讲真理，又落脚于人性，既高级又温暖，深遂夙心。

“有”因人性而“有”，“无”因人性而“无”。这句话，也是人类疾患的总因。

| **曲解词语·囚禁** |　囚，人被锢禁；禁，人因为犯了神的禁忌而被约束。所以，囚禁指人被迫中止了成长和发展，或是生命向低处和暗处延伸。

人眼的看是有限的，它依赖光，一旦陷入黑暗，如果你说那些在光中看得见的东西已不存在，那就是自我的愚痴。

人耳的听是有限的，它依赖空气，如果没有共振，便没有回响。

凡依赖介质的，都是有限的。眼耳鼻舌身意、声色香味触法，通通是有限的。唯有心、神，无限。

| **曲解汉字·神** |　神，从“示”从“申”。示是祭祀的神案，“申”

字是划过天际的闪电，因此“神”是主管闪电的雷神。其威力，其对四时之统摄，其给人类带来的最原始的光明……都是在向我们申明：它是我们肉身的主宰，是我们尊严和勇气的根源，是我们热情与冷漠的源头。

| **曲解汉字·鬼** |　人死成神而位卑者，谓之小鬼。地狱中鬼卒也是神，牛头马面，奖善惩恶，铁面无私。从铁面无私的角度看，人，有时不如鬼。

生，寄也；死，归也。活着，不过寄生；死去，不过归去。

你是鬼，你的游荡并非全无意义，你迟迟地不肯回去，要么是夙愿未了，要么是在寻找，那风、那雨，是否也能淋湿你忧伤的面庞……

● 圆满

真正有能量的东西一定是完满具足，且自我封闭的。比如太阳，它照耀一切，无限地施与一切，但你无法侵入它。再比如人体，先天的任督周天可以供给你一生，但后天无法侵入它，一切设法的侵入只会造成它毁灭式的坍塌。但你可以通过修炼来固摄它，挖掘它的无限潜能。

什么是圆满呢？完整地走完一个过程是否就是圆满？比如爱情，如果在最和美时突然有了生离死别，虽伤痛，却刻骨铭心；若走到爱情消失的时候，反而无趣了，反而成了人生无法漂白的污点。所以，缺憾恰与圆满相关，犹如阴阳鱼，若没有阴影的存在，不过是个苍白的圆，缺乏动感，缺乏灵动，缺乏神与魔相搏时产生的新能量。所以，圆满一定源于创造，而不是沉溺于那原本的所谓自性。

因此，从生走到死并非圆满，有生之欢愉、长之痛楚、爱之无常、活之创造，白天懂了夜的黑，黑夜懂了日之白……知止于巅峰静谧，才是圆满。

住世，尚圆融更尚独立；出世，尚皈依而更尚超脱。前者是立命之本，后者是立性之境。功夫，尚实践而不尚空谈。

所谓神明，是指他们永远拥有固定价值，而不是像我们人类那样经常模棱两可、随机应变。我们常常被常识、习惯局限，为了活下去，我们可以找出好多理由，欺骗别人，也欺骗自己。

人生没了持久，便真的没了意义。过度的碎片化，真的戳心扎肺，没人收拾得起。

世界如果已然完美，我们哪里去得创造之快慰？如果想她即得她，我们也索然无味。一切可能而未能，把美妙藏心里不说出，把理想藏脑里不实现，让残缺也成为完美的一部分，多有趣。

我们需要重新建立对美、对诗的认知。

在信仰什么之前，先放慢脚步，唯有慢生活、真感情，才得因果。

● 赞美造物

太极图以一个简单而纯粹的意象，向我们昭示了一个最伟大的秘密：六合之内，灵魂的和合与对峙、情感的沉睡与圆满、理性的臣服与平等，如一个永不破损的轮子，无论静止还是转动，都无非是它；巅峰状态，也只能是它；除它，无它。现实，永远支离破碎，而它，是两条鱼儿在深井中不再分离的环绕相缠，化石般完美。

每每看到太极图，一方面深感寰宇造化之平稳与伟大，一方面感到自己的无能为力。但看到了，知道了世上有这种完美，总比看不到、不知道，要好。能在心灵上得一瞬间这样的完美，便已蒙天恩；能训练自己保持这种均衡的完美，已然是仙。用凡眼看这个世界时，还有任性和癫狂；用那两只灵眼看世界时，是宁静和慈悲。

| **曲解汉字·美** |　原本是古人头戴绚丽羽毛的形象，而好吃一族释其为羊大。美，一定是外显的。只有人类在谈论内在美，只有人类在借着语言模糊人生。其实，所有的美都有一种气场，没有气场的标致也脆弱苍白。气场超越了美与丑，比如狮子的威仪、猎狗的狰狞、企鹅的偎依……美，不必有用，不必长久，哪怕转瞬即逝，其冲击力也能唤醒你对万物纯粹的强烈感知。

我所理解的自由，就是从无明中解脱出来，就是无障碍地看见真、看见善、看见美。

生命越是华美，造物越是完美，风景越是摄人魂魄，我们便越是感慨，越是贪恋，越是绝望。因为人生太短，而我们又太多地把生命浪费在一些无谓的事物上，而没能很好地用眼耳鼻舌身意，贪婪而诗意地享受这感官的盛宴。

面对美、面对一切纯净时，你会飒然而悟，你其实无以奉献。你唯一拥有和最珍贵的，不过是你也纯净的肉身和心灵；你唯一能奉献的，就是你光洁的胸膛、你膏腴而有力的臂膀、你沉静的眼神、你纯净的歌喉、你安静的心灵——你开始领悟那些民族舞蹈，它们所表达的一切，就是奉献、牺牲、奋不顾身的热爱和飞翔……

现今社会，有人忙着造孽，有人忙着造福。各有各的因，各有各的果。少造孽，多造福，冥运道上，自然不恐惧、不慌张，自感多福。

古语：“不俗即仙骨，多情乃佛心。”不俗是不媚俗，遗世独立，自由自在。多情指灵魂的感知力，有爱的能力，就有不爱的能力，而不是今人所言的犯贱。不俗多情，是大慈大悲，而不是妇人之仁。大慈大悲是该生的生、该杀的杀，怎么都是个“度”。妇人之仁是无明、无力，就会陪着哭，还要别人感恩。

| **曲解词语·温柔** | 温，是水在器皿里被太阳晒暖后给人的肌肤带来的舒适的感觉。柔，是树枝刚发芽时的柔软状态。所以温柔是因触觉而产生的对一切初生弱小的柔和心态。温柔情绪是许多高级动物的原始本能，它既是无私行为的源泉，也是美好的人类关系的源泉。缺少这份心底的柔软和温度，就无法产生热情和对痛苦的同情及怜悯，也就无法产生后来更高级的慈悲。

这，也是一切神明称众生为自己的孩子的原因，并在皈依时用洗礼和剃度这些方式来表达自己母性般的认领和关怀。洗礼，仿佛从母亲羊水中的再生；剃度，如温柔的摩顶，剪去你往生的芜杂，度你在彼岸重生。

● 论诗教

中国自古以来就有一种简单诗意的生活——尊崇自然、不过度开发、尊重天地宇宙、前人栽树后人乘凉。人们渴望清明政治，渴望相安无事，渴望“鸡犬之声相闻，老死不相往来”，无论如何，我们还是农业文明的后裔，田园风光、风调雨顺、心地淳厚，便是我们内心最好的真实。

于是，对中国人这个奇特的族群，对这个族群人性的复杂性，圣人开出的药方不是宗教，不是哲学，不是政治，而是诗教。

宗教易使人痴狂，不符合中国人的温良，再说，中国人相信生活，不信神。哲学太思辨，中国人忙于复杂的人事已经苦不堪言，于是，形而上的事交给了少数人。政治太阴暗太血腥，大多数人害怕头上悬把利剑的生活，宁愿“清风明月无人管，担荷踏泥暮时归”。

中国的圣人为什么用诗教风化人性，而不是用宗教管理人性？

所谓风化，靠的是情感；所谓管理，靠的是制度。

我在自己的国学班里坚持的第一讲永远是《诗经》。为什么孔子以《诗》为六经之首？西人用宗教，用畏惧来约束人性；国人用情感，用礼教约束人性。前者让你敬畏，后者让你自在；前者多说苦，后者多言美；前者洞穿了你当下的六道轮回，后者让你始终如一地享受着神性的美；前者让你用今生换来生，后者让你活泼地在娑婆境里用情。呜呼，思无邪，前者后者，来世今生。

其实，艺术与宗教都根植于人之灵性，中国的圣人原本更尊重人性向善的能力，而不愿置国民于原罪的渊薮，所以苦心经营诗教，所以越发觉得中国圣人伟大，因为他们始终坚信人性改善是政治社会改善的前提，而人性改善在于感性的丰满和理性的均衡，前者是诗教，后者是易理。而且这些教化都有着游戏的最高品质——绝非强迫，而是充分调动和训练你高品质的自由，即从心所欲，不逾矩。

但千百年来，人心愈来愈散漫，诗道不存乎，久矣。

中国自古就有“诗教”，诗教是美育教育，远比德育重要，美育源于天性，德育源于后天。为了保证群居生活的安全，人们必须遵守规矩。

诗性的丧失源于现在的人太过于依赖智性思维，太自大，太爱分析，而不是用爱、用手、用舌、用皮肤去抚摸、享用、体贴这个世界。

逻辑不是文学，韵律学不是诗——它们只是规则，而不涉及人性的因果。电影、诗、小说的形式在于规则，但它们的思想在于美。美是一种无意识的自由，但这种自由一定是在契合人性中最高的那部分神性时，才有意义。

读诗和写诗，可以让你成为一个真人，一个性情中人，一个对这个世界的美充满感觉的人。而读宗教会让你敬畏，会让你畏惧地活着；读哲学，会让你明辨，会让你有绝望感；读政治，会让你愤怒；读历史，会让你明鉴，知道太阳底下并无新鲜事。所以，读书、读诗，泛泛而读，心也泛泛地温润、明澈、安静了。

用美育诗教代替宗教，是中国之圣教。中国人真正喜欢的生活：宗教生活化，不必出家也有灵性；生活艺术化，眼之所及都是艺术。老子说自然，孔子倡诗教，《易经》尚象，《黄帝内经》说阴阳，汉推气势，唐咏诗，宋唱词，元玩曲，俗尚香，《红楼梦》集山水、建筑、诗、词、琴、曲之大成，都在此列。宗教解生死迷局，美育诗教得生命美之极致，迷局难了，美与诗却可直入真善美。如此看来，唯有禅宗，得二者之妙——宗教生活化，生活艺术化。没有偶像，只有彻悟；没有说教，只有棒喝！

我是诗教和美育的推崇者。如果允许我选择，我宁愿讲《诗经》，而不是《黄帝内经》。诗教不是背诗，而是要培养诗意的心、诗意的眼。可怜今人喜欢以有用、无用区别事物，不知“有用”之物陷你于庸常，“无用”

之诗则解脱你于庸常。有用之识，是让你活着；无用之诗，是让你活得美。

常有人问我为什么活着，答曰：为活着而活着，是行尸走肉；为真善美活着，才有优雅和尊严。

生生不息，是中国人对这个世界的最乐观的表达。但人们一定不只是求种性的绵延，而是在内心深处，求“用这一次肉身，感知这个世界的一切美感”。在人类的基因中，除了对性、对食物、对恐惧、对伤害等的遗传，也一定有对肉身、对爱、对美、对造物之伟大的无限依恋，要不，我们不会一次次地来……

中国的圣人为什么都强调复古？比如，孔子要恢复周礼，老子要小国寡民，墨子要大禹时代……其实，世界的发展是有境界的，文化繁盛是一种境界，本真又是更高的境界，繁盛易，纯粹难。叶再多，还是叶；根一根，也是根。

今儿看到一句：“你未看此花时，此花与汝心同归于寂；你来看此花时，此花颜色一时明白起来。”（王阳明）看，是一境界；不看，是另一境界。

读诗一境界，写诗一境界。

一般人只感知，但表达甚艰，而艺术家不仅有敏锐的感知，而且可以沉淀感知为精粹的语言和画面，也许正因为画面可以更丰富地表达共时性的意象，所以绘画比诗值钱。无论有无天赋，我们都要训练自己对自然的感知，并在沉静中回味和提炼我们的意识流。久之，我们不再是盲目奔沌、来无影去无踪的河流，在我们知止的时刻，一切可定而静成碧湖，且深而虑，得天光云影，也得鳞介分明。

如此，我们由存在的实用态度而为审美，从普通生活而进诗境，我们不再为实相所苦，在静观和静思中，我们已然了悟：悲苦已经过洗礼而成为我们能接受和安享的东西，我们已经能以悲悯心温化这生命的寒冰，进而收获解脱。

● 大自在

塞内加说："何必为部分生活而哭泣，君不见全部人生都催人泪下。"

| **曲解词语·天然和自然** | 天，乃人之上，可以觉知，而不可思议。然，从"月"从"犬"从"火"，乃是狗鼻最灵，闻到烤肉的味道就跑来了的样子。自，为鼻子。所以，自然不过本来面目，呼吸本然绵绵若存的样子为自然。"自然而然"一词甚妙，而，原意为胡须、髯口，不过是口鼻之间的顺承运化，鼻息拂须，心肾相交，洒洒然，天地一仙。"天然"和"自然"的区别在于：一个是"天"本来的样子，一个是"人"本然的样子。一个先天，无分别心，浑然；一个后天，因嗅而分别。好比男精女卵天成，故称"天癸"；精卵结合，因血腥刺激裂变而成人形，为自然。

关于人性自然，《老子》和《黄帝内经》皆言——美其食，任其服，乐其俗，高下不相慕，其民故曰朴。美其食——不贪。得其所能消化之食，天下好东西多了，但不见得都是你的菜。任其服——守本分。讲究次第，不僭越。乐其俗——玩自己玩得起的。高下不相慕——恪守其位，各有各的命，知命、乐命。其民故曰朴——朴即天真，即自然。人生如树，自我根深叶茂，随顺天地——风来扑簌，雨来唰唰——无求亦无厌。

如今天然、自然皆指造化，但细微处还是有区别的，否则不必造两词。

｜ **曲解词语·自在** ｜　自，鼻子；在，土中冒出树木的小芽和根茎。所以，自在，指生命的自化。种子，是先天；树，是后天。哪个是本性呢？种子要长成树是本性吧，花苗要开花是本性吧……由此，本性不过就是命运——破壳、腐烂、消解、发芽、成长、绽放……不断地打破樊笼，不断地自我否定，不断地变形，但最终一定不是以死亡为终结的牺牲，而是为再生之种子的强大和充盈。人之种子，也将消解掉自我，要么成为粪土融于土壤，要么摆脱种性，成为另一种，也在伟大的生活中成就美和自由。

生老病死、成住坏空是定数，它只会让生命更沮丧，或更贪婪。唯有浩瀚的神秘，唯有美，唯有爱，可以让生命激荡，可以让我们完整地看待一切，包括恶和天道的无情，并使我们的生命接近那无限，并得以超越。

自己和自己待着的感觉，就叫“自在”。不利用别人，也不被利用，就是自在。不骗别人，也不骗自己，就是自在。可有多少人，能和自己待着？而大自在，就是自己已与万物同化。

自在，也需要训练，就像一个明眼人要训练自己在黑暗中行走有着盲人般的自如。要训练自己不再依赖自己的眼睛，不再汲汲于用眼睛去看透事物，而是点燃了一个不灭的心灯，又因为这心灯在我们的内部，从此再也不怕风疾雨骤……

人之难以解脱在于能入而不能出。贪嗔痴皆是深入，深入则积，积久则难化，先是累心、累思，继而累神，然后累五脏六腑。故医学讲升降出入阴阳之道，宗教讲出世入世，哲学讲主观客观。而诗意的生活恰恰掌握了出入之道，它好似分身人，一个在红尘中深感深痛，另一个跳在半空中，能观能照，其创作是“痛定思痛”，如带血的罂粟，既惨烈，又美艳。

生命意义何在？美，比存在重要。美，就是心神与天地合一。

躯壳存在的意义？感知。感知天地之美。当美过于巨大时，人愿意粉碎自我融于天地之美中。

爱情存在的意义？求同情、同感知、同享。

死亡的意义？解脱小我，求大美。

我们要学会分享他者的生命：看见鸟，分享它的飞；看见花，分享它的绽放；看见天，分享它的辽阔；看见地，分享它的宽厚；看见月，分享它的清明；看见日，分享它的热诚；看见珍珠，分享它的璀璨；看见斑鹿，分享它的优雅；看见种子，分享它破土的努力；看见蝴蝶，分享它变化的美丽……这种分享，源于深刻的爱慕和同情，从此，不再是个旁观者，万物生命之美之力量借由这种分享而成为自我的一部分，或全体。总之，它不再是它，我不复是我，一切，成了我们。

凡使我们的心为之变软、变温柔，引发了我们无限爱怜的事物，都是美的。肉身的每一个细胞都因这爱而与这美共频时，就是生命的奇迹时刻。

如果没有时间，就没了因果。所以我们只是时间这个幻觉的俘虏。于是，用慈悲的澄静换掉不羁，用时间的柔滑洗掉风尘，让一切戛然而止，让一切脱胎换骨。

总之，无怵惕，无挂碍，诚心正意，中道前行，我们一起。

在一首永恒的诗面前，
在一个永恒的爱面前，
时间，也会腐朽。

后记

每当写就一本书，我就知道：我是个苍老的灵魂，我是个上亿年的巫，我是个……新生儿。

此身非我，此心非我，身有生灭，心有生灭，我却在此生灭中用心不已，痛哉、痛哉！

我们的生命犹如太阳运行，前半生是热的生发、生长，然后达到绝顶的热；后半生则是热能的渐行渐少。但后半生这热粹中渐凝的冷，使生命有了金属般的质感和光泽。把每一段都过好，好好地燃烧，好好地冷却，由从外部寻找能量转为从内部寻找能量，少如武士，老如圣僧，这种生命的一致性，太令人景仰。

物唯求新，人唯求旧。世界再怎么变化，人，还是要情感的慰藉。只是现代人要么声嘶力竭地呼唤情感，要么是永恒地无望地沉默。最好是守其中道：温润地呼唤，温润地坚守，在贪着与放弃之间，在喜悦与刺痛之间，让自我温润地开放。

她说：身心已暮气，唯有见你，方感情性之灵动雀跃，方知世上有永恒之少女。

他说：我什么都不能给你／只能述描出我眼中的你／它不同于这世间的一切／而我／将在你身边／变得干净而透明／理想且纯青。

有他们在我身边如此温润地爱我，足矣！

其实，我已不想说话，已厌倦说话，如果我还在人海中，只是为了找到那个拈花的人，远远地对他微笑。

可是，我还在说。在我的会所里有两门课程一直在开设，一门是《黄帝内经》和《伤寒论》；一门是传统文化经典课程，专门讲《诗经》《易经》《道德经》等。很庆幸还有好多弟子朋友稀罕我、喜欢我。我讲，他们听，有年纪很大的人，也有年轻人，我喜欢这种大家庭式的生活。但终有一天，我不再说，他们也不必再听，我们要做的，是用一生积淀的精神财富，在一起，享受最单纯、最诗意的生活。

2015 年元旦

写于北京元泰堂

读后感

修订完此书，得老友大光一篇读后感，附于此。

《生命沉思录3》读后感

雨后。天阴，气清。新书，老茶……初捧此书，草看纲目，见春、夏、秋、冬之序，领“生长化收藏”之意，竟然小小地怅然了：常读女性作者书著，无论作家、学问家，较男性作家，尤其散文、杂文，多输于“碎碎念”，乃女性优柔、轻逸使然……“天兔行空”，究竟少了天马行空的矫健刚毅……而曲爷之《生命沉思录1》高在一个“灵”;《生命沉思录2》妙在一个“深”；而沉思之三，一生二、二生三、三生万物，《生命沉思录3》，竟已“醇熟”。

敏则仍敏，笔法依旧灵秀，而思考、思想，达观、了然，因而，通透、自在。或许，到了天命之年，又走遍了天之涯、地之极，还是能察秋毫、感微末的敏锐的女人，修为至此罢。曲爷，此之后，您当述而不作！

有缘，今日见曲爷微信秀图片，上书“静坐莲池香满袖”，因得下联“自在红尘色香全”。

是为跋。

大光

我回复说:《生命沉思录4》已在写作中。您依旧会喜欢。哈!